七里山塘风

钱行 著

七里山塘

面

上海社会科学院出版社
SHANGHAI ACADEMY OF SOCIAL SCIENCES PRESS

钱穆，1940 年夏，苏州　　少年钱行，1940 年代，苏州

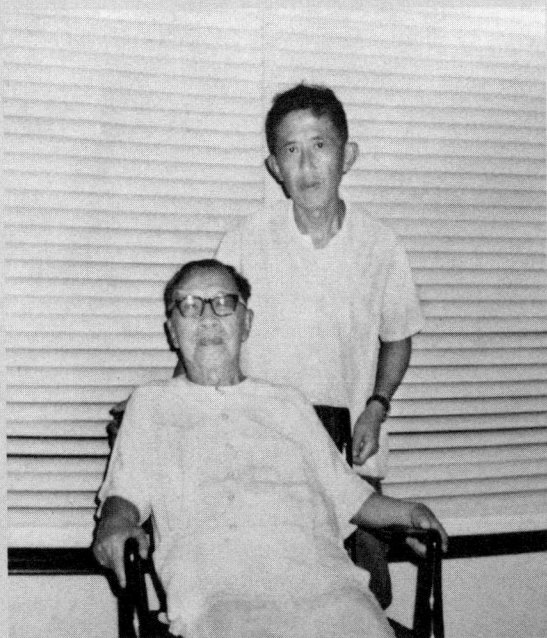

1980 年，香港。分离以后的第一次相聚

1938年，北平。钱穆的三个儿子：从右至左，钱行（本书作者）、钱拙（大哥）、钱逊（三弟）。这张照片被寄往远在昆明西南联大的父亲钱穆

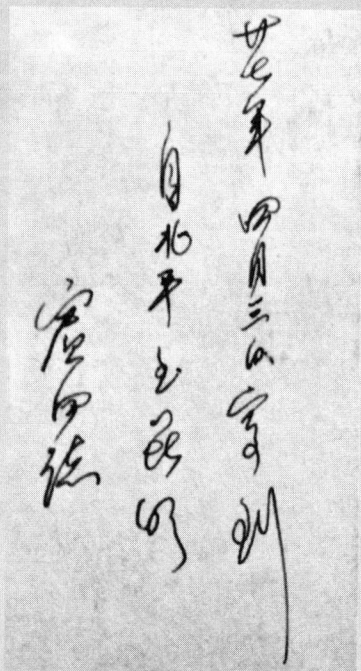

照片背面是钱穆先生的墨迹："廿七年四月三日寄到自北平至昆明　宾四誌"

1984年钱穆先生九十寿辰庆典，钱穆夫妇与儿孙团聚在香港中文大学

自 序

2011 年曾在九州出版社出过一本《思亲补读录》，书中收有一篇《最后的孝心》，还是 1990 年父亲刚离开时所写。

　　四十年来亲聆庭训的机会只有两次一个多月时间，随侍左右略尽孝心也没能做到。现在能做到的，只是三年无改于父之道了。父亲教导我们读书的第一要义是明白做人的道理，为了明白做人的道理认真读书。愿以三年为期认真读一些父亲的书，依其道而行，以赎不孝之罪于万一。

现在看起来，当时所写"最后""三年"都是不对的。孝心没有最后，读书也不能限于三年。《思亲补读录》完成于 2011 年，上距 1990 年，已然 20 年过去了。而"思亲"与"补读"也是没有期限，没有最后的。所以，现在就有了这本新书。就这一意义说，这本书可视为《思亲补读录》的续集——之一吧，因为希望还会有之二。

另一方面，本书中还有一些其他文字，随读随感随写，发表在苏州本地的报纸、杂志上，大多是关于苏州风土人物、历史文化、当今故事的。所以书名没有用《思亲补读录》，而用了现在的《七里山塘风》。还请读者批评指正。

书分四个部分，分别为："酒法众传吴米好""有谁思古敢非今""关心是旧黔"和"感子故意长"。四个标题各是每一部分中一篇的篇名，借作这一部分的标题。

钱　行

目　录

第二部分　有谁思古敢非今

第三部分　关心是旧黔

第四部分　感子故意长

第一部分

酒法众传吴米好

苏州历史上出过许多状元，其中不少人都和苏州园林结下过文字之缘，或留下诗，或留下画，或留下了楹联等。

苏州状元和园林

苏州历史上出过许多状元，其中不少人都和苏州园林结下过文字之缘，或留下诗，或留下画，或留下楹联等。

清道光年间（1821—1850）的状元张之万，官至东阁大学士，退休后居住拙政园，并在那里从事文学艺术活动。当时耦园主人沈秉成有《耦园落成纪事》诗："卜邻恰喜平泉近，问字车常载酒迎。"诗下原注云："时子青师寓拙政园。"这子青师，就是张之万，平泉则借指拙政园。"问字车常载酒迎"，说明了他们在耦园和拙政园常有诗酒雅集。张之万曾在拙政园远香堂留下一副对联：

曲水崇山，雅集逾狮林虎阜；

莳花弄竹，风流继文画吴诗。

也是说明同样的内容。这"风流继文画吴诗"，又说明了张氏自视之高。事实上，他在当时的诗坛画坛，确实有着很高的地位。另外，沧浪亭、留园等处都有他的题联。如：

短艇得鱼撑月去，

小轩临水为花开。

又如：

卅年前曾记来游，登楼看雨，倚槛临风，俯仰已成今昔感；

三径外重增结构，引水通舟，因峰筑榭，吟歌常集友朋欢。

诗情画意，可见一斑。耦园主人沈秉成夫人的诗集，也是由张子青师作序的，今仍存于耦园中。

张之万不但诗文好，而且为人宽仁容众，为官政无不举，所以去世后谥为文达，皇帝又赠了一个太保的荣衔。真是所谓学而优则仕，仕而优则学了。

同治状元洪钧，曾任清廷驻欧公使，他家就在苏州。虎丘当年新建灵澜精舍，楹联就是洪状元题写的：

> 问狮峰底事回头，想顽石能灵，不独甘泉通法力；
>
> 为虎阜别开生面，看远山如画，翻凭劫火洗嚣尘。

这最后的"翻凭劫火洗嚣尘"，是指因清军与太平军的战事，虎丘山前登山路旁的市肆房屋被火烧毁，反而使得灵澜精舍视野开阔，且不受市声干扰。所谓"别开生面"，则是指灵澜精舍的新建，为虎丘增加了新景。（参阅本书《狮子回头望虎丘》文。）

同治年间（1862—1874）的石韫玉状元，在苏州几个名园留有诗文法帖。晚报园林版介绍过他在怡园留下的石经，以及留在昆山千灯顾园内的对联。这里再引用一些他写虎丘美景的诗句，如《山塘种花人歌》：

> 山家筑舍环山寺，
>
> 一角青山藏寺里。
>
> 试剑陂前石发青，
>
> 谈经台下岩花紫。

又如《试剑石歌》：

> 山人但称试剑石，
>
> 不知试剑者为谁。
>
> 岂是干将莫邪之所铸？
>
> 精金百炼柔如黄。

《养鹤涧》：

> 曲涧通清泉，
>
> 道人养鹤处。
>
> 空山秋月明，
>
> 鹤与人俱去。

《千顷云》：

> 黄山云海天下奇，
>
> 此山岂欲伯仲之？
>
> 蒙蒙云气不知处，
>
> 姑以千顷约其辞。

以上各诗描写的虎丘美景，现在差不多都还可以现场复验的。

这《山塘种花人歌》"试剑陉前石发青"的发字，是头发的发，不是发生的发。石发，是指附生在石上的一些苔藓类植物。不过山塘种花人现在是比较少了。这《千顷云》一诗，还讲到了这一景点的历史："山中有古德，生在咸淳时，乃从山顶筑丈室，四围山色凭栏宜。"这"咸淳时"，乃是南宋度宗在位的1265—1274年间。还有两句"室无可名名以云，妙义盖本苏公诗"，则是说"千顷云"的命名，是从苏东坡的诗句"云水丽千顷"而来。至于"山中有古德"提到的那位高僧，也是有史可稽，乃当时虎丘山寺的德垢法师。

再说寒山寺，那里有陆润庠状元留下的对联：

近郭古招提，毗连浒墅名区，渔火秋深涵月影；

傍山新结构，依旧枫江野渡，客船夜半听钟声。

这是清末某年重修寒山寺时所题留，所以说"傍山新结构"。时至今日，这"近郭古招提"已经有了更多的"傍山新结构"，但是"渔火""野渡""客船"等，则差不多隐入历史，不再"依旧"了。

毕秋帆（沅）是乾隆状元，他在苏州有灵岩山庄，并自号灵岩山人，把自己的作品编为《灵岩山人集》。这灵岩山庄已经由园林部门在灵岩山下重建，并有图片文物等陈列展出。还有一本书就叫《毕沅 VS 灵岩山庄》，这里就不多写了。

刘禹锡诗里的苏州

刘禹锡在苏州做过三年刺史，关于苏州的诗是很多的。

他临走时有《别苏州》二首，其二云：

> 流水阊门外，
> 秋风吹柳条。
> 从来送客处，
> 今日自魂销。

那时离开苏州，是走水路出阊门，大概是经由枫桥寒山寺再往西往北吧。历来寒山寺最为许多诗人吟咏，这或许与它是他们来苏离苏必经之处有关。到枫桥等于到了苏州，离枫桥等于离了苏州。

关于灵岩山，刘禹锡有诗二首，其题目（实际上是小序）比诗还长："馆娃宫在旧郡西南砚石山上，前瞰姑苏台，傍有采香径，梁天监中置佛寺曰灵岩，即故宫也。信为绝境，因赋二章。"这里透露的消息似说灵岩山本是砚石山，后来有了灵岩寺，才山以寺名，不知是否如此。诗二首如下。

其一：

> 宫馆贮娇娃，
> 当时意大夸。
> 艳倾吴国尽，
> 笑入楚王家。

其二：

> 月殿移椒壁，
> 天花代舜华。
> 唯余采香径，
> 一带绕山斜。

这诗似不是描写灵岩景色,而是咏史抒情。这"笑入楚王家"一句,不知是指怎样的历史事实。而"采香径"不用"泾"字,似不是指河道,而是说山路了。也未知究竟怎样。

除了灵岩山,自然还有虎丘。有关的诗不少,其中有一首《发苏州后登虎丘寺望海楼》:

> 独宿望海楼,
>
> 夜深珍木冷。
>
> 僧房已闭户,
>
> 山月方出岭。
>
> 碧池涵剑彩,
>
> 宝刹摇星影。
>
> 却忆郡斋中,
>
> 虚眠此时景。

这望海楼,《全唐诗》上有注"一作望梅楼"。但无论望海楼、望梅楼,现在的虎丘似都没有,只有冷香阁。冷香,应和梅有关,或许会与梅有渊源。而刘禹锡另诗《虎丘寺路宴》有"徘徊北楼上,海江穷一顾",则似望海楼是北楼,不是今冷香阁的位置。不知这望海楼原来应在山上何处了。

以上各诗,都有"考古"作用,可以让人读出当时的灵岩山、当时的虎丘等,或许会有同好感兴趣的。

龚自珍诗说苏州人

龚自珍《己亥杂诗》共三百一十五首，其中多首写到了苏州人。他们或籍贯苏州，或曾在苏州为官，或曾在苏州居住，其中有段玉裁、林则徐等知名文人、诗人、数学家以及佛家等。

外祖父段玉裁住在苏州枫桥

段玉裁是龚自珍的外祖父，金坛人，但晚年长住苏州，住在枫桥那个地方。所精研的《说文》，对龚自珍很有影响。

龚自珍《己亥杂诗》中写道：

> 张杜西京说外家，
>
> 斯文吾述段金沙。
>
> 导河积石归东海，
>
> 一字源流莫万哗。

原诗有注："年十有二，外祖父金坛段先生授以许氏部目，是平生以经说字，以字说经之始。"诗中"张杜"用的是汉代外祖父教外孙学问的典故，来比喻外祖父和自己的关系。"段金沙"中的金沙，是金坛的别称。诗的后半，是说自己研究文字学，是从外祖父教读开始的。

这首诗只讲了诗人少年时随外祖父学许氏《说文》的事，老苏州段玉裁的其他事，从钱穆先生《经学大要》一书第三十一讲里的一段话，则也见一斑，能帮助今天的苏州人更多了解这位曾住枫桥的语言大师：

> 我对段玉裁私人的道德方面是很看重的。他科举在戴东原之前，他已考上科举，戴东原还要去考进士。两人见了面，段玉裁佩服戴东原，要拜他为师，戴东原答应收他为学生。诸位今天已念研究所，或是已得到博士学位了，若碰到一个你佩服的大学生，肯拜他为师吗？就在这一点上，可知他的伟大。我不劝你们去研究段氏《说文》，做

一个小学专家，我劝你们读读段玉裁这篇恭跋朱子《小学》的文章，你就会觉得这种人人格之高明伟大，可以为百世之师。

敬重在苏州做过官的林则徐

林则徐在苏州做过江苏布政使，沧浪亭里至今留有他的手书刻石。龚自珍在《己亥杂诗》里，是这样写他的：

> 故人横海拜将军，
>
> 侧立南天未蒇勋。
>
> 我有阴符三百字，
>
> 蜡丸难寄惜雄文。

林则徐当时的职务是湖广总督，又以钦差身份去禁鸦片，水师也归他节制。诗中的横海将军是古代职官名，这里借指林的新任命。龚自珍的《送钦差大臣侯官林公序》，则是在林则徐刚要去时所写，诗中惋惜阴符、雄文等，终于没能用上，也没能保留到现在，真是可惜了。鸦片战争失败后，林则徐和一起在广州禁烟的邓廷桢先后被贬到新疆，互相唱和的诗当时就很有名，被人编为唱和集，流传很广。其中最有名的当属"中原果得销金革，两叟何妨老戍边"，"白头到此同休戚，青史凭谁定是非"。前联是将出玉门关时所写（邓已先在新疆），后联则写于送邓廷桢遇赦回乡时。其送行诗有二首。

其一：

> 得脱穹庐似脱围，一鞭先着喜公归。
>
> 白头到此同休戚，青史凭谁定是非。
>
> 漫道识途仍骥伏，都从遵渚羡鸿飞。
>
> 天山古雪成秋水，替浣劳臣短后衣。

其二：

> 回首沧溟共泪痕，雷霆雨露总君恩。
>
> 魂招精卫曾忘死，病起维摩此告存。
>
> 歧路又歧空有感，客中送客转无言。
>
> 玉堂应是回翔地，不仅生还入玉门。

忽而问罪，忽而赦还，是罪非罪，青史凭谁定是非？时间推移，历史自有公论。清朝时，林则徐已被谥为林文忠公，后来，苏州五百名贤祠里，有他的像赞。龚自珍也为这位"横海将军"记下了英名。

太仓古今多贤人

龚自珍诗中写到的苏州人还有很多，有的是一句提及，有的是整首写他，甚至连写几首。譬如写编辑史书的太仓人邵子显：

> 家公旧治我曾游，
> 只晓梅村与凤洲。
> 收拾遗闻浩无涘，
> 东南一部小阳秋。

诗原注："太仓邵子显辑《太仓先哲丛书》八，起南宋，迄乾隆中。使余序之。"龚自珍说，虽然太仓我也去过，但除吴梅村和王世贞（凤洲）外，就不知道谁了。现在读了你邵子显的书，从古到今的太仓人我都知道了。邵子显在扬州做官（府学）时，龚自珍过扬州，与邵子显相聚，也有诗记之。

> 诗人瓶水与谟觞，
> 郁怒清深两擅场。
> 如此高才胜高第，
> 头衔追赠薄三唐。

这是龚自珍怀念两位诗人舒铁云（瓶水斋）和彭甘亭（小谟觞馆）的诗。其中彭甘亭也是太仓人，他和舒铁云都没获得高第，但都有很高的诗名。彭甘亭诗写得好，被龚自珍评为清深渊雅。

太仓的文人诗人中，以王世贞和吴梅村为最著名。

王世贞在太仓居住过的私家园林至今犹存。在严嵩陷害杨继盛的时候，王世贞常往监牢里给杨继盛送汤送药，还帮助杨夫人写诉状。严嵩怀恨在心，后来害死了王世贞的父亲。后代有传说，说《金瓶梅》是王世贞所作，在书页上下毒，送给严嵩儿子看，以报父仇（当然只是传说而已）。

吴梅村则是明末清初人，清初出仕本非所愿（被召进京时即有"早放商山四老归"等句）。其《圆圆曲》中"恸哭三军俱缟素，冲冠一怒为红颜"一联，当时流传颇广，吴三桂做贼心虚，愿出重金请吴诗人改写，诗人没同意。

顾千里、黎见山

龚自珍好友顾千里，也是江苏苏州（元和）人，《己亥杂诗》中有诗纪念他：

> 万卷书生飒爽来，
> 梦中喜极故人回。
> 湖山旷劫三吴地，
> 何日重生此霸才？

龚自珍推服这位"霸才"读书多，又有"抱君等身大著作……刘向而后此大宗，岂同陈晁竞目录"等句，龚自珍把顾千里的著作称为大著作。从纪念顾千里的诗里看，《己亥杂诗》里最有名的诗句"我劝天公重抖擞，不拘一格降人才"，其实不是天公没降人才，而是天子没有善用人才。

从龚自珍写久住苏州的数学家黎见山的诗句，也可见出天降的人才没得到善用。黎见山是广东人，在浙江做一小官，死于任所。他曾久住苏州，所以也算得是一苏州人。

> 科名掌故百年知，
> 海岛畴人奉大师。
> 如此奇才终一令，
> 蠹鱼零落我归时。

黎见山曾师事数学家李四香，李先生去世后，其著作《开方说》由黎续成，并有《开方说后跋》记其事。关于勾股定理，黎见山亦有研究，所以被称为大师、奇才。他虽有惠政于民，但只做一县令。他身后萧条，死时儿子只有七岁。龚自珍诗里写的"蠹鱼零落"，也是这个意思。

在苏州中峰寺看佛门朋友

龚自珍学佛，《己亥杂诗》中也有纪念学佛的老师和赠送佛门朋友的诗：

铁师讲经门径仄，

铁师念佛颇得力。

似师毕竟胜狂禅，

师今迟我莲花国。

铁师是指江沅（字铁君）。他是苏州人，既是龚自珍外公段玉裁的学生，也是龚自珍的老师，著有《说文释例》《入佛问答》等。

苏州的逸云法师是龚自珍的另一位佛门朋友，龚自珍这样写他："莫将文字换狂禅。"逸云是苏州人，年轻时就出家，除精研佛经，还善于写诗，有《啸云山房诗抄》传世。其诗友王昶说他的诗"幽闲澄迥，有香气"。逸云法师久居苏州支硎山中峰寺，龚自珍从北京回江南，也到过中峰寺。

龚自珍的《己亥杂诗》，还有多首是在苏州写苏州的，这里附录二首。

其一"从子剑塘送我于苏州"：

阻风无酒倍消魂，

况是残秋岸柳髡？

赖有阿咸情话好，

一帆冷雨过娄门。

其二：

拟策孤筇避冶游，

上方一塔俯清秋。

太湖夜照山灵影，

顽福甘心让虎丘。

从韩菼诗文看清初奏销案

《我说苏州》一书载俞平伯先生《赴浙苏日记》,讲到在苏州洽隐园(惠荫花园)见"清韩慕庐(菼)手植朱藤,盘在老树上,与拙政园文衡山枯藤相伯仲"。

这韩慕庐除了留下手植朱藤外,还给苏州后人留下了一些诗文,告诉我们一些当年的事,也可说是历史吧。

韩氏诗文集名《有怀堂集》,其中有一篇《刑部尚书翁公叔元神道碑》,讲到清初顺治年间(1644—1660)的事:"坐奏销案俱谪,公以隶卒,菼以官兵圈房,被迫辱俱欲死。后公寄籍永平,菼秀水,俱第一,亦俱黜。"

这第一句"坐奏销案俱谪"讲的是清初一件大案,是由江苏巡抚朱国治的奏章引起的。朱说苏、松、常、镇四府的钱粮,历年积欠的不少,他已令所属统计造册,计得绅士13500余人、衙役240人,报请朝廷处理。顺治皇帝批给有关部门,决定名单上的现任官员降二级调用,秀才、举人、进士等功名一律褫革,积欠数目大的还要追究。因功名已革,所以枷责鞭扑都可施行,可以说是当时知识界的一场大灾难。"公以隶卒,菼以官兵圈房,被迫辱俱欲死",这是讲翁公因欠赋受隶卒之辱;韩菼则除此之外还犯了一件官兵圈房的事——驻防官兵看中了韩家房屋,要占以驻兵(及军属)。韩氏另有诗《己未出都述怀》记及此事:"破巢兵扑捉,勾租吏怒嗔。输租仍殿租,褫辱及衣巾。室毁还作室,督促旧主人。"说他在追租和占房二事中的遭遇。尤其是"室毁还作室",官兵占用了房子,竟还要原房主修缮装修,供其享受,真是欺人太甚。

翁叔元是常熟人,韩菼是苏州人,这次功名被革后,要再去参加考试,翁就寄籍永平,韩赴秀水,到外地去报考。两人到底有才学,再度考上,均得第一。可是又被查出来,"俱黜"。

这件奏销案，涉及士绅一万多人，当时有笔记小说（非今之小说）述评此事，云："巡抚朱国治强愎自用，造欠册达部，悉列江南绅衿一万三千余人，号曰抗粮。既而尽行褫革，发本处枷责，鞭扑纷纷，衣冠扫地。如某探花欠一钱，亦被黜，民间有探花不值一文钱之谣。夫士夫自宜急公，乃轩冕与杂犯同科，千金与一毫等罚，仕籍学校为之一空，至贪吏蠹胥侵没多至千万，反置不问。吁，过矣！后大司马龚公特疏请宽奏销，有'事出创行，过在初犯'等语，天下诵之。"

这一诗一文，告诉了我们清初苏州（江苏）士绅所受的一次大劫难。如果再参以其他资料，还可有进一步的了解。徐乾学《憺园集》中有他为翁夫人钱氏所作的墓志铭，讲到翁家的事。说当年吴中大饥，铁庵（翁叔元）家贫，夫妻两人两女儿还有一老媪，每天只有一碗米，杂以糠，幸不死，而翁的大哥竟贫饿而卒。这时又遇追索欠赋，翁叔元功名已革，吏卒每天来，他"恐见辱，欲雉经者数四"，夫人和女儿天天守着他，不让他自杀。一天有人敲门，翁以为又来催钱，无奈家中无钱，遂又想自杀了事。夫人听出敲门声不像催租吏那样粗暴，乃让女儿去门缝中窥视，发现敲门人不是本地口音，原来是翁的族叔父从洛中派来送信的。遂开门让人进来，接信，内有一百金，嘱侄儿快去洛中。翁叔元把百金交给官府，虽然还有积欠，毕竟追索稍松，翁氏乃有机会走了。翁叔元走后，吏卒又来催收，发现翁已出走，乃拿出绳子，装出要缚夫人去见官的样子，"夫人愤欲投水死"，二女及邻人劝救乃止。最后，把房子卖了二十金交给官府，夫人和女儿逃到一个穷乡僻壤破房子中住，"炊烟累日不兴"。而翁叔元逃到永平，投靠族人，以后乃借籍永平，考中了举人。"报者至，入茅舍，见其灶半沉水底，盎中仅数日储，叹息去"。这篇墓志铭没有讲到韩菼碑文中提到的考中了又被黜的事。直到再过了十六年（从坐黜那年开始），翁叔元才考中进士，得以迎妻子入京，结束了两地分居的日子。夫人念翁晚年无子，还特地从家乡买了一妾一同进京。这在当时被认为是夫人的妇德，所以写在墓志铭内了。

所谓欠钱粮，墓志里说得清楚，实为连年灾荒所致。翁氏弟兄是地主阶级，也穷得吃糠或饿死，所欠赋税自然一年一年积欠下来。现在突然算总账，而且不论欠多欠少一律革除功名，让那些中过秀才、举人、进士的人如何吃得消，不是苛政又是什么？

　　就在这奏销案稍前，苏州还有著名的金圣叹哭庙案，被杀的有一十八人。韩菼为顾予咸所作墓表，也有几句讲到此案："及狱具榜掠诸生万状，必欲引先生，不承，乃强入之。十八人者，竟傅会逆案皆斩。坐先生绞，奉旨复官，寻入以奏销案，竟落职。嗟夫！直道之难如是。"顾予咸是吏部员外郎，因病回乡（苏州长洲县），不料遭此大祸。这哭庙、奏销两案，都是巡抚朱国治一手造成的。

　　朱国治办了这两件大案，自知不得民心——老百姓（以知识分子为代表）对他恨之入骨；后来遭遇丧事，循例要丁忧守丧，他害怕一旦离职手中无权即遭报复，惶惶然在新任巡抚韩世琦到达之前，就先期离苏，"轻舟遁去"。这件事被朝廷上的言官参了一本，说他擅离职守，部议降官五级处分，康熙帝却批示予以革职。过了好几年，他才复出到云南做官，正碰上吴三桂叛清，他亦牵连进去，被杀，死得很惨。

　　韩菼于康熙十二年（1677）考中状元。《聊斋志异》里还编了一个他中状元的故事，说他大魁天下之前，受聘为鬼师，在阴间一家人家教孩子。期满辞别时，东家告诉他："公他日为天下第一人，但坎廪未尽。"果然，后来都应验了。最后，他官至礼部尚书，死后谥文懿。

耦园佳偶的诗情

苏州耦园里有一副著名的砖雕楹联:"耦园住佳耦,城曲筑诗城。"虽然没有上款下款,但可以想见必是耦园主人沈秉成、严永华夫妇在时的遗物。有人说,此联是严夫人自制并手书,有人则认为是友人书赠,未知孰是。我比较倾向后说,不过也无实证。

佳偶的故事,人们或许已经知道;而他们的诗作,则看到的较少。听说在耦园资料室内藏有当年园主人的诗集多种,但是这却不是常人所能看到的。容易看到的是民国总统徐世昌所编《晚晴簃诗汇》,其中收有两人的诗多首。其中沈道台所作《耦园落成纪事》和严夫人的《外子侨吴十年矣 甲申冬以京兆诏起感述》二首,与耦园及他们住耦园时的心情有关。

先说《耦园落成纪事》:

> 不隐山林隐朝市,草堂开傍阖闾城。
> 支窗独树春光锁,环砌微波晓涨生。
> 疏傅辞官非避世,阆仙学佛敢忘情?
> 卜邻恰喜平泉近,问字车常载酒迎。

这诗是沈秉成从苏松太道台任上辞官归隐,买园修建落成后所写。其"疏傅辞官非避世,阆仙学佛敢忘情",透露了沈并非像陶渊明那样就是想归隐,就此不愿再为五斗米折腰,而只是一个过程。这"疏傅",是汉代疏广疏受叔侄,他们分别从太傅少傅位上辞官,说是"官成名立,不去恐有后患",于是一起辞官回乡,终老于家。而沈道台,他自己虽辞官,却不像他们是为避世。阆仙,是唐贾岛,就是那以"推敲"名世的诗人,他年轻时曾学佛出家,后来又还俗,考进士入仕。写在这里,等于是说自己退隐也像贾岛出家一样,不敢忘情人世,以后还是要"还俗"的。古人说"诗言志",这两句诗正说明了诗人之志。

"不隐山林隐朝市"一句，或许也透露了同样的心情。"支窗""环砌"一联，则是写的新园落成后的美景。"卜邻恰喜平泉近，问字车常载酒迎"一联，则是说这里和拙政园近，而那里正住着好朋友张子青夫子，这是多么快活的事啊。

沈严夫妇二人枕波双隐在耦园，城曲筑诗城，至少留下了两部诗集：沈秉成的《鲽砚庐诗钞》和沈严合著的《鲽砚庐联吟集》。这鲽砚庐，是耦园里他们二人同用的书斋名，沈道台也有诗记之："先是得鱼石，比目征瑞兆。琢砚共守之，翰墨常静好。"说是他以前得到一块鱼形的砚石，切开来很像比目鱼的形状，正是我们夫妇结婚的吉兆。这两方砚台，就一起使用，写出来的诗文字画也显得特好，所以，书斋和诗集也以此为名了。

这《鲽砚庐联吟集》，就是他们夫妇唱和的作品集。上面说到的住拙政园的张文达公（张子青），在给这部诗集写序时介绍到诗里记载的一段往事：严永华年轻时随兄叔和住在叔和任职的贵州石阡，正好遇到夷民叛乱，叔和战死，永华奉母逃难。张序说"集中有诗纪事，则不仅诗之可传也"，不仅诗之可传，就是说，从这样的故事看来，这位诗人也是不可小看的（这篇序和严夫人的部分诗作，近年园内有新刻书条石可见）。这诗的题目是这样的："乙丑五月十四日，叛苗陷石阡，叔兄巷战死节。余亟负母，逾垣出，余人从之。既闻贼将至，全家投署后荷池中。贼相谓曰：严太守清官，眷属不可犯也。遂得免。贼退后，奉母旋里，途中纪事。"共有四首七律，这里抄录其一：

> 边城从古叹孤悬，忽见军烽照义泉。
> 狭巷短兵相接战，亲闱永诀敢图全？
> 衔须温序忠魂在，食肉班超壮志捐。
> 恨乏兰台修史笔，国殇犹待杀青编。

这一首诗记述了仲兄战死，而以古人温序、班超来比拟兄长，感叹自己没有能力更好地来记述和评价。班超，人们是比较熟悉的；温序则是后汉护羌校尉，为叛军所执，不肯投降，叛将给他一把剑，让他自杀。温序说，别让血污了我的须，乃衔须自刎。另外几首，主要写了自己和家人脱险的过程，以及对母亲健康的祝愿。这显然是严永华婚前的诗作，张序里说"集中有诗纪事"，这"集中"当是严永华的《纫兰室诗钞》，而不是《鲽砚庐诗钞》了。

另外，严夫人集中还有《杂兴》诗一首，也记此事：

边郡荒以寂，土风清且敦。

叛夷一朝集，守兵焉能存？

叔兄何慷慨，辞诀堂上亲。

竟为侍中血，宁惭温序魂？

余时负母出，逾垣若有神。

岂知质孱弱，忽然已忘身。

全家赴清池，誓不为瓦全。

提携出重险，佑助感自天。

至诚岂能格，忠义固所安。

安得惇史笔，垂光照重泉！

严永华和她哥叔和，兄妹感情深厚，两人的诗集中，都有反映这种深情的诗篇。这里选录一首《再次叔和兄感怀韵》：

年来兄弟惯天涯，冀北江南倍系怀。

千里寄梅缄玉札，几回对月卜金钗。

时艰转觉勋名易，俗美因知政事佳。

幸我迟来春未暮，犹薰花气满衔斋。

这大概是严永华刚奉母同去叔和贵州任所时的诗。久别新逢，欣喜之情，洋溢纸背，和前引《杂兴》诗的悲情，正形成强烈的对比。

《纫兰室诗钞》是严永华闺中诗作之结集。近年出版的《耦园游赏》中有这诗钞的一页书影。顺便说及，该书对其中一首诗的解读有误。诗是这样的："一枝秾艳放仙葩，粉靥檀心未足夸。认取东风工点缀，春光今岁在儿家。"题注："郡廨花木甚繁，独少牡丹，家大人手植一本，今春始花，即席赋呈。"该书解读时认为："此诗为题春天牡丹开放之事，时间当在清同治壬申、甲戌（1872—1874）年间，时沈秉成任苏松太道员，郡廨当指位于今上海老城区之办公处。郡廨亦有后园，沈秉成感缺少牡丹，于此手植一本，牡丹仲春开放时严永华观赏而题此诗。"今按："家大人"不是指丈夫，而是指自己的父亲。而且这诗收在《纫兰室诗钞》里，显然与沈秉成无关。所以，上面解读中的时间、地点、人物就都错了。"家大人"是严父延珏公，曾任云南顺宁知府，"郡廨"就是顺宁的知府公廨，而不是苏松太道台衙门。时间也不是同治壬申、甲戌，而还要早好多年。这诗是在饮席上即席所赋，而且不止一首，书影上就可见三首。其三有"高堂曲宴共承欢，满座清吟兴未阑。自古此花推第一，尽搜春色入毫端"，更足证明手植此花的是诗人的父亲而不是丈夫了。

严永华年轻时，或随父亲在云南，或随母亲在贵州。而沈秉成是安徽人，或在京师或在江苏为官。千里姻缘一线牵，他们之成为佳偶，也有一段佳话。那还是咸丰年间严永华在贵州时的事。她画了几幅花鸟画寄给在京城做官的哥哥严渭生，而沈秉成当时也在京城做官，而且和严渭生过从甚密。他在严家看到张挂在墙上的画，画得既好，题诗也漂亮。问后才知是严妹所作。后来沈氏丧偶，乃求婚于严家，终得成就佳偶。严夫人的字，今天在耦园东墙一块石碑上还能见到，并钤有鲽砚庐夫妇联珠印。有人说"耦园住佳耦"的联语出自严夫人手书，则和《抢元图诗碑》上的字迹相去甚远。

下面再看严夫人离开耦园时所写的《外子侨吴十年矣　甲申冬以京兆诏起感述》诗。此诗较长，这里录其片段：

忽闻征辟到东山，便办严装趋北阙。

黄图三辅古称雄，赤县九门今更剧。

自从近畿更水旱，未免穷檐有饥溺。

这次是让沈去做京兆尹——京城的负责人，所以一听到征辟令，就急急忙忙东山再起了。那京城，自古到今，都是重要的地方。现在又有水灾旱灾，人们的生活未免有困难。快去上任，"要令襦裤遍拊循，庶几桴鼓少衰息"，这是京兆尹上任后首先要做到的。"鹿车对挽凤所慕，油幢共引愿岂及。画眉未敢被轻惰，蓬头幸复知礼则"，这四句是夫人自勉的话。最后两句"京秩从来策旧勋，夙夜寅清励明德"，则应当是夫妇二人要共同努力的了。这"感述"则近乎是决心书，是誓言书了。京兆尹比之当年沈曾任的苏松太道，是更高的官职。

沈秉成到京后，除了顺天府，又兼任了译署的职务。后来又被派遣到广西、安徽去做巡抚。一度还署理过两江总督，是很高的官了。光绪二十年（1894），皇帝又要调他回京任职，他因病回到苏州，光绪二十一年（1895），就病逝于耦园中，享年七十三岁。

《晚晴簃诗汇》所收严夫人诗，最后一首是在沈秉成离开广西去安徽任职时所写的旅游诗，以后就没有了。《耦园游赏》书中说，夫人早于沈秉成四年去世，则应是光绪十七年（1891），沈在安徽做官时的事。

现在到耦园，可以在东花园城曲草堂楼上找到"补读旧书楼"，这就是当年耦园佳偶的书房，但是寻遍东西花园，却寻不到鲽砚庐的所在。就是关于耦园的一些文字资料中，也同样找不到这鲽砚庐所在的线索。或许这只是当年的一个虚拟的室名，本来就没有实体的房屋吧。或者这鲽砚庐是补读旧书楼的另一名，是一室而二名？耦园东南角，另有一楼，名听橹楼，则是沈公收藏金石书画之处，当时并有《听橹楼藏印》之记录。

《晚晴簃诗汇》里共收沈严夫妇的诗五十多首，其中有两首提到了他们的子女。其一是严夫人在苏州耦园时所作《癸未三月　随外子挈松柏两儿买棹游西湖　还登烟雨楼　遂至青镇　奉母返吴门　作诗四章以记之》。这年的次年，沈道台就奉诏出山，携家到京师去了。那么当时他们是有松、柏两儿的。另一首诗《随宦桂林　未遂揽胜之愿　匆匆将去　阻雨愆期　因挈马甥瑞熙　女寿慈　两儿瑞琳瑞麟　登叠采山　盘桓竟日　赋此留题》，则是沈严将从广西到安徽去时写的。这两儿瑞琳瑞麟，未知是不是上面所提到的松柏两儿，而女寿慈则或是松柏的妹妹。马甥瑞熙则是严氏从姐严也秋的女儿。这次登山，或许沈巡抚没有参加？

《耦园游赏》一书中，说到在耦园出生的沈严夫妇的孙子沈迈士先生（1891—1986），并说到沈迈士的父亲是沈瑞琳。他本人活到1986年，生前最后几年为上海文史馆馆员，并于九十多岁时参加中国共产党。这些就都是耦园佳偶的子弟儿孙了。

耦园现在是世界文化遗产，每年来游赏的人总要以万计，而且不止是一位数。这份遗产的形成，可以说沈严夫妇是有大贡献的。如果能把他们的《鲽砚庐诗钞》和《鲽砚庐联吟集》印制成书，作为旅游纪念品在园中出售，我想必能受到欢迎，而且是对这对耦园佳偶的极好纪念。

读书交友载酒堂

从耦园大门进去，经过轿厅，就到大厅。有匾额"载酒堂"，其跋文称，原来李鸿裔书写的匾额今已不存，这是近年据原名重写的。

为什么叫"载酒堂"，是当年园主特别喜欢喝酒吗？查一查沈秉成当时所作《耦园落成纪事》(见《晚晴簃诗汇》卷一五五)，诗的最后两句是"卜邻恰喜平泉近，问字车常载酒迎"(有注：时子青师寓拙政园)。原来这"载酒"二字还与他和张之万(子青)间的交游有关。

再向前查，这"载酒"二字，还与苏东坡有关。当年苏东坡在海南儋州，和一些朋友一起，凑了一笔钱，帮助当地的黎子云、黎子明兄弟，在他家的新屋园中，建造了一所可供文人聚会、休闲、讲学、吟诗的房子，并由苏东坡根据《汉书·扬雄传》"载酒肴从游学"的意思，命名为"载酒堂"。后来，元朝时候，就在那个地方建立了东坡书院。又过了几百年，直到现在，原来那个地方，仍是东坡书院，仍有载酒堂，另外还有一个载酒亭。那载酒堂中，现在还有苏东坡和儿子(苏过)、学生等人的塑像，并不是在喝酒，而是手里拿着书，在讲解、在聆听的样子。

有些关于耦园的文章和书里说到"载酒"二字，认为取自前人诗句"东园载酒西园醉"，表达载酒宴游、潇洒闲适、不同流俗的独特风致。其实，匾上写的是载酒，但酒肴是次要的，主要是"从游学"。从汉扬雄，到宋苏轼、清沈秉成，他们的意思都是一样的。我们今天游园，对这一文化内涵是应当有所了解的。

沈秉成、严永华夫妇二人，在耦园中著有《鲽砚庐诗钞》和《鲽砚庐联吟集》。其《鲽砚庐诗钞》有张之万写的序。序中说，张画的拙政园图，严大人给题了诗，又为他画了山水画一册，很有元代四大家的遗法。张之万还为耦园题写了"补读旧书楼"的匾额(今不存，现在挂的是近年重制的）。由此可见，园主人和朋友们"载酒"游园，其实醉翁之意不在酒，而在问字、论诗等。"卜邻恰喜平泉近，问字车常载酒迎"，正是这种生活的写照。

耦园记游

记游应当是记叙文或抒情文，但是也可能有议论文成分在内。

黄石假山

耦园黄石假山，据说是苏州独一的。其他园林假山，多是湖石所建。那些湖石假山，一般能登临，还可以钻山洞，而这里的黄石假山，有大小两座，小的可上可下，大的却被围起，不能上去。回想几年以前（很早了），是可以上去的；山巅上还有一个石室，可以进去，也可以登上这个石室的顶，这时就完全地"我比山高"了。今天回想也是比较爽气的。但是现在不能上去了。山上有两棵山茶花，正盛开。一棵比较近，可以看到有古树名木的标志，说有一百三十年了。另一棵树形差不多，但是好像没看到有古树名木的标志。不能上山，也不知究竟有没有。

不让登山，或许为了保护文化遗产，怕把假山踩坏了；或许为了保护游人，避免发生事故。但是，保护不应当是消极的。正像苏州泰伯庙，修旧如旧，很快就要完工了，多好。

城曲草堂

东花园的主体建筑，是一座二层楼房，好多间横列。现在楼下各室基本开放，楼上封闭，游人不能去。楼下中间，主厅有"城曲草堂"匾，看样子是清朝留下来的原物。只是看不出究竟是当年园主沈秉成、严永华留下的，还是早先就有或以后才有。中间向西，有三间，向东有两间。然后，走廊一个曲折，向南，也就是房子不再在一排上，而比较靠南一些，室内也有匾"还研斋"。这块匾听说是今人重新做的，不是"遗产"，原匾已遗失，但是也没有说明。

"城曲草堂"四字的字体不是楷书，那第三个"草"字，粗看有点像"学"。不过下面有管理处制作的说明牌,说明了是"城曲草堂"(有一个疑问,这城曲草堂是指中间这一间,还是指整个这一组房子?这里没有说明)。一天我们在那儿拍一些录像,正好有一导游,带游客在这里讲解。这位导游所讲,就把"城曲草堂"讲成"城曲学堂"了。我一时没忍住,说了一声"城曲草堂",她当时没有反应,继续讲解。后来讲完了,她带的游客分散自己玩,她回过来看我们拍摄什么。这时我又告诉她,应当是"草堂",不是"学堂",并把说明牌指给她看。她看了,想一想说,大概都是可以的吧。

这位导游,猜想不会是耦园的导游,而是所谓的地陪导游。他们各个园林都去,都讲,有时难免不够专业。那天还听她说,这耦园东花园,有两条廊,其中一条短的,叫"夫妻廊",因为耦园园主沈严夫妇相亲相爱,所以有这个名称。其实两廊都是有名称的,一条桂廊,一条筠廊,没有叫夫妻廊的。

楼下的许多房间,多数可以进入,但是进到房内,还有围栏限制你的脚步,不能接近室内布置的家具。这个或许还可以理解。但是,有一间不能进去的房,可以看见室内后部放着一张床,床上有被褥、枕头等。这就让人觉得不伦不类了。说是卧室吧,不应当前面用大玻璃窗,让人一览无遗。难道这是古物陈列?看看也不像。

还研斋有一个故事,说是上代祖宗有一珍贵砚台,后来散失在外几十年,被后代人找回来了。为了纪念此事,就把一间房子起了这样的名字。这间房里,有一副刘墉书写的对联:"闲中觅伴书为上,身外无求睡最安。"在网上搜到这样的解释:

> 闲中觅伴书为上,身外无求睡最安(健康箴言)。此联为清书法家刘墉题苏州耦园还砚斋联……这些"伴"虽然能各适其意,各有各的乐趣,但在耦园园主和书联者看来,"万般皆下品,惟有读书高"……此联表现了耦园主人舍弃名利、脱俗寡欲、得闲读书、修身养性的心境和情趣。

这刘墉是乾隆时代人,比耦园沈秉成早很多,年纪大得多,这对联是不是刘墉为耦园题写的,十分值得怀疑(现在苏州街上,有家连锁酒店,各店门口都用这联,那当然都是复制的了)。世界文化遗产的管理者，在这些问题上，都应当有好多工作可以做的。

补读旧书楼

这补读旧书楼，就在城曲草堂上方二楼。楼上房间基本与楼下一样多，只有最西面一间，好像楼上没有。除了"补读旧书楼"的匾额，还有楼下还研斋上面的一间，也有匾额"双照楼"。这里过去园林方面开过茶室，有时生意好，客人多，茶桌子也会搬到外面，直到补读旧书楼那里。可是现在全部封锁，游人禁入了。

假山不可上，是因为安全，怕发生事故。楼上不可去，或许不是安全问题。那天，陪两位广州来的客人——电视台为了摄制节目的，想拍一些资料镜头，远道带来器材，在大门口就问那楼上能去拍吗？工作人员说，那要问科长，但是科长刚出去。果然办公室的门锁着。后来他们正在楼下拍，来了几个人据说有主任，广州人就提出能不能上去拍一下。回答说"上面开会"（自然不能拍了）。

这个补读旧书楼，在钱穆先生《师友杂忆》一书中有一段回忆，说他《国史大纲》书稿写成，在商务印书馆出版。那时正是抗日战争时期，他在大后方，商务印书馆还在上海租界，为出版事，钱先生请假一年，潜来沦陷区，改名隐居在苏州耦园，以便来上海。补读旧书楼就成了他这一年的书房。半日读书半日写作，一年写成《史记地名考》一书。

> 楼窗面对池林之胜，幽静怡神，几可驾宜良上下寺数倍有余。余以侍母之暇，晨夕在楼上，以半日读英文，余半日至夜半专意撰《史记地名考》一书……余乃得以一年之力完成此书。余先一年完成《国史大纲》，此一年又完成此书，皆得择地之助。可以终年闭门，绝不与外界人事交接。而所居林池花木之胜，增我情趣，又可乐此而不疲。宜良有山水，苏州则有园林之胜，又得家人相聚，老母弱子，其怡乐我情，更非宜良可比，洵余生平最难获得之两年也。

宜良那个上下寺，原是山中小庙，后来就荒废不存了。近年修旧如新，成了游览地，还立了"钱穆先生著书处"碑，只是其实环境和房子都不是当年的样子了。苏州耦园这补读旧书楼，环境、屋宇都保存得很好，林池花木也近似往日，只是不向公众开放，很可惜。如果开放游览，布置一个书房样子，书架上放一些钱先生读过的书，所写的书，不用立碑，只要写一说明牌，抄上《师友杂忆》中的几句话，就远胜于宜良的"纪念碑"，更比楼下房内放一张床有意思多了。广州来的客人要拍资料，他们就是读过这《师友杂忆》的。

载酒堂

这是一个大厅，大概五十多年前不戒于火，被烧成一片空地，多年后得到重建。重建后也补书了匾额。除了"载酒堂"三个大字，还有一段跋语说这载酒二字，当年是取自唐人"东园载酒西园醉"的诗意（大意这样，此非原文）。下面堂前，有一块不大的说明牌（各景点多有的），却说是取自宋人"东园载酒西园醉"的诗意。一说唐，一说宋。好在人们或许不大注意看，不一定会发现这个矛盾，导游一般也不会去讲这个。不过老这样让它矛盾下去，总不大好。记得早年报上见到有人指出过，应是宋人诗，不是唐人。那块题写宋人的，或许就是据此。但没有说明上面的匾额有误，还是起不到补救作用，可惜了。

世界文化遗产的文化内涵

苏州园林里，耦园是较早被列入世界文化遗产名录的。这份遗产，除了要妥善地加以保护，还应当做好宣传工作，使更多的人知道我们有这么好的、这样有价值的遗产，并引以为荣。

所以，第一个建议，这个黄石假山，不要就这样"保护"，而要积极修复。补读旧书楼、双照楼等，也应当恢复开放，使其可以登临。第二个建议，应当加强研究工作，了解这个遗产的各方面情况，越细越好。然后可以让导游先生或者导游小姐的解说词增加其文化的成分，减少其"娱乐"甚至错误的成分。

当年申报列入世界文化遗产名录，不知道申报书是怎样写的。猜想或许是以明清为主，特别是以清代的人和事为主吧。从清末到现在，又过去了一百年。这百年来跟这耦园有关的人和事，对于我们来说，也可以算是历史人物，算是文化遗产了吧，比较著名的，文化方面的人，至少有杨荫榆先生、钱宾四先生、刘国钧先生和陆文夫先生等。

杨先生，北平女子师范大学校长，因为处理学生风潮事被认为不当，而被鲁迅杂义钉住了"耻辱柱"上。后解职回到家乡，曾经办过一所女子学校，就在这耦园里。大概在抗战初期停办，不久以后，杨先生在苏州惨遭日本侵略者残酷杀害。

钱先生是在杨先生离开之后，为出版《国史大纲》而从后方前来苏州，化名在耦园隐居。除了联系出版事宜，还要侍奉老母、读书写作，经过了一年时间才又去四川。抗战胜利后，钱先生在无锡江南大学任职时，家庭仍在耦园，即便是在苏州河南大学兼课，也仍在耦园居住。后来在台湾写的《八十忆双亲》《师友杂忆》二书中，都有说到耦园生活的情景。

刘国钧先生是著名的企业家，他办的工厂主要在常州。20 世纪 40 年代，他出资买了耦园，供厂里的一些高级职员和自己的亲戚住家所用。他自己有事来苏，也住在这里。他对花园、房屋的整修也有贡献。一直到十几年后，私营企业改造高潮前夕，他将这耦园献交政府（一度改由工厂使用）。

陆文夫先生年青时在苏州中学读书，约在 1947 年离开学校，到苏北解放区去了。1949 年后随军南下，以后常在苏州，致有"陆苏州"之称。苏州中学求学期间，他没有住校而是住在耦园，或许是住某亲戚家吧。

以上这几位先生，好像都是苏州名人馆中的名人。他们和耦园之间发生过的种种，或许都可以算是耦园园史中的重要内容吧。这里所写只是就我所知。如果有人好好研究，加以充实，并通过导游先生或小姐进行宣传，相信有助于提高游客的游兴。

高启之死

高启是明代的诗文家，字季迪，号槎轩，又号青丘子，长洲（江苏苏州）人。一生所作诗词及文约 2000 篇，因其后来隐居于青丘，后人汇辑成《高青丘集》。元末时期，高启与王行、徐贲、张羽等十人并称"北郭十才子"。高启又与杨基、张羽、徐贲并称"吴中四杰"。但无论是在"十才子"还是在"四杰"中，高启的文学成就远远超过了其他人。高启的诗文，以七言律诗最能体现其才华横溢、清新超拔的特点。最著名的是《梅花九首》，其二广为传诵：

　　琼姿只合在瑶台，谁向江南处处栽？
　　雪满山中高士卧，月明林下美人来。
　　寒依疏影萧萧竹，春掩残香漠漠苔。
　　自去何郎无好咏，东风愁寂几回开？

毛泽东在写《卜算子·咏梅》时，曾一天之内三次吩咐田家英查找这首诗。在毛泽东的墨迹里，有这样的评价："高启，明朝最伟大的诗人。""雪满山中高士卧，月明林下美人来"，更是成为名句中的名句，《红楼梦》中的双关隐语"山中高士晶莹雪，世外仙姝寂寞林"，也是从这一句变化而来。

高启的诗歌中，处处可见到他忧虑、渴望的心态，以及无边的寂寥和对命运的关注。"风尘零落旧衣冠，独客江边自少欢。门巷有人催税到，邻家无处借书看"（《秋日江居写怀》），透露出他隐居的孤寂心情；"要将二三策，为君致时康"（《赠薛相士》）的理想已经破灭，"不问龙虎苦战斗"，意味着他对张士诚、朱元璋等群雄逐鹿已经厌倦；"居闲厌寂寞，从仕愁羁束"（《晓起春望》），"隔叶栖身稳，移柯忽意惊"（《新蝉》），"竹动鸟惊梦，草凉虫语悲"（《次韵内弟周思敬秋夜同饮白莲寺池上》），反映出他并不想过真正的隐士生活。

大明建国后，高启应召赴南京时，写下了《登金陵雨花台望大江》一诗：

> 大江来从万山中，山势尽与江流东。
> 钟山如龙独西上，欲破巨浪乘长风。
> 江山相雄不相让，形胜争夸天下壮。
> 秦皇空此瘗黄金，佳气葱葱至今王。
> 我怀郁塞何由开，酒酣走上城南台；
> 坐觉苍茫万古意，远自荒烟落日之中来！
> 石头城下涛声怒，武骑千群谁敢渡？
> 黄旗入洛竟何祥，铁锁横江未为固。
> 前三国，后六朝，草生宫阙何萧萧。
> 英雄乘时务割据，几度战血流寒潮。
> 我生幸逢圣人起南国，祸乱初平事休息。
> 从今四海永为家，不用长江限南北。

这首诗以豪放不羁的手笔，写出了江山的雄伟壮丽，并在历史叙述中，抒发出祖国重新统一给他带来的渴望和喜悦。高启赴南京后，当上了翰林院国史编修官。修史完毕后，朱元璋叫他做"国家经委副主任"。高启不想当，原因大概是这位皇帝不好伺候，伴君如伴虎，做臣下的没有安全感。朱元璋疑心很重，当时已经杀了一批不肯出仕的人了。高启回答得很小心，说自己年轻不懂经济，没有管理经验。朱皇帝倒没有难为他，送了一笔钱，同意他辞归，于是高启回到了青丘，但从此埋下了祸根。

朱元璋早期表现得意气风发、恢宏大度、礼贤下士，跟后期判若两人。朱皇帝以前叫朱重八。说到名字，忍不住要八卦一下，"八"字者，做人撇脱也。前一个八表现出英雄豪杰气概，非常人也；后一个八表现在残忍凶暴、诛杀功臣，非常人也，寡人是也。朱元璋自视甚高，立志功盖始皇，业比尧舜。但当过和尚、做过叫花子的他，文化程度不高，所以十分害怕被文人瞧不起。儒士夏任启为明志不做官，把自己的手指都砍断了。朱元璋想不通，现在天下太平了，这些人是怎么回事。

朱元璋发迹后，对文人算是比较重用的，他身边的一些武士看不下去：我们出生入死打来的天下，倒叫这些文人们坐大了！于是想方设法去挑拨离间朱元璋和文人的关系。有一天，有人说起张士诚的名字。张士诚原来叫张九四，发迹后经文人改成了张士诚。朱元璋说："这个名字取得不错啊。"给他讲名字的人说："什么不错，张士诚上了大当了。《孟子》书中有：士，诚小人也。可怜他被骂了一辈子，到死都还不知道。"朱元璋听说后，就特别留意大臣们上的奏表和文人的诗文，果然一个个都像骂他做过和尚似的。其实《孟子》里的那句话是尹士误会了孟子，给孟子道歉时说的，说我真是个小人啊。

杭州府学教授徐一夔作贺表，内有"光天之下，天生圣人，为世作则"等句，朱元璋认为"光"是指剃光头，"圣"指僧，"则"是贼。作者自然难逃一死。有个叫来复的和尚为讨好朱元璋，作了首谢恩诗，其中有"金盘苏合来殊域""自惭无德颂陶唐"两句，朱元璋一看不干了，说我是歹朱，还说我无德。这两个套近乎的人，真是拍马拍到马腿上了。朱元璋因为类似的事，杀了几十个人之多。

洪武五年（1368），皇帝命魏观出任苏州知府。苏州曾是张士诚经营了十一年的老窝，魏观到任后，聘用了高启等一批学有专长的人才大兴文教，还帮高启把家从青丘迁回苏州。魏观当时在张士诚的府第搞了点"市政工程"，高启为他写过一篇《上梁文》。至今农村盖房子还保留这一习俗，上梁时，用几张红纸写上："某年某月某日某时，某某上梁大吉。姜太公在此，诸神退位。"找糨糊往梁上一贴，放一挂鞭炮，就算完成了。高启作为文人，和老百姓不同，自然要加以修饰。原文看不到了，在吴晗的《朱元璋传》里，是这样表述的："苏州知府魏观把知府衙门修在张士诚的宫殿遗址上，被人告发。元璋查看新房子的《上梁文》有'龙蟠虎踞'四字，大怒，把魏观腰斩。金事陈养浩作诗：'城南有嫠妇，夜夜哭征夫。'元璋恨他动摇士气，取到湖广，投在水里淹死。翰林院编修高启作《题宫女图》诗：'小犬隔花空吠影，夜深宫禁有谁来？'元璋以为是讽刺他的，记在心里。高启退休后住在苏州，魏观案发，元璋知道《上梁文》又是高启的手笔，旧恨新罪一并算，把高启腰斩。""龙蟠虎踞"这四个字犯了朱元璋的大忌，龙蟠虎踞之地当为帝王所居，你把张士诚住过的地方称为龙蟠虎踞，岂非大逆不道？你放着"国家经济部长"

的位子不坐，去做一个小小的地方芝麻官，分明是看不起我。

　　高启被逮送南京途中，留下了"枫桥北望草斑斑，十去行人九不还""自知清彻原无愧，盍请长江鉴此心"的绝命诗。死时年仅三十九岁，罪名是"有异图"，被腰斩于南京，据说被斩为八段。高启只能算是半个"高士"，真正的高士是不在乎什么"美人"来不来的。历史上的高士一向在民间有很大影响力，为历代帝王所忌。周公时就开了先例，有姜尚杀华士。"山中宰相"毕竟只有一个，拜佛而亡国的帝王也只有一个。朱元璋建国之初，是不允许所谓的"高士"存在的，这从他给高启罗织的罪名就可以看出来。高启的不幸，是封建专制制度的结果。在封建君王权力无所制约的状态下，没有任何一处栖身之所是安全的。

杜荀鹤和苏州

杜荀鹤的《送人游吴》诗中，有"君到姑苏见，人家尽枕河"二句，可以说是脍炙人口的名句，并且常可在苏州一些书法家的作品中见到，或是录全诗，或是就这二句。

杜诗人是池州人，就是现在安徽贵池那儿的人。在唐朝末年考中进士，且是状元，到五代梁时做翰林学士，"知制诰"，是很有权势的大官。受梁太祖的信任，他就有些依仗权势欺人的表现。《全唐诗》杜荀鹤小传中说："恃势侮易缙绅，众怒欲杀之而未及，天祐初卒。"幸亏死得早，不然就可能被众人杀了。但是《中国人名大词典》则说："恃太祖势，凡缙绅间己所不悦者，将谋尽杀之。事未发，遘疾卒。"意思是他要杀一批人，没来得及，自己得病死了。两个说法，看上去还是《全唐诗》中的比较对，杜荀鹤虽然恃势凌人，要搞一个"横扫一切"的大动作，恐怕还不大可能吧。

杜荀鹤诗集中，有在杭州写的，有在扬州写的，有在金陵写的，好像没有在苏州写的。倒是和《送人游吴》类似的与苏州有关的诗有好几首，如《送人宰吴县》《送人游江南》《送人游吴越》等。或许他本人没有到过苏州？《送人游吴》中讲了苏州河多、桥多——"古宫闲地少，水港小桥多"，又讲了苏州土特产——"夜市卖菱藕，春船载绮罗"，说得很准确、很形象，又像是到过苏州的。《送人游吴越》中也有不少这样的句子："去越从吴过，吴疆与越连。有园多种橘，无水不生莲。夜市桥边火，春风寺外船。此中偏重客，君去必经年。"特别是最后二句中"此中偏重客"，不像是没来过苏州的人所写，而像是在苏州住过不止是一年两年的人所写。

《送人宰吴县》或许是他还没做高官时所写：

　　海涨兵荒后，为官合动情。

> 字人无异术，至论不如清。
>
> 草履随船卖，绫梭隔水鸣。
>
> 唯持古人意，千里赠君行。

看得出，这时苏州正经历过水灾和兵灾，杜诗人的朋友这时去做这地方官不是好做的。"字人"，或许就是《逸周书》中所说的"字民之道，礼乐所生"的"字民"。《辞源》解释，"字民"就是抚养人民；《左传》里也有"字人之孤"的说法，即抚养孤儿。吴县（苏州）遭灾以后，县官的主要任务就是"字人"了。杜荀鹤告诉朋友，做好这吴县宰，其实也没有什么神奇的方法，最重要的就是"清"，做个清官最是第一。这就是"古人意"，就是诗人给吴县新长官的赠言。

杜荀鹤另有《长林山中闻贼退寄孟明府》一诗，虽和苏州无关，但与《送人宰吴县》思想感情相通，所以附抄在这里：

> 一县今如此，残民数不多。
>
> 也知贤宰切，争奈乱兵何？
>
> 皆自干戈达，咸思雨露和。
>
> 应怜住山者，头白未登科。

末二句，当是自况吧。

杜荀鹤诗中《下第投所知》一类诗不少，他最终考取状元，是经过多年不第，"心火不销双鬓雪，眼泉难濯满衣尘"的艰苦历程的。有一首《小松》，则似是考中以后的得意之作："自小刺头深草里，而今渐觉出蓬蒿。时人不识凌云木，直待凌云始道高。"有些扬眉吐气的样子了。后来梁太祖赏识重用他，才造成了他"侮易缙绅，众怒欲杀之"的后果。真是考不中有考不中的不好，考中又有考中的不好。要按"古人意"，只有克己复礼，管好自己，才能避免这些不好的后果。可惜当时没有朋友这样提醒他。

苏州万年桥与潘次耕诗

　　民国初年，有个总统徐世昌，他不做总统后退出政坛，编集了一部《晚晴簃诗汇》，辑录有清一代，上至皇帝王公大臣，下至和尚道士尼姑的诗作六千多家近三万首，共二百卷八十册。这么多诗中间，自然会有不少苏州诗人所写，或外地人写苏州的诗，兹举潘次耕《万年桥》为例。

　　潘次耕是吴江人，是顾亭林先生的学生。他晚年游兴大发，踏遍了山川名胜，"游屐所经，留题殆遍"，可称是一位行吟诗人。《晚晴簃诗汇》里收的这篇《万年桥》诗，不是讲的苏州万年桥，讲的是江西分宜的万年桥。但分宜的这座万年桥，原来就是苏州万年桥。"相传吴胥门，有桥甚雄壮"，后来严嵩做宰相时"不知何当事，诏媚分宜相，拆毁远送之，未悉其真妄"，潘诗人此时似还不相信真有其事，但接下来经过"实地考察"，证明是真非妄，遂故意用了诗家欲擒故纵的笔法："兹来经秀江，巍桥俨在望。横铺八九筵，袤亘数十丈。石质尽坚珉，蹲狮屹相向。皆言自苏来，运载以漕舫。严老自撰碑，亦颇言其状。始知语不虚，世事多奇创：桥梁是何物，乃作权门饷。鞭石与驱山，势力岂多让。"这位未指出名姓的"当事"，真是一位"奇创"家，发明了以桥梁来送礼讨好权相的创举，其势力完全可与神话中的鞭石驱山来形容了。

　　"当事"讨好严相，以求庇护提拔的"动机"，不知得到了何种回报；而其效果，则对分宜人有些好处，而且不单是一时的好处："冰山一朝摧，籍没无留藏。独此岿然存，千秋截江涨。颂詈两不磨，功罪亦相当。犹胜庸庸流，片善无足况。"细品诗味，潘诗人的所谓颂与功，显然还是反衬层面上的意思。

　　诗的最后又讲到了苏州，自从明朝嘉靖年间桥被迁走，到清康熙朝诗人写诗时，苏州胥门外还是没有桥。"吴山多佳石，胥江足良匠，有能更作桥，旧式犹可仿"，苏州如果要重建胥江桥，还可以到江西去参照实物作为榜样呢。

后来，胥门重建了万年桥；再后来，又添了一座红旗桥（今改称姑胥桥），此都是后话了。但不知有没有吟咏这桥的诗或文章可与潘诗比美于前后的。

狮子回头望虎丘

苏州虎丘山上有一副长联：

问狮峰底事回头，想顽石能灵，不独甘泉通法力；

为虎阜别开生面，看远山如画，翻凭劫火洗嚣尘。

这联语写在憨憨泉上的山庄里。先看上联。"狮峰"是苏州城西南的狮子山，正位于城西北的虎丘的南方，在虎丘山半山腰的憨憨泉上往南看，狮子山和虎丘的位置关系，苏州人有俗语称为"狮子回头望虎丘"。所以，对联以"问狮峰底事回头"开句，引起下文。"顽石"指的是虎丘剑池前万人座前的"点头石"，"甘泉"就是憨憨泉了，意谓点头石、憨憨泉都能够通灵性、有法力。虎丘因了这点头石、憨憨泉，还有其他名胜奇景，所以惹得狮峰（狮子山）要回头望虎丘了。下联是说，虎丘山虽然经历了太平天国的一场大火，将山前夹道上林林总总的店铺都烧掉了，但从风景观光的角度看，却为虎丘"别开生面"地创造了"看远山如画"的可能性。倒也正如今人所说，坏事变好事了，故曰"翻凭劫火洗嚣尘"。这"翻"字，是反而之意。

香港梁羽生先生在《大公报·大公园》写有"联趣"专栏，积少成多，上海古籍出版社为之编成《名联谈趣》一书。其中第二二九则收入此联，标题作"洪钧　狮子林　赛金花"。这洪钧，是苏州的状元，正是本联的作者。洪钧晚清担任过驻外使节，如夫人赛金花随行驻外。1900年八国联军侵占北京，赛金花曾以个人身份开展过民间外交，劝说、阻止联军欺压百姓的行迹。这是大家都熟悉的。所以，标题上把"赛金花"的名字也加上了，并且还连带讲了不少赛金花的旧事，收有与赛金花有关的其他联语好几副，以增谈趣。

这倒也罢了，可是，且看看梁羽生先生对本联的解释是否准确呢？

从标题看，首先这"狮子林"就错了。刚才说了，"狮峰"是苏州城西南郊外的狮子山，而狮子林位于苏州城内正北偏西。因同是"狮子"，导致梁先生望文生义，误以为这是洪状元为狮了林内的石峰所撰联，而未知乃是虎丘灵澜精舍上的楹联。另外，"翻凭劫火洗嚣尘"里有故事，已如上述，梁先生亦未细察，而将"凭"字改为"腾"字，作"翻腾"，但全句仍是无法解释得通，只能含糊其辞，说："狮子林以园中有怪石像狮子而得名。假山洞顶奇峰林立，状如狮兽，有含晖、吐月、玄玉、昂霄等名，而以狮子峰为诸峰之首。洪钧题联云……吴语有狮子回头望虎丘之说"（以下就都是写赛金花的了）。可见，不仅对于"狮峰"牵强附会，甚而对于吴语的"狮子回头望虎丘"之说，其实也是不明真意的。其他，对"顽石能灵""甘泉通法力""为虎阜别开生面"等，也就只好略而不谈了。

梁先生书里，这则以下，连续好几则都是"挽赛金花联""陶然亭香冢赛金花"等，俨然成了赛金花单元。但这虎丘联，其实却只与洪钧有关，跟赛金花是毫不相干的。又把狮子林牵扯进来误导读者，不可不说是这本书的白璧微瑕了。

如今的狮子山，被苏州市新区开发为大型游乐公园"苏州乐园"，乐园里有缆车直达山顶，游人可以站在狮子山上，体会"回头望虎丘"的意境了。

苏州虎丘典故一则

在明末，苏州复社的士人常在虎丘集会。到了清初，这种集会有时仍会举行。大诗人吴梅村在一次集会上担任"主持人"，到第二天，吴诗人发现千人石那儿，有人写了一首诗嘲骂他：

> 国初文社如林，各标名目。复社生童聚五百人于虎阜千人石上会课，请吴梅村执牛耳。次日清晨，吴欲览游，步至千人石，见有诗题壁云：'千人石上坐千人，不仕清兮不仕明。只有娄东吴太史，一朝天子两朝臣。'吴见之，废然而返。（《丹午笔记·吴梅村被嘲》）

这首诗翻成白话文，大意是说，我们在千人石上聚会的人，在明朝和清朝都没有做官（因为是秀才们聚会，是没有做官的）；只有苏州吴太史，是从明朝做官做到清朝的。

跟这件事类似，陈寅恪先生所写《柳如是别传》中，还记有虎丘生公石上的两首诗。第一首："入洛纷纷兴太浓，莼鲈此日又相逢。黑头早已羞江总，青史何曾用蔡邕。昔去幸宽沉白马，今归应愧卖卢龙。最怜攀折章台柳，憔悴西风问阿侬。"第二首（据陈先生分析，这可能只是半首）："钱公出处好胸襟，山斗才名天下闻。国破从新朝北阙，官高依旧老东林。"这两首诗，寅恪先生说是《陈忠裕全集》里列在补遗部分，为无名氏所作，以讥刺钱谦益的。这诗写得不像上面那样浅近，用了许多古典（陈先生书中——予以考证，文长，这里就不引录了），总之是说他在明朝时做大官，到了清朝仍做大官。大意和上面讥刺吴梅村的诗略同。

吴梅村和钱谦益，明朝亡时虽然投降了清朝，做过清朝的官，但是后来都有悔。吴梅村写的《圆圆曲》，就对降清的吴三桂讥刺很深；钱谦益则在柳如是的推动下，暗地里参加反清复明的活动（《柳如是别传》里有专门考证）。不过这些都是上述虎丘诗歌出现以后的事了。

真娘墓与《真娘墓》

苏州虎丘有个真娘墓，从唐朝就有了。《全唐诗》里，就有三首以"真娘墓"为题的诗作。其中最短的一首是谭铢所写，七绝，二十八字：

虎丘山下冢累累，松柏萧条尽可悲。

何事世人偏重色，真娘墓上独题诗？

谭铢这诗人不很有名，他是吴人，登进士第后曾在苏州做过盐院官。虽然《全唐诗》里只留存他的二首诗（另一首是《题九华山》），但这首七绝的"社会效益"很是显著。袁枚在《随园诗话》中引录了这首诗，说自该诗出来以后，那些无聊的"重色"诗就少了，甚至绝迹了。

套用此诗的句法，也可以写一首绝句，表达这样的意思：历史上人物多多，"何事世人偏重帝"，这皇帝那皇帝的长篇小说、电视连续剧最多？不过即使你写成了这样的诗，其"社会效益"无论如何也是赶不上谭诗人这一首的。

白居易的《真娘墓》是一首杂言诗，有三字句，有七字句：

真娘墓，虎丘道，

不识真娘镜中面，唯见真娘墓头草。

霜摧桃李风折莲，真娘死时犹少年。

脂肤荑手不牢固，世间尤物难留连。

难留连，易销歇，塞北花，江南雪。

按古人写诗"卒章见志"的常规，白居易这里要说的是，美好的事物不易持久，塞北的花，江南的雪，少年的真娘都一样的"难留连，易销歇"。这种感慨，在白诗人其他诗作中，也屡屡可见。如《隔浦莲》：

隔浦爱红莲，昨日看犹在。

夜来风吹落，只得一回采。

花开虽有明年期，复愁明年还暂时。

又如《长安道》：

> 花枝缺处青楼开，艳歌一曲酒一杯。
>
> 美人劝我急行乐，自古朱颜不再来。
>
> 君不见外州客，长安道，
>
> 一回来，一回老。

又如《吴樱桃》：

> 含桃最说出东吴，香色鲜秾气味殊。
>
> ……
>
> 可惜风吹兼雨打，明朝后日即应无。

一首一首，异曲同工，都是讲的一样的道理：塞北花，江南雪，美丽的东西只有几天的美丽，很快就会消歇的。

美好的事物真是这样的不牢固、不长久吗？其实也有相反的一面。真娘虽然少年就逝去，花容月貌，不复可睹，但香冢至今犹存，墓前有后人重建的石碑，还有摩崖石刻"香魂"二字。诗人到此，或会产生写诗的灵感，普通游客到此，也不会熟视无睹，无动于衷的。俞曲园先生的名句"花落春仍在"，很生动地说明了这一点。具体的花落了，一般的春天还在。今年的春天被夏天代替，明年的春天到时候还会来。英雄人物"俱往矣"，但英雄的精神却永垂人间。"人生自古谁无死，留取丹心照汗青"，丹心是不会死，不会消歇的。

白居易本人的新乐府《青石》一诗，也同样表达了这"骨化为尘名不死"的辩证法，《青石》与《真娘墓》同读，或许会得到新的认识。这首诗长，这里只录其结尾部分：

> 如观奋击朱泚日，似见叱诃希烈时。
>
> 各于其上题名字，一置高山一沉水。
>
> 陵谷虽迁碑独存，骨化为尘名不死。
>
> 长使不忠不烈臣，观碑改节慕为人。
>
> 慕为人，劝事君。

忠烈之臣去世了，消歇了，但其精神长存，墓碑可以启发那些不忠不烈之臣，起一个"道德教育基地"的作用。"劝事君"，当年的"事君"大致相当于现今的为社会为国家服务。"君"不是一个具体的人，而是一个象征（国家的"法人代表"）。

白居易是谭铢的前辈，谭铢写《真娘墓》前，应能见到白诗人同名的诗。"何事世人偏重色"的批评，或许不包括白居易这首诗。白诗当时就流行，又一直留传到现在，是那许许多多重色诗所不能企及的。

还有一首《真娘墓》是诗人李绅所作。李绅的《悯农二首》是被选入语文课本的，其中的"锄禾日当午，汗滴禾下土。谁知盘中餐，粒粒皆辛苦"，人们都耳熟能详。他的《真娘墓》，把真娘与杭州苏小小同咏，或许倒有一点"重色"的嫌疑：

　　（真娘）吴之妓人歌舞有名者，死葬于吴虎丘寺前。吴中少年从其志也，墓多花草以满其上。嘉兴县前亦有吴妓人苏小小墓，风雨之夕，或闻其上有歌吹之音。

　　一株繁艳春城尽，双树慈门忍草生。

　　愁态自随风烛灭，爱心难逐雨花轻。

　　黛消波月空蟾影，歌息梁尘有梵声。

　　还似钱塘苏小小，祇应回首是卿卿。

这首诗不像《悯农二首》那样明白易懂，是另外一种风格。"黛消波月空蟾影，歌息梁尘有梵声"，一个"空"，一个"有"，略同于白诗中一个"易销歌"，一个"骨化为尘名不死"的辩证法。

苏东坡先生有名言说，来苏州不去虎丘会是一个很大的遗憾（大意）。这去虎丘，恐怕也不是指参加个一日游，停留一小时两小时，看看花会庙会什么的就行了。虎丘有它特有的文化积淀，可以好好看好好读好好想的。游虎丘和玩苏州乐园不同，一个以人文积淀胜，一个以现代技术含量胜，或许可以这样说吧。

真娘墓前，现有二碑，都是清朝人立的。看碑文，是清初张潮他们"发现"了这唐代古墓，因无标志，乃为立一碑。过了一二百年，这碑又不见了，有人再给立了一碑。《桐桥倚棹录》中记载的就是这后碑，当时前碑已不为人知，不知在何处了。后来，大概是几十年前，张潮立的碑才又被"发现"，乃重立在后碑的边上，形成现在的格局。后碑较大，居中。

草堂主人知是谁

　　白马涧是苏州木渎附近新开辟的游览区，不过也已经有十多年了。再往前推，那儿是农村，有水库，有村落，有田地。如果倒推一百年、两百年，甚至三百年，则这里还有地主、隐士、致仕的官员等。现在这个风景区，可以上山，也可以绕行湖边木栈道，还有烧烤、野营，等等。但是我们去时，往往只是在林木下面散散步，呼吸新鲜空气，发思古之幽情。不会想到，我在山石上发现过旧时的某记某记的产权标志，还拍照在报上发表过。

　　那儿有个古迹"涧上草堂"，我记得那个故事，说明末清初，有隐士徐枋居此。他不愿到苏州城里去，就蓄一小毛驴，将自己所作书画放在毛驴背筐里，让毛驴自己进城到集上。于是会有熟客，以生活必需品放入筐里而取走书画，作为交换。当年，我曾就此写过一文，在苏州晚报上发表过。后来辟为风景区，这个草堂就被重建，堂前还立着他的塑像。另外，除了远处有"涧上草堂"的路标，走近了还能见一书童塑像，像是招呼来访者的。

　　可是，今年到那里去，原地却变成了"寒山草堂"。寒山草堂的原主人是赵宦光，不是我当年写过的徐枋了。细想几年前来，在那儿见到的确实是涧上草堂。或许两位古人都在这里住过，而用的是不同的堂名？未见有说明，只有关于赵宦光的介绍，还有赵宦光的诗作多篇。大概是因为他的时代较早，这"地盘"就归他名下了。现在堂名和塑像名改了，路标却没改过来，依然是"涧上草堂"。也不知那座塑像是拆毁后重建的，还是只改换了一个名字。

虎阜花园鸭脚浜

我家本来在义慈巷，位于苏州市五中边上。后来石路商业区要西扩，列入了拆迁范围。老房子拆了，新房子在金阊新城建造，许多被拆迁户都找地方过渡。两年过去，老房还没拆完，新房已经造好了一半，名为虎阜花园。虎阜花园分东西两区，西区先成，快的已经入住，慢的也在装修；东区也已开始兴建了。

两区之间，有一条小河——鸭脚浜。东区以东，马路对面，另一条较大的河是塔影河。这次过年，女儿从北京来苏，说去看看新房子的结构和周围环境吧。我们选的东区，虽然房子还没建起，但其结构可在西区已建的楼中看到。

看了回来，发现那个地方离虎丘、离山塘街都近。于是想到了《桐桥倚棹录》，拿出来一翻，竟发现鸭脚浜和塔影河都有记载——房子是新的，河浜却是有历史的！

鸭脚浜 为生公放生处。在胜安桥内。任《志》云："即凫溪也，旧有白椎庵。"明文震孟题"晋生公放生处"六字。此处有泉，俗呼"鸭脚泉"。昔人以鸭脚泉煮虎丘茗为佳品。汪琬《过鸭脚浜》诗云："柳外莺雏弄好音，暂牵画舫入溪阴。棟花欲放黄鱼美，谷雨才晴绿树深。才少不堪文字饮，兴酣那惜短长吟。麦秋时节须行乐，已是功名付陆沉。"（《桐桥倚棹录》卷七"溪桥·鸭脚浜"）

白椎庵，这座小庙现在是没有了。"晋生公放生处"，这生公，不就是在虎丘讲经，让顽石点头的生公吗？据《中国人名大辞典》："生公，梁高僧。尝讲经于虎丘寺。聚石为徒，石皆点头。世有生公说法顽石点头之语。"一个说晋生公，一个说梁高僧。即使是晋末到梁，中间也隔着宋、齐两代，这生公，不会这么长寿吧？

正有一种陈寅恪先生《读书札记三集》，是写在《高僧传》上的札记。这本书里也有虎丘点头石的故事，说的是宋竺道生的事。当时流行的《泥洹经》（法显译）说："一切众生皆有佛性在于身中，无量烦恼悉除灭已，佛更明显，除一阐提。"这段经文是说，一切众生皆有佛性，除去了烦恼，就可以成佛；但是，"除一阐提"，只有那"阐提"不在其内（阐提，佛家专用语，指断了善根的人）。竺道生当时是宋京师龙光寺僧人，他认为这很矛盾。乃说，"一阐提人，皆得成佛"。这观点一出，"孤明先发，独见忤众"，竺道生被寺里众僧逐出，这样他才来到苏州。可是，虎丘寺僧人也不支持他的孤明独见，他只好在虎丘山前"聚石为徒"，对石头宣讲了。那顽石却不顽，点头称许了他的见解。但是石虽点头，人们还没有点头。

后来，西方又有经书传来。先前法显翻译的《泥洹经》只有六卷，不全。现在来的大经是全本，下面真有"一阐提人，虽彼断善，犹有佛性"，证明了竺道生的孤明独见是不错的，错的只是太"先发"了，超过了当时人们的认识。南京龙光寺里的长老们见了真经，大为震惊，想起了竺道生，便驾船到苏州虎丘，迎接竺道生回去，请他来讲全本大经。随着他和他的著作《二谛论》《佛性当有论》《佛无净土论》等都受到众人的尊敬信服，竺道生便被称为生公了。

几年后，生公圆寂（宋元嘉十一年，434），葬于庐山。这样看来，《中国人名大辞典》的"梁高僧"是不大对的了。《桐桥倚棹录》文震孟题晋生公，是因为他出生在东晋，一直到六十多岁的晚年才有了南朝宋，所以这不能算错。又，再查《中国人名大辞典》，也有竺道生，也说是南朝宋僧，也讲到他在虎丘"竖石为弟子，讲《涅槃经》，石皆点头"，跟陈先生读《高僧传》札记相符。

毕沅的故事

毕沅到陕西做巡抚，有位何知县违背他不准送礼的告示，送上了二十块大方砖。说是从农家猪羊圈厩等处找来，看上去像古物，敬请大人鉴赏判定。毕沅看了，觉得像是秦砖，不禁赞赏了几句。知县就说，如此宝物，放在敝县也是白费，不如就留大人处，也算见了天日。毕巡抚本爱古玩，就收了下来，并以苏州名茶碧螺春一包回赠。过了三天，何知县被撤职，削职为民了。原来何知县想送礼而不敢，先去请教了毕沅幕中一位庄师爷，庄说，大人爱古玩，但你送贵重物品他肯定不收，不如这样，做几块假古砖送礼试试。毕沅当天没识破，过后终于发现，再作调查，乃得真相大白。县官和庄师爷都被辞退了。

以上是《毕沅 VS 灵岩山馆》一书中的故事。到了另一本《苏州状元》里，则变成这样：

县令派人送上古砖，正值毕沅六十大寿，毕沅看了很是喜欢，准备破例收下。便对来人说，我本不收寿礼，但你主人这礼不同寻常，可先放这里，你先回去代致谢意，过几天我再写谢函过去。差人见此情形，有点得意，便多说了几句，把县官召集工匠赶制这批礼品的事说了出来。毕沅这才知道这是一批假古董，"最后只得一笑了之"。

两本书上的两个故事，都是县官给毕沅送古砖，古砖又都是假的，可以料想当是同一故事的两个版本。二书虽都不是学术著作，只可定位为旅游或休闲读物，但是随意发挥太多，写得好似很生动，却因写到同一故事而又"各有特色"，读者反而不相信了。

还有，《毕沅 VS 灵岩山馆》的书名中用了一个 VS，看上去很不顺眼，其实不过是"和"的意思吧。这样的书名模式，一套书十来册都一样，前面是人名，中间是"VS"，后面是苏州的一处名胜或古迹。内容大多是讲名人名山名园之事（其事却不一定发生在所讲之处）。不知方块汉字有何不好，非要用这个"VS"？

历史局限

苏州一家报纸上，刊发一篇《晚清爱国将领张曜》的文章，介绍和纪念这位被称为"水乡明珠"的乡先贤。

张曜，少年时代在苏州吴江黎里上过私塾，打过零工，也在赌场赌过钱，好像没有什么值得纪念的事。后来离开黎里，到河南固始谋生，才正式开始人生之路。

固始县那时（咸丰初年）正有捻军作乱。县长正是张曜的姑父。他见张年轻力壮，又性好武事，就让他去做"团董"管训练民团的事。张曜感知遇之恩，努力办事，他率领团练，几次获得胜利。还有一次配合僧格林沁大军，获得夹击捻军的大胜。因而升任县官，又升到知州知府，甚至将被任命为河南布政司，这是省级的高官了，但是因为只有武功没有文才而被反对，布政司没有做成，转任总兵之职。

张曜在总兵任上，修文习武，又随左宗棠进疆平叛，官升山东巡抚，在治理黄河上多有建树。直到现在，济南市还留有当年张曜种植的柳树，被人称为"张公柳"，并被定为济南市树。后来张曜积劳成疾，病逝在济南任所。时在清光绪十七年（1891）。

皇帝给了谥号，民间也封他为河神大王，入庙祭祀。苏州吴江黎里，张曜也有故居（他在外为官时回来所造），已被定为吴江市级文物保护单位。近在修复中，当地准备开放为游览地。

《晚清爱国将领张曜》文章结尾称张曜为"曾经为国为民作出奉献的爱国将领"，说他抗击沙俄，收复伊犁，治理黄河，鞠躬尽瘁等。但是在他一幅画像边上所作"赞语"中却有一句"青年时期，出于历史的局限，投身团练"，好像是指出他虽有不足（有污点），但曲为之说，这是"历史局限"也不能多怪他呀。

投身团练，是历史局限，如果不局限，就不参加民团，去参加捻军吗？这种把捻军看作农民起义，把团练看作封建地主武装，反动政府帮凶的历史观，其实和全篇文字很不协调，如果参加民团不好，那么做到县官、州官，甚至更高的官岂非更是不好了，为什么不去组织革命党推翻清朝？看来画像边的"赞语"或者不是文章作者所写，而是出于其他人的手笔吧。

博物馆里的 "虚钱"

前些日子到吴江去玩，在吴江博物馆看了一个钱币展，是一位收藏家捐出的藏品。展出历朝历代从刀币到银元（纸币少）的古钱币，好几个展室。学得一个名词 "虚钱"：一个铜钱比五铢钱大不了多少，但是，币值却是五百个、一千个五铢钱，就被称为 "虚钱" 了。回来在博客上约略记了一下。有朋友就问，"虚钱" 是什么意思，愿闻其详。

其实，这个名词也只是从展室展板上看来，推想起来，就是不值这么多，所以叫虚钱了。被追问起来，却也说不出什么可以进一步 "详"的了。

这几天看一本书，香港商务印书馆出版，叶龙先生编录的《中国经济史》，是根据当年他在香港新亚书院听钱穆先生讲课的笔记整理而成的，正好有关于这 "虚钱" 的一段，在《魏晋南北朝时期的货币》这一节里。

书上说，三国时候曹魏沿用东汉五铢钱，刘蜀和孙吴都自己铸钱。蜀方铸有 "直百五铢" 和 "直百" 两种铜钱。前者铜质差，制作粗劣。后者精细，却不多见。吴国铸有 "大泉五百" 和 "大泉当千" 两种铜钱，但字体模糊，轻重不一，由于质量差，其真实价值远在面值以下。西晋时沿用魏的五铢钱，东晋则用吴国旧钱。而吴兴沈充另铸小钱，即小五铢，又称 "沈郎钱"。

南北朝，各朝都有铸钱。陈朝的 "大货六铢钱"，"为六朝钱币之最精者，可惜不久即废，仅流通五铢钱而已"。北周有 "布泉"，"五行大布" 及 "永通万国" 三种，制作皆精。"后者最后铸，大小不一，小品有铅质的，大品有银质的，但均少见，篆法精工，为周钱之冠。"

最差的钱是南朝刘宋时的 "鹅眼钱" 和 "线环钱"，鹅眼钱小而薄，没有边，1000 个钱叠起来不过三寸。线环钱更不行，"入水能浮，握手能碎，钱不能数"。这种钱不值钱，一万钱只能买一斗米。钱币做得差，还有一个大弊——"轻钱弊盗铸"，就是钱铸得轻小了，容易被仿造盗铸，假钱就会多了。博物馆里的"虚钱"，却不是假钱，只是说不值这么多吧。

不过总的说来，当时（魏晋南北朝）经济不错，商业繁荣，但是，"国家不统一，社会不安定，贫富不平均，所以不算一个好的时代"。

书上这些，正好做博物馆参观记的补充了。

木渎圣旨馆

　　木渎虹饮山房有一圣旨馆，收藏陈列有好多清代皇帝颁发的圣旨。其绝大部分，是因儿子当官而给父母封赠的谕旨。小到九品官员，父母也能获此殊荣。这在当时，是一种制度性的举措，所以几封圣旨可以有相同的开头。一位导游讲解时，说这是用八股文写的，其实她的意思或是说这些圣旨的写法很程式化，她把程式化和八股文等同起来，则是错了。八股有八股的程式，圣旨有圣旨的程式。不能混为一谈。

　　好几道圣旨开头有这样两句："资父事君，臣子笃匹躬之谊；作忠以孝，国家弘锡类之恩。"圣旨馆里有白话译文，但两处却很不相同。一处译为："资（有名望的）父事君，志向专一，舍己尽忠，善事国家，当赐恩惠。"另一处译为："依靠父亲的培养当了官，为国家做事，身为臣子总是真心实意地效忠，从不顾及自己，把忠君报国当作对父母最好的孝敬，朝廷也经常把恩惠广施众人。"一简一繁是没问题的，但意义相差太远就不对了。这"资父事君"的"资"看来译为"依靠""有名望"都不够准确。逐字逐句地翻译，是件费力不讨好或不易讨好的事。对这些圣旨，其实只要分别简单说明，这是哪位皇帝给谁谁谁的父亲或母亲，或双亲的，因为他（他们）的儿子做了什么官（还有几品），所以封赠什么称号，就可以了。那些程式化的字句，不必详细翻译的，真要译，得请一位真正读得懂文言文，熟悉这种官文体的人来翻译才好，一般文科本科毕业生也不一定能译好。即如上面两句，两种翻译应说都不理想，但不译它，也可以知道这圣旨是作什么的。

　　木渎是四星级的旅游点，并在向更高星级努力，这圣旨馆的讲解和说明词的撰写，或也当更提高一点。

钱处士与张诗人

钱处士和张诗人都是清朝人，分别生活在康雍乾之间及康雍两朝。他们的墓葬分别在虎丘山前和灵岩山下。

钱处士的职业是"皮工"，也就是补鞋的，所以人称"补履先生"。76岁去世，无后。所以是"郡中士大夫"为之营葬的。士大夫们因为他有学问，"经史子集、九流百家，浏览几遍，尤致力于《孝经》《论语》"而敬重他；平民百姓也因其"性朴讷，不妄取一钱"而思念他。下葬之日，有几百人来送行。时任江苏按察使的汪志伊，也为他题写了墓前短碣。时人有诗咏其事，有"生乏高轩过，骏骨殁始觉"之句。可以说，这既是对钱处士的同情和推崇，也是对当时官府的不重视人才的批评了。

从清朝到民国，这个墓渐近湮没，直到1958年文物普查时"再次发现"，才得到修整保护；以后又修过几次，现在是苏州市文物保护单位。金阊区政协文史资料编委会所编《七里山塘》一书中，有文记之，与五人墓、葛贤墓、陈去病墓并列，各得一篇。

灵岩山张墓，年代比钱处士早约半个世纪。现在墓前有一块碑石，是苏州市文物保管委员会1957年立的。又有短碣一，是雍正年间（1723—1735）原物——"诗人张永夫之墓"，同学友人公立。看来诗人晚景也和钱近仁处士略同。墓的境遇也略相近，濒于湮没而在20世纪得到重修，立碑。但张墓似未被列入文物保护单位名单。墓前没有路，是一片荒地，有几棵树，附近居民系上绳子，晒衣服裤子用。

自古诗人多寂寞。生前和死后是一样的。笔者查过民国总统徐世昌编的《晚晴簃诗汇》，没有查到这位诗人的诗作；《中国人名大词典》里也没查到其人。或许《全清诗》里，地方志里会有他的诗作和生平资料吧。文物保管委员会似可再做一些工作。

　　这个墓的具体位置在山前木渎山塘街西端，河边。隔河就是山前的大路。我照一张照片，照片上就可看到山前的游人。所以游人若来凭吊观览，是很方便的。

白居易和苏州

白居易是唐代大诗人，又做过苏州刺史，所以苏州沧浪亭五百名贤祠里至今留有他的像和赞。虎丘山上也有他和其他几位苏州刺史的合祠。而且，大学中学小学的课本里，都收有白居易的诗作。苏州山塘街，现在是历史文化古街，当年就是白刺史带领苏州民众从低洼湿地里修筑起来的，因为他在杭州西湖筑有白堤，所以山塘街也被人称为苏州的白堤。至今山塘街上，还保存着当年纪念白居易的石碑。

中国是历史文明古国，苏州是历史文化名城。这历史和文化，如果离开了那些伟大人物、代表人物，就没有意义了。说苏州古城墙，离不开伍子胥；说苏州虎丘，必讲到吴王阖闾，必讲到宋朝苏东坡；说苏州中学，也离不开那些著名的校长和老师。说到山塘街，大家自然也会想起白居易。

但是《苏州日报》一篇文章，却说"风流总被风吹雨打去，艺术人生任凭说。至于我们流连于山塘美景，感受吴地的精美文化的过程中，是否记着白居易并不重要。"这不是正与古训"吃水不忘掘井人"在唱反调吗？

这篇文章的题目是"白居易与家妓"，列举了白诗里有关家妓的一些篇章，加以分析，好像是说，白居易在做杭州刺史时是比较清廉、勤奋、守节的，到苏州做官后，就只是美酒美女美景了。

白居易的诗，在唐代诗人中，要算比较多的。《全唐诗》里一共编入了三十九卷，其中有小学生就知道的"野火烧不尽，春风吹又生"，有中学生能背诵的"浔阳江头夜送客""汉皇重色思倾国"等，有许多大学生都学习过的《新乐府》，包括《新丰折臂翁》和《卖炭翁》等名篇在内，共五十篇，近万字，可以选择研究分析评论的很多，而偏偏选了一个"白居易与家妓"的题目，专选白诗里关于家妓的一些篇章来写，而且分析出来（或事先设定）的又是他到苏州后就只是美酒美女美景了。真是使人不敢苟同。

这篇文字当然不是什么科研论文，只是所谓散文随笔，写什么和怎样写是作者的权利和自由。不过写成后在报上发布，就免不了要受到读者的议论和评说。下面说说我对这文的意见。

说唐朝的人和诗，按照钱穆先生说法，应当有些"温情和敬意"，不能以批评批判为能事。这篇文章里，虽然也有几句好像是为白居易辩护的文字，也说到白居易修虎丘路（山塘街）的事。但是结论则是"是否记着白居易并不重要"。其实，应当说是否知道白居易这几首"家妓诗"很不重要。无论是游山塘街的人或是做山塘街旅游业的人，多知道一些白居易的事，知道一些他对中国历史文化、对苏州历史文化的贡献，知道一些白居易的诗（那些在中国文学史、中国诗歌史上有地位的诗，而不是那篇文章里的家妓诗），是绝对有好处，有大好处的。所谓文化旅游，就不单是让人看看美景，就算文化旅游了。读诗，也应讲究个读什么、怎么读。

王洗马巷荛圃

王洗马巷是苏州的一条小巷。20世纪50年代"破四旧"风波所至，苏州许多纪念昔人的街巷名，如乔司空巷、包衙前、谢衙前等都被改掉了，但是，这个王洗马巷，却幸免于难，没被改掉。也算一个奇迹了。

清人黄丕烈，著名藏书家，清史有传。字荛圃，他自己有时也以"荛圃主人"这个别号自称。而这个字和号，则和苏州王洗马巷有关。

黄丕烈是苏州（当时称吴县）人。原居住在昭明巷，在那里他把书斋命名为"读未见书斋"。后来搬家，就搬到王洗马巷，"读未见书斋"的房子留在昭明巷，而书斋名号则带到了新居继续沿用。这是嘉庆元年的事。他的友人潘顺之有一诗，其诗序中说：

> 吾乡黄荛圃先生举孝廉，当得县令，不就。茸荛圃于王洗马巷，是册为嘉庆辛酉同人觞咏之作……道光癸未，圃已易主，荛圃更为跋语，志死生聚散之迹。

这样看，这"荛圃"二字既是地名——与苏州"怡园""耦园"等相当，又是黄丕烈的字号。究竟是地以人名，还是人从地名？

在这王洗马巷的荛圃里，有许多房屋建筑都有名号——正像耦园之有双照楼、还研斋一样，荛圃有读未见书斋、小千顷堂、学耕堂、士礼居、联吟西馆、百宋一廛、红楼山馆等，这些名号，都见于黄丕烈名著《士礼居藏书题跋记》的各条题跋中。如《不得已》之跋末有"书于联吟西馆"，按时间推算，就在王洗马巷荛圃。

黄荛圃在王洗马巷荛圃住到嘉庆七年（1802），又搬到悬桥巷去了。现在的王洗马巷，许多老房子都拆除重建了，也保留了几座名人故居，并标明是某某的故居，但是没有这个荛圃。不知道是后来换了房主，现在就被称为后来主人的故居了；还是年久荒凉，沦为危旧房而被拆除了。但是这段"历史"还是值得回忆的。

水清鱼读月

苏州石湖余庄厅堂里有一副对联，联云：

　　水清鱼读月，山静鸟谈天。

这对联没有上下款，没有署名，只有十个字，但是实在是好，适合当时当地的环境。那上方山下石湖边，清静的环境，外加由于诗人文人的熏陶，鱼儿鸟儿都有书卷气，十分可爱。更为难得的是，现在苏州的许多明清私家花园都已经改为向公共开放的园林，这里也一样，但虽是开放，却仍然保持着当年的清静，所以这对联，也还保持着当年与环境相契合的艺术美感，能够引起观赏者的共鸣。

香港梁羽生先生，著有一本书《楹联趣话》。这书里写到台北一个大公园里，有一个"鱼乐园"，那里有一副对联：

　　水清鱼读月，林静鸟谈天。

梁先生大概不知道苏州此联，所以没有提及。苏州人看起来，肯定认为这对联是袭用了苏州名联，不过台北那儿没有山，就把"山"字改成"林"字了。但是，在那公园，虽然或没有像黄金周苏州名园那样摩肩接踵，人满为患；却总是黄发垂髫，少男少女，欢歌笑语，奔走追逐，人气很旺的。恐怕不易找到对联所说的那种情景情趣了。

晚清诗僧敬安（八指头陀）有一首诗《访育王心长老作》：

　　行行不觉远，入谷已残曛。

　　松翠近可掬，泉声咽更闻。

　　水清鱼嚼月，山静鸟眠云。

　　寂寞双林下，烟霞长属君。

这诗里的水清、山静两句，当是石湖余庄那副联语的前身。显然，从"嚼月"变成"读月"，鱼儿有了很大的进化，而且"眠云"的鸟也的确不能和"谈天"的鸟一比高低。余庄主人余觉先生取诗作联，其功力的确不凡。台北公园里的套用联，相比而言，不能形神兼备，水平就差得远了。

乾隆皇帝诗写沈德潜

　　乾隆皇帝喜欢写诗，今天苏州一些风景名胜还有许多他的御诗碑留存。据统计，乾隆一生写诗共四万一千八百首，没做皇帝前和后来做太上皇时所作还没计算在内。他有一组《怀旧诗》，都是写已故诸大臣的，这里面就有写沈德潜的一首。

　　诗题曰："故礼部尚书衔原侍郎沈德潜"。沈德潜曾住木渎，并在住处——今苏州木渎严家花园接待过南巡的乾隆皇帝。现在园中一棵广玉兰树，传说就是那时栽植的。《怀旧诗》写到他人时，多半是怀念其好处、功绩。而这首写沈德潜的，却主要讲他的缺点错误。全诗如下：

> 东南称二老，日钱沈则继。
> 并以受恩眷，嘉话艺林志。
> 而实有优劣，沈踳钱为粹。
> 钱已见前咏，兹特言沈事。
> 其选国朝诗，说项乖大义。
> 制序正厥失，然亦无呵厉。
> 仍予饰终恩，原无责备意。
> 昨秋徐述夔案发，潜乃为传记。
> 忘国庇逆臣，其罪实不细。
> 用是追前恩，削夺从公议。
> 彼岂魏征比，仆碑复何日。
> 盖因耄而荒，未免图小利。
> 设曰有心为，吾知其未必。
> 其子非己出，纨绔甘废弃。
> 孙至十四人，而皆无书味。
> 天网有明报，地下应深愧。

可惜徒工诗，行阙信何济。

好话只说了几句，"东南称二老，曰钱沈则继；并以受恩眷，嘉话艺林志"，立刻就一转，"而实有优劣，沈蹉钱为粹"，就说他不好了。这"蹉"字，同舛，有杂乱、乖违的意思。乾隆皇帝写了沈德潜的两件错事。一是"其选国朝诗，说项乖大义"，对这件事，乾隆帝还算宽容，"制序正厥失，然亦无呵厉"。只在御制的序言里指出了，而没有多加指责。后来又发生徐述夔案件，徐被定为大逆不道，而沈德潜却曾为他写传记，"忘国庇逆臣，其罪实不细。用是追前恩，削夺从公议"。这时沈德潜已死，当年的封赠现在削夺，墓碑也被颠仆。而乾隆认为，这是"从公议"，是大家决定的。接着总算还是说了几句原谅他的话："盖因耄而荒，未免图小利；设曰有心为，吾知其未必"。说他是老糊涂，贪图小利而写了这传记，不一定是有心包庇逆臣的。

这首诗的最后一段，又说沈德潜非但受了皇家的处分，还受到天谴。"其子非己出，纨绔甘废弃；孙至十四人，而皆无书味。天网有明报，地下应深愧。可惜徒工诗，行阙信何济"。今天看起来，这几句未免太过分了。清朝后来出了宣统，是否也可说是"天网有明报，地下应深愧"呢？"孙至十四人，而皆无书味"，这其实也未必是"天网有明报"，而正是帝王将相家所共有的悲剧吧。

沈德潜生前，很受乾隆帝青睐，到苏州来也住他家。沈死后受徐案株连，这在政治斗争中，应说也是常事。但是乾隆帝在怀旧诗中这样"怀念"他，未免太过。

苏州有个河南大学

河南大学，好像应当在河南，在开封，说苏州有个河南大学，好像有些不合逻辑。但是苏州确实有过。当年我在《苏州杂志》上，写过一篇《钱穆先生的家乡》的文章，说到钱先生在文章里说过"我的家乡苏州"，而其实他是无锡人，不过他和苏州的确有不解之缘。青年时期就在苏州中学教书，并且在苏州成家，娶妻生子，从苏州出发去北平的大学教书，后来还在南迁苏州的河南大学执教，即使到了香港，许多年间，家还在苏州。后来，此文收入《思亲补读录》一书出版，大概是编辑先生察觉这里有"漏洞"，在这"南迁苏州"四字前面，加上"抗战时"三字，算是补漏洞，不料反而补出"漏洞"来了。

抗战时，确有许多大学搬到大后方去，最著名的有西南联合大学。但是，苏州当年也是沦陷区，甚至比河南更早就沦陷了，国立河南大学怎会迁到苏州来？实际上，河南大学从开封迁到苏州，不是抗战期间，而是抗战胜利以后的国内战争时期，河南成为战场是1948年，两军在开封反复争夺，河大校园成了国军指挥部，学校提前放假，师生纷纷逃难，有不少人住在黄河水利学校，而这所学校，不久又成了解放军的前沿阵地。校方乃遵教育部令南迁苏州。1948年暑假后开学，苏州就有了南迁来的河南大学，钱穆先生就是此时在此执教（兼职）。当时，河南大学有学生三千余人在校就读。还有许多随同南来的老师及其家人，苏州其实没有现成的校舍来接待他们。当时大学校部，是设立在今人民路的怡园，各学院师生，分别安排在一些园林、祠堂、会馆、民宅甚至仓库中居住和上课，像医学院这种专业课，也就借东吴大学和博习医院去上课。

河南大学迁来苏州是1948年暑假后开学。1949年春天，钱先生离开苏州、无锡，去到广州、香港。四月下旬，和谈不成，大军渡江，南京政府迁广州，河南大学没有南迁，继续留在苏州，直到红旗插到苏州城。

苏州军管会接收这所河南大学，七月份就组织师生搬回河南去了。四年级学生在苏州毕业，除了参军参政，随军南下的以外，有许多成了当年的"新苏州人"，一直在苏州。几十年以来，苏州有不少中学，都有当年河南大学的毕业生在当老师、校长。还出版有《国立河南大学1948—1949纪实》一书，来纪念河南大学百年诞辰。

在这本书里，记录有当年他们在苏州住过的地方。园林当然仍在，那些祠堂会馆，有的也在，有的仅存其名，变为民居了。如果去问附近居民，恐怕不一定有人记得河南大学的事情。潘儒巷一所银行旧仓库，住过河南大学法学院的师生，则已拆迁，那个地方变成停车场了。只有当年留在苏州的河南大学毕业生，几十年过去，都成了今天的"老苏州"人了。他们回想，当年一起过来三千多人，1949年毕业和没毕业的。当时就地参军参干，南下西南和留在苏州工作的，有一千七百人，七月间随老师一起返回河南的约一千二百人（还有的人在"和谈"期间就陆续自行回河南的）。没有想到的是，无论是回河南的还是在苏州参军参干的，后来都被打入另册，1948年到苏州来，成了一个追随反动政权的原罪，有的还被引申夸张为反动学生、特务、叛徒等。直至今日，具体个人的冤案是得到了改正、平反，但是，随河南大学南迁是不是追随反动政权这个问题，在一些校史资料中，还是继续存在着"反动"的说法，甚至举出无中生有的证据，说1949年还有四百多反动学生随反动政府迁到台湾去（实际是台湾的河大同学会有会员四百多人，而这四百多人，许多是河南大学几十年来历届毕业生。真正在1949年入台的学生，连十个也不到）。这真是不知从何说起了。

苏州明月湾敦伦堂

苏州西山明月湾，是一个小小的古村落，曾经繁盛过，后来荒凉破败了，近年修复成为旅游景观。这里有湖光山色，有与吴王和西施有关的明月桥、画眉泉，有传说唐朝大诗人刘禹锡手植的一株有一千二百年树龄的古樟树，有清朝留下的、独具特色的石板小路——上面行人，下面排水，有"长毛"满门抄斩金家族人的传说故事，有抗日战争战史和遗迹，有明清两代及民国时期留下的老房子。在唐诗三百首里或许就能找到与此地有关的诗，至少刘禹锡、白居易、陆龟蒙等人都来过明月湾，都写过相关的诗。

那些老房，有的是祠堂之类宗族的公房，有的是大户人家耕读传家的老宅。祠堂就有叫黄氏宗祠、秦氏宗祠、邓氏宗祠等的，老宅就用主厅的名字命名，如礼和堂、裕耕堂、礼耕堂、敦伦堂等。堂的名字不同，建筑的特点也各异。游客来了，就沿着石板路，一家一家去探访。

老房子的名称也是古色古香。有的堂名比较容易理解。但敦伦堂，有的游人就不懂，也有似懂非懂的，心下想：这"敦伦"，不是指夫妻间隐秘的事吗，怎么用来做大厅的名号？

其实，这敦伦，不只是关乎夫妻之事，也指敦睦一般人伦，即君臣、父子、兄弟、朋友和夫妻，这五种关系都要处理好，都要做得合乎礼法，合乎人情。家和万事兴，从齐家做起，进而治国平天下。给家里大厅起个敦伦堂的名字，说明当年这家的家长，有修身齐家治国平天下的理想和志愿，希望子孙后辈也能这样把家风继承下去，发扬光大。这"敦伦堂"老宅，是康熙年间始建的，代代相传，到民国年间，房子还是好好的。后来破败，则或是换了主人，又经过世变造成的。现在因为发展旅游事业，房子修复，名称也恢复。只是年轻的游人，或许不一定能领会这个名称的含义了吧，要跟他们说，"敦伦"就是各种人际关系的"和谐"，就是"和谐社会"，或许差不多就明白了。

　　风景，肯定是没得说，太湖美，是有诗歌来吟唱的。现在这里还有吃的和住的，服务于往来的游客。但愿客人们观赏美景的同时，还可以多打听一些民间传说、历史故事，行前或行后再找一些古诗旧文读读，一定可以大增游兴的了。

七里山塘生祠多

生祠就是为活着的人建立"纪念馆",或造塑像、贴画像,或立姓名牌、纪念碑,像祀神那样供奉。生祠大约始创自汉代,《汉书》里就有生祠的记载,是郡人为狱吏于公所立,明清之际生祠在苏州曾极为流行,而遭到有识之士的讥讽。

清张潮在其所著《幽梦影》中有一则说:"创新庵不若修古庙,读生书不若温旧业。"他的朋友王安节为他补充一条:"今世建生祠,又不若创茅庵。"就是针对当时建生祠成风而说的。

苏州虎丘,当时就是旅游区,又同时是"生祠区",把生祠造在繁华的七里山塘街,更能显出对祠主的恭顺、敬仰。康熙年间(1662—1721),苏州秀才沈钦圻有一首《生祠》长诗,开头几句就是"虎邱七里塘,生祠何累累,榱栋高入云,丹雘纷陆离",虽然难免夸张,但当时山塘生祠多的"盛况"已可想见一斑。接下去,是具体描写纪念碑的状况,"连墙与接牖,屹然竖丰碑,下承以赑屃,上蟠以龙螭",至于碑文的内容,则是"华文表德行,大论抒猷为",既有政绩又有政德,总之,是歌颂功德。那么,碑文歌颂的具体人物怎样呢?

　　某公居官日,曲折行其私。
　　析利如秋秋,忘却民膏脂。
　　文中颂清节,饮水迈伯夷。
原来碑文上写得比伯夷还清高的所谓清官,其实只是贪官。

　　某公居官日,断狱无矜疑。
　　五刑任喜怒,罔恤童与耆。
　　文中颂仁爱,皋陶为士师。
一名靠五刑酷罚重刑审案断案,连儿童与耆老都不能免的某公,却被写成皋陶一类仁爱又精明的士师。"周览诔悦文,一例惭恶辞"。"周览"就是看遍了，今看了"一例"，就可知其余碑文所记人物大致也无非是一样的，诗里只举两例，却可代表各个生祠。

诗人是苏州人，熟悉苏州的官，那些"谀悦文"骗不了他，也骗不过苏州百姓。诗人又想到一位好官，"旧有遗爱人，行政介且慈，行如打包僧，萧然去官时，士民走相送，各各涕涟洏。谁为建祠宇，惟留后人思"，他的丰碑在人们口上、心中，却没有生祠。

诗人最后感叹地写"下结尾"："好官无生祠，墨吏有生祠，好官与墨吏，行人知不知"。苏州人当时"谁不知"，"知不知"的只是行人，行人是谁？或者可理解为行路人，外来的人；也可以理解为古代"行人司"的"行人"官，明清均设有"行人司"，有"行人"官掌管"传旨、册封、征聘、恩赏、祭祀"等事宜，读者或许可以自己理解诗人在"行人"一词上一语双关的诗歌艺术性。

诗人颇讲恕道，没有写出某"公"的姓名，不过当时的苏州人，当然都可心照不宣的。今天的苏州人，则有一点是可以知道的，那些墨吏的生祠已经全没有了，只有一座明末巨奸魏忠贤（不忠不贤的魏忠贤）的生祠，因为很快就被改成"五人墓"，人们至今还知道其旧址，并且知道魏的劣迹和五人的义行。

沈钦圻考中过秀才，没考上举人、进士，也没做上官，似乎也没有什么事迹留传，只有这首《生祠》诗，至今仍不失其生命力，告诉我们历史的经验，不单是历史知识。

何山张王庙

苏州新区枫桥镇，有一座何山，今有何山公园。何山顶上，有个张王庙，庙中有大小五个殿堂，三个主要的，各有匾额，是张王殿、何司空殿、何隐士殿，供的是张士诚、何点和何求；另外两个殿，有塑像而无匾额，不知所祀何神。而且，即使张王殿和二何殿中的塑像，也不止三人，有男有女，男的也不止三人。看公园管理处的公告，是把这庙定为"纪念性庙宇"，把群众来此进香、宣卷、跪拜、供奉等称为"佛事活动"，需要事先登记安排。

张士诚、何点、何求都是历史人物，值得纪念。中国传统文化历来是把历史人物崇敬成神，塑像立祠造庙，以香火供奉的。有的由政府（皇帝）明令颁布，如关帝庙、岳王庙，这"帝"和"王"都是政府封的。其他，如鲁班由建筑行业奉为祖师爷，京剧团（过去称班）供奉梁庄宗，海员和渔民信仰妈祖（天后，天妃）等；连各地的土地公公往往也是由当地名人去世后担任的。清朝苏州一个读书人，到北京考中状元后，写过一篇记述文，讲北京考场中的土地公就是由韩愈担任的。许是因为韩愈在世时在国子监做过老师。

虽是"纪念性"，但与现在的某首长、某画家、某名人的纪念馆不同，是神化了的。张士诚既是人，又是神，俗称何山老爷。人们到这里"纪念"他，不只是鞠躬瞻仰，而要跪拜，不只是跪拜，还要供奉水果、菜肴、饭、香烛、锡箔，还要奏乐、唱宣卷。如果在欧美国家，一个历史名人的纪念堂、馆、像，必无此种待遇。他们那儿，宗教的神受礼拜。神是天主，不是凡人。中国则既有宗教的神佛，又有人神——由人把人封为神。这就是文化的差异吧。对张王庙人神的崇敬和礼拜，其实是不能称为"佛事活动"的，公园管理处的公告定性有些不正确，或者改称"祭祀活动"较好。

　　名人被尊为神以后，便会有一些神话产生。几十年前的抗战胜利前后，笔者还是学生，曾闻何山老爷有一些干女儿，其中一个住阊门内皋桥附近，她会通神治病。病人找到她后，她会请教何山老爷指示治疗方法，居然也会药到病除。如果治不好，或许是"只医病，不医命"，是你命该如此吧。总之很带迷信色彩。2000年国庆节的前几天，笔者去何山，曾在张王庙内的一间无名殿神像前见二花篮，是"祝岳父岳母大人生日快乐，女儿女婿某某敬献"，大概是何山老爷现在的干女儿干女婿送的吧。算算这两代干女儿的年龄，相差恐有五六十岁吧。只是不知目前这一代是否还会通神治病。

　　或许就是因为此种民间风俗带有迷信色彩，1949年以后，即使正宗的佛寺道观数量也减少很多，那些民间的"纪念性庙宇"就更少以至绝迹了。张王庙却还在，现在香火也很盛，这倒因此而具备了它的"活化石"价值。例如宣卷，这种乐奏和吟唱，在别处就不易见到和听到。台湾和香港，这种"人神"崇拜的民俗也有保留，这类庙宇也多。台湾最著名的是吴凤庙，是台湾本土人神；妈祖庙，是从大陆"迁去"的，现在仍和福建的妈祖庙保持联系；而苏州的妈祖庙天后宫则已不存在了。

　　何山庙里除了见有献给岳父岳母大人祝寿的花篮外，还有奉献的供品，题辞作"顾明老爷"的。此见于二何殿内，或许也是殿内其他某神像的本名吧，是何朝何代的何许人物，则未能查考出来。另外还有一些神像的"原型"，是谁？什么姓名？也不知道。善男信女们或当知道一些。

　　宣卷音乐，包括乐器和唱词唱调，恐怕也是一种稀有文化了。在这里只要事先向公园管理处登记安排，即可获见获听。偶尔去，碰巧也能见到。只是不知还能持续多久。如果消失了，当是很不幸的。善男信女的性别、年龄结构，据几次观察估计，是男少女多，约男一女十的比例；年龄则老、中、青都有，似乎还无后继乏人之虞。

苏州有个相王庙

苏州有个相王庙，又称相王行祠，他所在的街巷就叫相王弄。据史书记载，唐朝时候就有这个行祠了，以后历代多次损坏多次修复，可说是香火不绝。一直到1949年以后，破除迷信，这庙慢慢就废了。但是路名不变，仍是相王弄，后来路面拓宽，又改成相王路，而"相王"不变。

其实不是迷信，而是百姓对先贤的纪念和崇拜。不但相王庙，关帝庙、妈祖庙等都是这样。相王庙被破除迷信，那房子就由学校用，现在那里还是振华中学。原来的大殿和后面的配殿，都是三间面，约十四五米宽，是清代同治年间（1862—1874）的建筑。

苏州城是吴伍子胥规划始建的，有二千几百年的历史。但是古城也在1958年后陆续消失——被拆除。近年重视历史文化、古城风貌，重修了几段城墙和几个城门，还将在城墙肚子里面筹建城墙博物馆，展示古城沧桑历史。与此同时，学校里的原相王庙大殿配殿，也在不久前得到整修，报纸发了新闻"纪念阖闾大城建造者，我市整修赤阑相王庙大殿"。但是"赤阑"是什么意思，"相王"又是哪一位先贤？

报纸介绍了"赤阑"的两种解释，"相王"是谁的三个答案。一说相王是赤阑将军，黑莫邪，周敬王六年筑城而死。第二说相王是桑湛棨，伍子胥的部下大将，当年受命负责建造阖闾大城之赤门及附近城墙，但是工程艰险，屡建屡垮，引咎自杀投水身亡而城乃终于得成。第三说相王就是伍子胥。生前他是吴相，后来被尊为王。

报上列举三说后，有一段"民国《吴县志》称，相王即伍相，此说近之"。又加解释"意思是说，相王是伍子胥的说法，还是近代的事"。这段又加的解释，似乎太不专业了。"此说近之"不是一个时间概念，不过是说这种说法，比之其他两种说法，更接近事实的意思吧。《辞源》有

"相王"一条，说"宰相而封王者"，举的例子是司马昭被封王时，就是
被封为"相王"。照此说法，那么，伍子胥也比其他两位将军更接近相
王吧。

户部马的告示

在苏州灵岩山上山路入口处，有一块一人高的大石，上面刻有三行大字（每个字有 A4 纸这么大），一共十一字：

户部马捐俸赎山永禁采石

户部马，应当是一位姓马的户部高官。他拿出自己的俸禄钱，买下了这山的产权（就是灵岩山），因此，他就有权永禁别人来这里开山采石了。所谓永禁，应当是说，这个权力，是可以传代世袭，子子孙孙，永远禁止。

灵岩山有些摩崖石刻已被管理人员描画，使游人容易看到。但是，这一石刻却没有被描，可能是管理人员也没注意到，所以没有描。其实这是一条很重要的石刻。既反映了古人对环境保护的重视，也告诉了我们这位户部马，是一位值得后人纪念的官员，不是把公款拿来私用，反是拿出自己俸禄来做环境保护。这块大石头的具体位置，在上山路上第一座山门的上右方，离那门墙很近的地方。

以上是我很久前所写的，贴在我的闲闲书话博客上。当时，我并不知道这位"户部马"是哪个朝代的大官，也不知道他的名字，更不用说他的事迹了。前不久，偶然翻阅网上旧文，忽然见到两年以前曾有网友在我那个帖子下面留言，告诉我一些有关马户部的诗文，共有两则。原来这位户部马，是明朝的一位诗人，在户部当官，名曰马之骏。知道了他的名字，再查就知道他留下的诗集叫《妙远堂集》（收入《四库全书》）。

再查又知道，他在户部时曾被派遣到苏州，在浒关管理税务等事。捐俸赎山的事，就在这段时间发生。而且，除了为灵岩做此好事，他对苏州虎丘也做了一件大好事，至今在那里还能见到摩崖石刻上的记载。这就在"虎丘剑池"四个大字石刻边上，有他写下的跋文：

"虎丘剑池"为颜鲁公书，旧石刻二方，方二字，龛置剑池旁壁间。岁久剥蚀，"虎"字且中断矣，予求章仲玉氏勾勒镌之别石，出旧"剑池"二字于土中，与新摹"虎丘"字并益以石座，庶可传久。"生公讲台"篆书四字，传为蔡忠惠公笔，一云李阳冰笔，"讲"字亦残毁，如"虎丘"字刻新之。其二字以旧断石俱着壁间，以备后之考古者。仲玉是关中名手，为王奔洲先生所赏识，摹此石不一月即化去，盖绝笔也。万历甲寅二月，户部新野马之骏识文。

他做过的这两件功德，后代苏州史志上也都有记载。

这"真剑池假虎丘"的说法，苏州人多数是知道的。外地游客来，如果他们请导游的话，也都会听说真"剑池"二字是颜鲁公写的，而假"虎丘"则是因为原石受损，才由后人补书重刻的。但是，马之骏和章仲玉的名字，就比较少为人知了。马之骏在苏州做官，管的是户部的事，这环境保护、古迹保存都不属他的业务范围。用现在人的话说，他就是一个"古雷锋"（不能说"学雷锋"，只能说"古雷锋"）了。

汉学家笔下的虎丘往事

在北京过年，有时也会一天在家不出去，看看电视，看看书。

有一本书，是法国汉学丛书之一《徽州：书业与地域文化》，是一本论文集。其中一篇是法国汉学家戴廷杰所作《雅俗共融 瑕瑜互见》，是讲康熙年间徽州商籍扬州文士、选家张潮其人其事的。

张潮其人，在苏州虎丘山，留有一个"古迹"，古真娘墓前的墓碑。这件事在此书这篇论文中也有言及，增加了我对虎丘真娘墓等有关人和事的知识。

康熙三十三年（1694）四月，张潮从徽州回扬州，途中到苏州一行。在苏州虎丘东山庙与苏州一些朋友相聚。这东山庙，又名短簿祠，原是纪念晋代王珣的祠堂。那时候，张潮发现这短簿祠祠堂前面的木栅破败不堪，又见真娘墓一抔黄土，没有碑碣，便慷慨解囊，留下一笔银子给寺中僧人，以使整建维修，并委托当时在场的友人姜实节负责落实此事。

姜实节，苏州艺圃的旧主人，当时住虎丘，照顾姜家家祠（姜父姜埰，叔姜垓）。汉学家戴廷杰从张潮留下的书信集中，找到了姜实节给张潮的书信，信中报告了两项工程全部完工的信息。还有一个有趣的细节：说，那木栅已经修好，而且"修旧如旧"仍是有点斜斜的。

这一段老苏州的往事，被法国汉学家考证清楚，或者可以说给苏州虎丘和艺圃这两个古典园林增加了一层"姐妹关系"吧。

东山庙那段斜斜的木栅，或者已经不存，张潮委托姜实节监督施工建造的真娘墓碑，后来也不知什么原因失踪了。于是，又有人为此墓另立了一座新的石碑。又过了几十年，张潮的这块老碑竟又被发现了。于是，二碑并立在墓亭中，像现在去虎丘所能见到的那样。

苏州老字号

钱穆先生《晚学盲言》书中有一篇《创业与垂统》，在这篇文字里，用了一些苏州的往事为例，来说明问题。

有一段是讲稻香村和采芝斋的，文中写道：

> 余后移家苏州，城中有稻香村、采芝斋两著名糖果店，两铺骈列，门面皆不大。时京沪铁路已开始，顾客麇集，朝晚不断。此两店皆有数百年历史，或云起于清初，或云传自明代。苏州糖食小品驰名已久，此两家招牌日老，而门面依然。因念此与荡口酒酿铺实同一精神，保泰持盈，不求无限向前。此亦我中华文化传统一特征。

采芝斋、稻香村，这里不过是例子，用来说明中国文化传统的一特征。自钱先生作此文，又过去了若干年，这两家铺子，好像仍是招牌日老，而门面依然。但是，看来保泰持盈，不求无限向前的精神，却有些被那种追求向前、向前、再向前的风气（是西风吧）而淡化了。不再只此一家并无分出，而把分店开遍了全城。仍然是百年老店，但有些改弦易辙的样子了。

另一段讲苏州园林：

> 苏州以园林名，狮子林创自元代，拙政园创自明代，留园在城外创于晚清（或许还更早，是清代改名留园——引用者注），内容各别，各擅胜场，皆成一极高艺术境界。使游者生遗世之感，发思古之幽情。可以再至三至，屡至常至，不生厌腻。其他唐宋以来名园故迹，无虑尚一二十处，又如虎丘，仅近城一小丘，南朝生公说法之千人石，已历千五百年上下，来者不期而发思古之幽情。但仅山坡一小茶楼，可容数十人。倘亦效今俗，辟为观光区，多加增饰，尽广招徕，图眼前一时之利，则绝不能保此千古常垂之统矣。

钱先生是 1949 年离开苏州的。这段话里说的苏州园林，就是那时的苏州园林。但是没过多久，这发思古之幽情，在大陆就显得很不合时宜了。后来改革开放，发展是硬道理，园林亦不能外，于是"亦效今俗，辟为观光区，多加增饰，尽广招徕，图眼前一时之利"的事，也就在有些苏州园林里出现了。

我们现在每说创业，往往想到的是五十年前或是二三十年前的创业，而不大去想一百年前、一千年前、二三千年前前人的创业，所以，总是容易看到和想到旧貌换新颜，而不曾考虑能不能保此千古常垂之统矣。

报上看到一个新区生态平衡问题的征文，有应征文说，新区何山，可以开发成苏州乐园这样的现代化的游乐休闲区。其实有现代化游乐休闲场，也有可以发思古幽情的，才是生态平衡，何必追求一律旧貌换新颜，一律无限向前呢。

（此文获《苏州日报》"阅读苏州"征文一等奖）

玄妙观的题字

苏州观前街宫巷口，玄妙观棂星门旁，有二石球，各刻四字："福禄寿禧"与"孝义忠信"。

这"福禄寿禧"，或是历来人们精神上、物质上的一种追求；"孝义忠信"则似是人们处理人际关系的几项原则。八个字放到一起，又有什么深意呢？或是提醒人，你可以追求福禄寿禧，可以用各种方法去谋求，但不可于孝义忠信有违，不可用不忠不义不孝不信的方法去谋求。

孝，除了依法赡养外，不让你父母为你担忧，是一项重要内容。孔夫子专门讲过"父母唯其疾之忧"（除了生病，不应有让父母担心的事），在谋求升官发财时，别让父母担惊受怕，否则的话，就有点不孝了。忠，过去是忠君，效忠于皇帝，效忠于上级，现在则可以说忠于职责，忠于职守，忠于国家。福禄寿禧应当是和忠不矛盾的，但也可以是有矛盾的。信的反面就是假——为升官，可以有假统计报表，假政绩工程，为发财；可以做假广告，假商品。义的外延似较广，所以，"义之财"的外延也就因之而不小。

玄妙观的财神殿有一对联，很有意思：

　　有德斯福，招宝纳珍自来驻尔家；

　　不义岂昌，财官利市求亦无缘分。

不知是哪一朝代、哪位名人代财神老爷写的，其精神实质，似乎和二石球上的八字十分一致。

酒法众传吴米好

酒法众传吴米好，
舞衣偏尚越罗轻。
动摇浮蚁香浓甚，
装束轻鸿意态生。
阅曲定知能自适，
举杯应叹不同倾。
终朝相忆终年别，
对景临风无限情。

上面这首诗八句，三句讲酒，三句说衣，还有两句说感谢。原来是白居易派人把酒和舞衣送给刘禹锡，刘禹锡写了这《酬乐天衫酒见寄》，表示感谢和思念的。

"酒法众传吴米好"，唐朝时候，苏州出产的酒就有名了，现在的沙洲优黄、东吴黄酒，就是得到当年酒法的真传吧。"动摇浮蚁香浓甚"，动摇浮蚁，说的是泡沫浮动的样子。现在是啤酒才有泡沫，当年的美酒多有泡沫。这里的"举杯应叹不同倾"，当然是说，喝到你送来的酒，就自然想到送酒的人了。可惜是"终朝相忆终年别"，只能够"对景临风无限情"了。

好酒和好舞衣，代表着朋友间的深情，也导致了好诗的诞生。今天读起来，两位先贤的神情风貌，依稀可见。古人说，宝剑赠英雄，红粉送佳人。白居易这好酒，送给刘禹锡，非但他自己收到这样的酬诗，而且让我们后人也能分享其中的酒香和诗情。真是送得好、送得对了。舞衣送给刘，不是让他自己穿，而是给他的歌姬穿。

"酒法众传吴米好"，刘禹锡这句诗应当可以成为沙洲优黄、东吴酒厂的广告词。甚至整个这首诗都可以借来一用，就像人们把苏东坡的"来苏州不到虎丘乃是一大憾事"，用来做虎丘的广告词一样。

骆宾王代人写书信

苏州相门那里，有好几组塑像。其中一组是，一人在桌旁作书写状，横头另一人坐那儿。据老苏州说，这是旧时一种职业——代写书信，往往可由拆字先生兼做，有人来拆字问事，就拆字；没人拆字，也可作代书。因为过去不识字的人不少，所以，这种职业也是有市场可糊口的。

文革时期下放苏北农村，我也被请代写过书信，不过不是职业，是帮忙性质，尽义务的。发现苏北人写信给亲友，最后都要让写上一句"宝宝养得阿好玩？"作为很重要的问候语。

近读唐诗，发现初唐诗人骆宾王，也做过代写书信的活儿，集中有两首诗《代女道士王灵妃赠道士李荣》《代郭氏答卢照邻》。都很长的，看内容，就是诗体的代写的书信。

女道士和男道士，看上去是情人关系，诗中回忆说：

> 想知人意自相寻，果得深心共一心。
> 一心一意无穷已，投漆投胶非足拟。
> 只将羞涩当风流，持此相怜保终始。
> 相怜相念倍相亲，一生一代一双人。

可是后来不行了

> 不能京兆画蛾眉，翻向成都骋骑引。
> 青牛紫气度灵关，尺素艳鳞去不还。
> 连苔上砌无穷绿，修竹临坛几处斑。
> 此时空床难独守，此日别离那可久。
> 梅花如雪柳如丝，年去年来不自持。
> 初言别在寒偏在，何悟春来春更思。
> 春时物色无端绪，双枕孤眠谁分许。
> 分念娇莺一种啼，生憎燕子千般语。

这"京兆画眉"和"成都骑骑"都是常用的典故。正好两个对立的极端。从此，只有去信没有来书了。以下都是代女道士写的自语。最后还是

龙飙去去无消息，鸾镜朝朝减容色。

君心不记下山人，妾欲空期上林翼。

上林三月鸿欲稀，华表千年鹤未归。

这首诗好像也并无争取破镜重圆的决心，赠李荣只是揭露他吧。或许所谓的"代"，也只是诗人自己委托自己去代，而不一定是真有女道士的委托书的。

那另一首代郭氏，诗题前还有"艳情"二字，则更见这"代"字的不可靠，更像是借题发挥了。卢照邻也是当时的大诗人，骆宾王的朋友，卢骆同位列初唐四杰。

后世代写书信的，未必就可以把骆宾王当作这行业的开山祖师。要引为同道，也只是取其形似而已。现在做这一行的人也很少了，年轻人和孩子都不知道那塑像是什么，只有老苏州才懂得了。

神鬼小说里的历史

清朝袁枚的笔记小说《子不语》，全书讲的多是一些"怪力乱神"的事，所以取用《论语》里"子不语怪力乱神"之意来题书名，孔夫子不语的，我来语。

讲的是怪力乱神，但是细细看，有时也能看到一些历史事实。例如有一则"顾尧年"，说的是顾尧年死了，他的鬼来到苏州江雨峰家里，使江家的儿子江宝臣病了，许多医生都没看好。那时，袁枚正借住江家，于是，江雨峰就托袁枚写一封信去请名医薛一瓢来治病。顾尧年的鬼对江宝臣说，江相公，没事的，你考取乡试的第三十八名了，病也就会好的。只要你们给我供一些酒肉，我就会走的。于是，江雨峰就说，我们会祭你老人家的，你还是快走吧。顾答说，外面袁相公和薛先生来了，我是要走了。薛医生进来后，为病人诊了脉，开了药方。一服药下去，病人就痊愈了。这一年，江宝臣果然考上了第三十八名，和鬼所说的一样。

这是一则典型的鬼故事。但是，其中有几句介绍顾尧年其人的，说："顾尧年者，苏市布衣，先以请平米价，倡众殴官，为苏抚安公所诛者也。"却记录下了当年（乾隆十五年，这是文中写明的薛医生治病的一年，则顾尧年被杀，当在这年或以前）苏州的一件老百姓请求平抑米价的群体事件；事件中发生了官民冲突，有官员被打，而群众领袖被江苏安巡抚法办诛杀的事情。想来这在苏州应当也算一件大事，却被袁枚于无意中记录在这鬼故事里了。这"倡众殴官"四字，是袁枚站在官绅立场上说的。如果是让顾尧年来说，一定不会这样说，而会说米价实在太贵了，老百姓本来是和平请愿，向官府反映情况，要求政府采取措施平抑米价，是官员不接受意见，反而要驱散人群，寻找事件为首者，才造成肢体冲突的。而巡抚则会说以下犯上，罪不容赦，国法不会放过刁民暴民的。这些不同立场的潜台词，则是要读者自己去读出来的了。

隐居古今谈

唐诗里有这样的名篇：

> 松下问童子，言师采药去。
>
> 只在此山中，云深不知处。

贾岛《寻隐者不遇》

诗中所说隐者，一般也称为隐士。他们首先是一个士。用今天的话说，就是一个文化人。然后，所谓的隐，就是和热衷于名、利、权、贵有差别。虽然他们也有他们的名，有他们的物质基础（没有钱是万万不能的）。

苏州的花山古道上，有许多前人留下的石刻。有一块大石上刻两个字——"隔凡"。这两个字，也正是隐士们追求的一种境界吧。这里的凡，或许就是人间俗事。包括小尼姑思凡的"凡"和其他的"凡"事在内。在人间就免不了这许多的凡，住在花山（隐居），或许就可以隔凡了。隐士固然隔凡，红尘中人偶尔来山中寻隐者，盘桓个一天半天，当然也可以体验一下隔凡之闲情，就像另一首名诗所说的那样。

> 终日昏昏醉梦间，忽闻春尽强登山。
>
> 因过竹院逢僧话，又得浮生半日闲。

李涉《题鹤林寺僧舍》

那终日昏昏的，就是凡事俗事。但山中寺里，遇见了僧人——这当也是隐士的另一种类型，体会了隔凡的乐趣，也等于做了半天的隐士了。

还有大隐，他们不去深山，就这么大隐隐于市。"结庐在人间，而无车马喧。问君何能尔，心远地自偏"。陶渊明的功夫，自然不是常人所能及，更不是今人所能及了。今人天天忙，只有长假、小长假有几日闲。于是，或报旅游团，或找几个驴友，但是，追求的往往不是"隔凡"，甚至还会有从众的倾向：那些旅游名胜地，说是没去过，岂不 out？

　　有些名山，过去是隐士隔凡的去处。现在成了旅游景点，五 A 级。甚至人满为患，需要限制游人，每天只允许多少人进入，名额满了，就关门不卖门票以拒客。真正"隔凡"，不让进了。成语说今非昔比，真是今非昔比啊。

　　花山还有一些佛家石刻，有一处是"礼佛坪"，又一处是提示语"透关者径过"，在这几字所在处下面不远，有石刻"铁壁关"，过了这铁壁关，大概就可以"径过"一直上山到佛寺了。而在佛寺另一方向，有另一关叫"踞虎关"，或是告诉我们，无论从哪一条路走，总得透关才能径过。那时候的关，不是用门票壁垒构筑，而是礼佛者的心障。如果你充满凡心、俗心，甚至色心、财心，我佛就会认为你没有透关，即使进了佛寺山门，也是没有进入佛家的世界的。

　　佛寺时建时毁，不同阶段不同的寺，也有不同风格。而花山，除了有佛寺，现在又有了隐居花山的旅游饭店。在这里，可以隔凡，也可以思凡。凡和不凡，于是不隔。你可以在这里大隐隐于市，可以在这里举行笔会，写一些隐居、隔凡的诗文，也可以根本没有这个隐的概念，只是有一个假期，慕苏州天堂之美名，来此看看美景，吃吃美食，依稀近乎古人的浮生半日闲（不过不是半日，是二三天，三五天）的意思，饮酒、打牌都是允许的。

　　花山有一个"五十三参"，就在这五十三参不远，有一幅皇帝御笔诗碑，其实不是碑，是刻在一个很大的石壁上的。石壁很大，诗刻在下部。看样子原来这里有摩崖石刻，很大的二字，后来刻皇帝的诗，把下一字的大一半磨平了，腾出面积刻诗。上部仅存一字弯弯曲曲的，想是草书的"云"字。除此诗外，他处另有两座诗碑，也是皇帝的诗作（并手书），不是摩崖而是真正的石碑。皇帝可以说日理万机，也不大会去寻隐者，但是也会来花山，还会为此写诗。皇帝的诗，虽然或有文物价值，其实文学价值是很不足道的。为了刻皇帝诗而毁掉前人留下的旧刻，更不足为训。过了摩崖御笔诗碑，还可以向上登山。最高处应是莲花峰。

　　我读过一首《登莲花峰顶》的诗。是多年以前钱穆先生在苏州中学执教时和同事一起游天池山后作，从天池山也可上莲花峰，翻过来就是花山了。附录于此：

　　吾来到池上，白日忽西斜。
　　鼓勇攀其巅，行徊路如蛇。
　　当年穷民力，曾驻帝王车。
　　遂使寒士脚，希胜差得爬。
　　坐观狮子峰，屑小如蹲蛙。
　　太湖一盂水，吴城一簇沙。
　　单闻山风响，世嚣抑不哗。
　　月色转清严，烟升万象嘉。
　　长啸谷声应，高步欲忘家。

　　后来，游天池山的钱先生们一行人，在山顶"坐峰巅观火车"，还在山上宿了一夜，"与山僧夜话"，此行钱先生一共写了七首诗，今俱存。虽然他说"高步欲忘家"，其实也只是在山僧那里住了一晚，仍旧回到苏州中学，继续他的教育工作了。一直到了晚年，在台北素书楼"士而双享余年"，才比较地接近于隐士生活了。今人要隐居，或许比古人难得多了。

得其环中

　　古代园林中的建筑，有一种月洞门是很习见的。门洞作圆形，像一轮圆月，故名。有一家园林里的一个月洞门，在门的上方，有门额，上书四字：

　　　　得其环中

　　"得其环中"，什么意思？

　　近读钱宾四先生《晚学盲言》相关论说，似有启发。环，环境。中，中间，中心。对于一个人来说：

　　　　人生己之外有父母妻子，有家有乡，有邦国天下，大小广狭皆其环，今人谓之环境，或称生活圈。己即其中心。

　　　　己，人所共有，人其共相，己其别相。有其同始为人，有其别始为己。人各有一己，乃人文之本源。（《晚学盲言·人生之阴阳面》）

　　这环境的中心，就是一己之我，"己即其中心"。"得其环中"，就是在任何环境，不要忘了你的自我。过去有提倡过"驯服工具"，提倡过"螺丝钉"，提倡过"万金油"，恐怕都是只重共性（共相），而企图消灭个性（别相），而不知道"人各有一己，乃是人文的本源"，反而认为人而有己，乃是万恶之源。错了，错得大了。

　　"孔子十五而志于学，三十而立，即立其己。直至七十从心所欲不逾矩，仍是此己。"孔子恶乡愿，这乡愿，就是放弃自己，只求一乡人、一国人说他好就满足了。"一乡谓之善人，但无其己，一世谓之善人，但仍无其己，则何善之有。""得其环中，得之者即在己。"

　　苏州园林，往往是在外为官者，致仕或解职回乡后所居。环境变了，但是人应当还是有其己。所以，园林里有的写着"退思园"，有的写着"补读旧书楼"，有的写着"醉经堂"，有的就写"得其环中"。这是有共相也有别相，有共性也有个性。都要回到"己"上。

再以中国的戏剧为例，钱先生说：

> 中国之平剧，合绘画、音乐、舞蹈之三者而融为一体。而音乐尤为之主，人生尽化入乐声中。剧中人物则忠孝节义，皆魂气之最见精神处。人生化入戏剧，乃得人心之共同欣赏。故中国戏剧乃人生之抽象化，西方戏剧则逼真毕肖，又加以布景，逐幕不同，真人生转成假人生。……庄子曰："超乎象外，得其环中。"中国舞台空荡荡，其境超像外，而环中始得。故中国戏剧既超俗亦通俗，此亦老子所谓"玄之又玄，众妙之门"也。故中国戏剧乃艺术而深具教育化。（《晚学盲言·人生之阴阳面》）

这也很能帮助我们了解这"得其环中"四个字的意义。

这四字，原出《庄子·齐物论》："彼是莫得其偶，谓之道枢。枢始得其环中，以应无穷。""得其环中，以应无穷"，你自己有了主心骨，什么事情亦能应付。后世又解释说"超乎象外，得其环中"。你如果不能超乎象外，背的包袱太重，自然会失去自己，不能"得其环中"了。

园林里的四个字，就有这么些学问。

兰凤寺

那天上午，忽然想出去走走，就随意选了一个目的地——兰凤寺。公交车到站"兰凤寺北"，还要走一刻多钟的路，先是小雨，慢慢就变大雨了，只好找地方避雨。先是站在一家农家院子的院门口，院墙里是院子，门下可以躲雨。雨渐渐大起来又有风，就进入院子，到房子门口有一门廊样子的地方，看得见室内没有人，自然也没有擅入屋门。不久，见边上一间厨房里有人走过，就告诉解释说我们是来避雨的，要到兰凤寺去。

他就招呼我们进去坐。这人五十多岁。忽然看见房屋正中有一花圈，悼念慈母大人，边上一灵台，照片妇女年纪不大，不会是他母亲的。问下来知道是他太太，前不久去世的。是糖尿病，又忧郁症。而且是喝农药过世的。那天他去上班，她在家，中午回来就不在了，倒在楼上房间里地上。前一天换下的衣服，丈夫的她洗了，晾了，而自己的就没洗，丢在那里。

他们有一独生女，二十五岁了，因为女儿女婿都是独生子女，所以可以生两个子女，现在是一男一女，男孩姓随夫家，女儿姓外公的姓，陈。如果女主人在，这陈家可以说是幸福家庭了。男主人在厂里做保安，家里还有一些可以种树木的地，有收入。女主人还有两年就可以领退休金了。这房子有两层，共三百多平方米，街道规划"拆迁"，则到时候可以有两套住房，二百多平方米（另外还能有补贴的钱）。可是，这病治了几年，还是走了。

后来雨止，我们告辞。那位陈先生送我们到门口，指点我们去寺里的路。看见他们家的门牌，陈家栅××号，可能这里的人都是陈姓同族的吧。到了庙里，进得大门，见白墙上大字标语"我们是来修行的，不是来休息的"。想来是来此静修的居士信士所写。幸而是写的"我们"不是

"你们"，否则的话，可能就有强加于人的味道了。

有一玉佛殿，供的是一尊卧佛。那房顶（屋脊）上有"国泰民安"四字，其中第三个字"民"，多个草字头，写作"苠"。一位高僧说，老百姓就是草民，所以这样写。这是他的解释。

再走过去是罗汉堂，原来门锁着，正好有位某主任陪同一位某总及随员来随喜，才有僧人来打开了门，我们得以跟进去瞻仰金身。这里的五百罗汉，比苏州西园寺的小一点，又比附近支英山中峰寺的大。门口有一名牌，把五百罗汉的佛号——罗汉名——列出，下面还有供奉人姓名——有的是"实名制"，有的匿名，用"无名氏"代替。不过供养人比罗汉少。那位某主任介绍说，我家三人供养了三尊罗汉，每尊罗汉只有一名供养人，现在还没有满，等满了就不能参加。但是，他没有说供养人的权利和义务。

佛寺都有放生池。这里放生池里有鱼和龟。今天给它们"布施"的"施主"不多，就我们两个人。带了几片饼干，很受它们欢迎，争先恐后地吞食。一大一小两乌龟，抢不过那些大鱼小鱼，徒劳无功地游动，直到饼干全分完也没吃到。我们还有一只石榴，再试试用石榴子喂鱼喂龟，它们也不拒绝。想想这是种子，只要消化得了，营养是不错的。意外地发现了一个向乌龟倾斜的方法：把石榴子丢在池中睡莲的莲叶上，鱼儿就抢不到，而乌龟可以爬上去觅食。这样才使那小乌龟尝到一些。可是那只大的乌龟没有耐心，提前退场，没有吃到。

有一个茶室，我们中午在寺里吃面，要到那里买票。见有四位中年女施主，围坐一桌饮茶，并有许多自备的"茶点"之类。午饭后，下午时分，我们又走过那里，看见她们还在，围坐着，茶兴正浓，看来正是"偷得浮生半日闲"，来此放松休息的吧。

庄子观鱼在今天

两千多年前，庄子和惠子在濮上观鱼那会儿，观的是自然环境里的野生鱼，也只是观看，并不去投饵喂鱼。现在杭州西湖的花港观鱼，那鱼已经有不少是人工培育的专供观赏的鱼类，而不是古代庄子和惠子观赏过的那些鱼了。

今日苏州各个园林、公园，多有鱼池，池中多养有鱼，它们往往不是悠闲自在地游来游去，而是嗷嗷待哺似地等着人们来喂饲。于是，游客们就分成两种，喂鱼者和观喂鱼者。

我在留园看过两个喂鱼的小孩。男孩约六岁，让家长买了些面包喂鱼。家长让他把面包撕成小块喂，可是他一个面包不过撕个四五块，很快就全喂完了，希望再买而家长没有同意，于是只好在那里看别人喂鱼了。第二个上场投喂的是一女孩，十岁上下，提了一个包，就那种超市里买东西用的提包，从里面拿出小包的鱼食——其实不是专用鱼食，而是膨化食品、夹心饼干、威化巧克力等，也是很大方地抛撒着。那小男孩，看得眼红，就问姐姐讨，说给他一些喂喂。两人一起喂，一小包、两小包地，也很快喂完。姐姐拿出第三包，弟弟仍要讨来一起喂。他的家长说，你就看姐姐喂，也是一样的，不要讨个没完。姐姐说，不要紧，多着呢，就给了弟弟两小袋。

这个留园观鱼和庄子惠子的濠濮观鱼，当然是不可同日而语的了。两个小孩都知道"鱼之乐"，而且知道这乐是由于他们的喂饲带来的。

又一次观鱼的经验是在苏州新区公园，那儿的湖里不是养的金色、红色的观赏鱼。从上面看下去，看不大见水中的鱼。只是偶尔听见鱼跳起来的声音，可以看见银白色的鱼肚子。一个夏天的早上，在这园里一座桥上，站着三个人，两男一女，都四十岁上下，看样子是附近的失地农民。他们也在喂鱼玩。女的喂，另外两人看；而丢下去的食物却是两三把青草。我也站在那儿做旁观者，看不大见鱼，但是看得见草在减少。他们说，小鱼啄草叶，大鱼就将整根草拖下去了。细看真是这样。有的草，叶子一片片减少；有的草，就被整根拖下去了。我一直看到那些青草全被鱼吃光，也没看见大鱼，小鱼则看到几次闪闪的银光而已。过了几天，我自己去试过一次，可能时间不同，或者草叶不同，只见减少了一些小叶片，没见有大鱼来拖。也算是喂过小鱼了。这或许是不大被人知道的经验，在这里介绍一下。

苏州西园寺放生池喂鱼的人更多，由于池里除鱼以外还有乌龟，饵料投下去，立即有群鱼群龟蜂拥而来，争而食之，别是一番风景，就不多说了。只说一条。一位女士说，常来喂鱼。为了节省，她不买饼馒之类，从家中带一些麦片，一把麦片，也不一次抛下，而是一片两片三四片这样地投喂，她说可以维持很久的。一条条一尺二尺甚至三尺长的鱼，大口吞得下一个生煎包的，也不辞细小，一口只吃一小粒麦片，看上去很滑稽。

都是观鱼，风景各有不同啊！

放生桥

和学校一些离退休老同事一起到上海朱家角（旧名珠街角）古镇游玩，做了一次放生善举，七八个人，每人放了十来条小鱼到大河里。

那是进入古镇后遇到的第一个景点——放生桥。在一大河上，有一座说是有四五百年历史的古桥，其规模，要比苏州上津桥更大一些。桥头就有七八位中老年男女，每人手里有两三袋小鱼，一种是红色的，一种是青灰色的，鱼都差不多一二寸长。卖鱼人建议我们买鱼放生，说把鱼带到桥顶上，往下放到河中，鱼得生，人得福。红色小鱼三元钱一袋，普通的则一元钱一袋。我平常喜欢在家养鱼，养养养养，最后总免不了死掉，大概可说是造孽了。于是，今天来放生，祈福吧。

我"带头"以后，好几个同游者也跟上，我想高处放下恐不易成活，就在桥边水埠直接放鱼入水，看它们慢慢游开去。我放的是一元钱的，后面几位也是。不过有几位得到优惠，在灰青色的鱼里加了一条红的，拿在手里好看些。放走时也看得清楚些。七八个人大概放走一百来条鱼吧。

我们当然知道，他们卖的鱼也是这河里捕捞来的，我们放下去的鱼，还会被再次捕捞，再次卖给人去放生。但即使是暂时的，鱼到河里去，总比在塑料口袋里合适一些。后来我们走过桥，桥的另一边，也有这么一些人在卖小鱼，劝放生。走到另一条街上，又发现一家"批发店"，原来一袋一袋小鱼是从这里一盆一盆批发出去的。也可能除此以外还有别的批发点。如果再加上摇船出去捉鱼的，这放生善举，至少还创造了二三十个就业岗位，就真是鱼得到生，人得到福了。

太湖小岛

　　有一位朋友，她很喜欢游泳，平常不分晴雨，不问寒暑，每天早上都要一游，然后才去上班。有一天，她在东山太湖边，见不远处——或者也可以说远处，有一小岛，就想，或许可以游过去玩一玩吧。她在游泳朋友的群里发了一个倡议，很快就组成一个二十多人的"探险队"，"浩浩荡荡"下水出发了。不是很近也不是很远，一小时许，就游到了小岛。她在博客里写道："上岛后才发现，我们找到的竟然是一世外桃源。"这个世外桃源究竟怎么样？不料她竟续写"由于人多，又没有充分的思想准备，匆匆一瞥，就随大部队回游。"猜想是人多，目的性不明确，有人是想探胜，有人却只是想看看自己能不能游这么远。既然游到了，大功告成，自然班师回东山了。但是，想看看这个世外桃源究竟的朋友，就感到有些遗憾了。

　　于是，又有了第二次小岛游。这次人数少，带好了上岛游玩的装备，以探胜为目的，又一次出发了。

　　这个桃源，真名余山岛，按一小时游程算，大约离东山湖边有一千五百米。没有桥通那边，一般靠渡船交通。岛上有十几户居民。和陶渊明描写的桃花源有一个区别——只看见老人，没有看见小孩，这样算起来，十几户也不过二三十人吧。房子是古老的，但是还完好。桃花源里有农田，这小岛上有果树、茶树。她写道：

　　　　岛上茶树果树漫山遍野，遮日蔽天的。正值杨梅季节，绿树红梅，果实累累。只要想吃，伸手可及……湖光山色，古树、古码头、老人、老房子，老的生态环境，让我喜欢沉醉流连。（有一点感慨）……不知若干年后，这个小岛是否还会有人。

　　陶渊明的桃花源，虽然与世隔绝，"不知有汉，何论魏晋"，可是一代一代相传下来。从秦末到晋太元中，几百年了。太湖余山岛，老人在家留守，子女在外成家立业，孙辈也没有在岛上，那么若干年后，真的不知会怎样了。

希望那些在外发展的人，退休后会回来养老，叶落归根吧。

苏州有个阿万茶楼

　　"阿万茶楼"是苏州一座名楼，差不多是家喻户晓，尽人皆知的了。不过这里说的不是饮茶谈天吃点心的地方，而是地方电视台的一档谈话类节目。每天一小时，下午五点半到六点半，说是"陪耐做夜饭吃夜饭"的。

　　茶楼有两位主持人，称为老板。一男一女，坐而论道，讲故事，说笑话，以苏州话为主，而又夹杂南腔北调，又是苏州话，又是普通话，还有其他的怪声音怪声调。很受欢迎的。还不时有"看官"发短信进去表支持，两位老板也会"择优"播报，与各位看官茶客分享。

　　他们讲的多是历史故事，而且古今结合，"七搭八搭"、穿越得很。例如讲到古代的刎颈之交、忘年之交，就举了左伯桃、羊角哀的生死之交为例。两个人结伴去楚国见楚王，途中被困山林，缺衣少食，冻饿交加，濒临绝境。左伯桃认为计无两全，乃将衣服干粮都留给羊角哀，自己赴林中冻饿而死，让羊角哀有一条生路。羊角哀赖此渡过难关，到了楚国，见了楚王，得到重用，显名当世。乃回来找到左伯桃遗体，迁葬之后，亦自杀殉之。这样一个故事，两位老板东拉西扯，讲了差不多整一个小时（当然也包括其中插播广告的时间）。

　　听客们一来也是对故事闻所未闻，二来他们讲话有趣味性，三来他们会横生枝节，丰富其内容。如讲两人求职去楚国，要自己带干粮，长途跋涉，途中又遇险。他们就说，古代科举考试，人们出门赴考，往往要几个月，有取的有不取的，但是都有了一个历练。今天大学生考取了到校，有火车汽车飞机轮船，还有保险公司，而必有父母相送，或一人送或两人送，甚或有四人五人送的。到了学校，乃有不会洗衣服，要家长每星期到学校去洗的；还有用快递把衣服寄回家，让奶奶洗过了再寄回去的。不要说不会洗衣服，还有连吃苹果也不会削皮，只有橘子皮、香蕉皮是会剥的。一位老板这样讲,另一位就接:动物园猴子也会剥香蕉皮的,大学生就这么点水平啊?……虽然都是题外话,倒也像是应有的话。所以就有看官短信发进去,表示支持,说冬老板说得对的。

　　这个"阿万茶楼",收视率相当不错。爱听的人老中青都有。那些常去短信回馈的,则多是中青年了。看来不但能消闲解闷,也可能会有潜移默化之功的。一位万老板,一位冬老板,一男一女,一搭一档,配合默契,妙语连珠。只是不知背后是否还有后台老板,收集资料撰写脚本什么的。这倒是许多茶客看官心里悬想的一个问题了。

澳门三女神

这次去澳门旅游，听说了一个"一二三四"。说的是一国两制三种货币四种语言。其三种货币是人民币、港元和澳门币，四种语言是普通话、澳门话、英文和葡萄牙语。在这以外，还有澳门三女神之说。三女神就是妈祖、观音和圣母。这三位女神，我们一一去拜谒了。

妈祖阁在澳门半岛西南端，据说当年葡萄牙人在此登岸，问当地渔民：这是什么地方？答曰"妈阁"，后来就有 **MACAU** 这个地名。现在的妈祖阁还是在原来的地方，其许多石刻，还是明朝、清朝的。香火也和以前一样鼎盛，放养长生龟的玻璃箱（上半部是铁丝网）里，有各国人士投放的纸币和金属硬币，远远超过上述人民币、港元和澳门币三种货币。妈祖原是民家女，后因保佑船家航行捕鱼，受到民间敬仰和供奉，明清两代，被皇帝册封为天妃天后。妈祖阁、天后宫，沿海各地都有。当年郑和下西洋，就曾在太仓浏河天后宫进香祈福。但是今天浏河天后宫，主殿却被改为郑和纪念馆，天后却在边殿里。澳门离岛路环还有天后古庙和高大的妈祖像，但因时间关系，没能去瞻仰。

观世音菩萨是佛教的女神。在妈祖阁上方，就有一个观音阁，依山而建。山上除此以外，还有关帝庙。天神们也聚族而居，来此进香、还愿、求签的信众，也不分彼此，敬了此神，又礼那佛，同样地恭谨，同样地虔诚。而观音菩萨，除了在这里与妈祖与关圣帝君同处外，在澳门望厦村，还有更大的观音堂，建于明朝末年。在澳门半岛南边，有一人工岛，上面有一尊高昂的青铜观音像，是葡萄牙一位女雕塑家设计，在中国铸造的，她的莲花宝座，内有佛教文化中心展出的许多宗教资料。另外，还有一座莲峰庙，也有四百年历史，也是观音、天后（妈祖）、关帝和睦共处的，而且还有神农和金花娘娘（痘母神）等也在一起。林则徐在广东禁烟，曾到这里和澳葡官员会谈，所以现在这里有林公纪念像，还有纪念馆。甚至在由私家园林改成的卢廉若公园，也有菩萨的玉像。其中望厦美副将大马路的观音堂（普济禅院），规模最大，有个花园，当年（清末）美国胁迫中国签订的望厦条约，就是在这花园中的一个石圆桌上签字的。今天石桌仍在，成为一件历史文物了。而这不平等的望厦条约，据桌旁石碑记载，已于民国三十二年，双方协商废止了（当时中美是第二次世界大战中的盟国）。在澳门大学山脚的观音岩，有望海观音，不过这次我们没能去。

澳门天主教的教堂，多奉圣母。著名的大三巴，也是圣母堂。现存的大三巴大门，其第三层就有圣母踏龙头的雕刻，并有中文说明。不过这龙不是表示中国的，而是《圣经》"启示录"中的七头怪兽，形状也和中国的龙很不相像。此外，在这大门上，还有圣母、圣母升天、无原罪圣母等雕刻。在这教堂被毁后，在地下建了一个天主教艺术博物馆。其中又有圣安娜教圣母识字的雕像，无原罪圣母像和银制有珠宝的圣母肩舆等与圣母有关的宗教古艺术品。除大三巴外，还有其他圣母堂。其最著名的是圣母玫瑰堂，是1587年由西班牙修士始建，后来由葡萄牙信徒接管。始建时是用樟木板造的，故也称板樟堂，后来才改成实心砖砌。现有三层，顶楼内设有圣物宝库。据说每年五月十三日，这里的圣母像都要被抬着出游，有盛大的活动。但是时间不巧，没能躬逢盛典。圣母堂前的街道和场地，就叫板樟堂前地（妈祖阁前，也有妈祖阁前地），是澳门人气最旺的商业休闲中心，被规定为步行街。

除以上三女神外，还看到了女娲庙。规模不大，但也有两层。那天去，见下层有香火，楼上正修缮，不开放。

除女神男神、圣母耶稣外，澳门街头，可见许多社稷神位，土地神位。差不多家家店铺门前，都有"门前土地之神"的神龛，有的做在墙上，有的就在地上。一本书的大小，每天有香烛供奉，也有用果品鲜花供奉的。

多神信仰，或许与无神论有冲突，但即使无神论者，当走进三位女神的领地或殿堂时，也会有一种庄严肃穆的感觉的。

台湾的吴凤庙

　　台湾地区的关帝庙、妈祖庙、财神庙等，都和大陆的一样，是以大陆的为祖庙的。只有一个吴凤庙，是台湾所特有，大陆所无的。

　　吴凤，是一个真实的历史人物，他死后才被当地人尊奉为神。他生活在清代，是福建搬到台湾的移民的后代。住在嘉义山区。山里是少数民族（高山族）居住，平地是汉人居住。县官多是由汉人做的。吴凤做的是"通事"，相当于翻译工作，是政府和少数民族之间的一种中间人吧。这个工作他做了很多年，很为当地人说话，很注意维护他们的利益，因此很受欢迎，很受爱戴。

　　当时当地人重视祭神，每年一次大的祭奠必用人头做贡品。通常是去杀一个其他族、其他乡的人，用他的头做贡品。吴凤常劝他们，杀人不好，能不能改一改。而当地人的族长们说，我们平常很相信你，也愿听你的话，但这件事关系太大，如果不用人头祭神，天神发怒，我们吃不消。所以说了几次也没用。有一年正好发生大械斗，双方打死好多人。吴凤又说，能不能把打死的人的人头存起来，一年用一个，不用每年去杀人呢？当地人经研究，认为可以，第二年、第三年就没再去杀人。这样好几年就少杀了不少人。

　　一年一年很快过去，存下的人头用完了。当地人的首领来找吴凤商议，明年一定又要杀人取人头了，你看怎么办。吴凤还是劝他们改革，别杀人。讲来讲去，当地人总说，神怪下来不得了，人头是不能不用的。吴凤说，那也不能乱杀人。到祭祀那一天前，你们再来找我，我会告诉你们到哪里去杀什么人的。

　　到了那一天，当地人的首领们来了，吴凤真的告诉他们，明天早上几点钟到什么地方，有一个穿红衣服、戴白头巾的人，你们就把他杀了，取他的头好了。他们走后，吴凤又告诉儿子，我们和当地人是朋友，过去是，现在是，将来也是。要永远做朋友。你们要记住我这个叮嘱。第二天，当地人照他说的去了，真见有一个红衣白头巾的人在，就上去把他杀了。等要取头，才发现被杀的是吴凤本人。众人大为意外，也大为悲痛。后来就决定，从今后，再不杀人取头做贡品了。并且，为吴凤建了一座庙，春秋祭祀。这就是嘉义吴凤庙。后来，台湾各地也陆续建起许多吴凤庙，山里人祭拜，平地人也祭拜，吴凤成了台湾各民族共同的神。

后来台湾被日本占领。日本政府台湾总督不让台湾人敬关公，敬妈祖，敬吴凤，要毁掉原来的各种庙，建造日本的天照大神庙。许多中国神的庙都被拆了，但台湾人心里，还是不信日本人的神。到 1945 年台湾回归中国，吴凤庙和关帝庙等都得到恢复重建。嘉义吴凤庙，仍是香火鼎盛，也成了一个著名的旅游景点。而天照大神也回到日本去了。

西塘：醉经堂　七老爷庙　关帝庙

醉经堂

浙江嘉善西塘古镇有许多古民居，前人的住处和庭院，现在成了展览室和游览点。每处收费价格不等。也可买联票，游览所有十多个景点，当然还包括古街巷、古桥、河棚等可免费游赏。

有一个醉园，门口的对联是一副回文联：

园中画醉客，客醉画中园。

下联正是用上联五字颠倒而成。好像构思很巧妙。但是进去看过后，就知道这联不是原来园主的旧物，而是今人所撰所书。

这是因为，原主人也没有把这园称为"醉园"，只是把园中主要建筑命名为"醉经堂"，小园只是"附件"，没有名字的。醉经堂，是说主人好读书，为经书而醉心，乐此不疲。此堂初建于明，原有五进。几百年中，屡经易主，到今修复供人游览，只存其中三进了。

今人修复古旧建筑（包括小园），供人参观游览，是一大好事。所陈列的是今人所作的版画，画的是水乡风情。所以说"园中画醉客，客醉画中园"了。古人是醉经，今人是醉画、醉园了。但是"醉园"之名，还可能使人误会是醉酒，就不大好了。

园很小，相当于老民居的天井这么大，两个连在一起。但是小而精致，的确能醉人，一起去的几个人都有这样的感觉。有一小桥，小得像用积木搭的——实际是由青砖构筑的，走在上面只好用小步，有人戏言，真是谨小慎微了。

苏州山塘街，有个景点玉涵堂，用的就是旧时原名。西塘这个醉园，我看也可以就用原名醉经堂，很好的，比醉园好。

七老爷庙

七老爷庙的正式名字是"护国随粮王庙",民间俗称七老爷庙。七老爷姓金,名字好像已经佚失,大殿前的匾额上写的是"金公殿",护国随粮王字样则写在大门口。介绍材料说,金公是一位运粮官,一次押运粮食经过这里,看到当地许多老百姓因灾荒濒临饿死,他大胆地自作主张,把粮船上的粮食都分给灾民,活人无数。但是想到回去无法交账,就引咎自杀了。后来朝廷(可能是明朝)念其救民有功,封为利济侯。后来又由侯而王,并得立庙受祀。

这庙里有一些木牌,除了肃静、回避之类,有三块上面写的是金公历年所受朝廷的封号:利济侯,加封安乐王、护国随粮王。猜想是几百年内几次加封的吧。这是朝廷所封。而老百姓,又有他们自己对他的"封号",这就是"七老爷"了。说金公排行第七,所以叫七老爷。老百姓进献的许多旌旗、桌围等上面写的是"神仙下凡,妙手回春","有求必应,功德无量","神治百病,消灾去难"等。而对这神仙的称呼则是"西塘七纪伯""七老爷、七夫人""七继伯、七妹妹"等。这七纪伯和七继伯,显然都是七老爷。七夫人就是他的太太,七妹妹则是他的妹妹(但好像应是八妹妹或九妹妹吧)。庙里的塑像也真是中间七老爷,两边分别是夫人和妹妹。木牌是新的,想来是按原来旧有的复制的,旗帜、桌围等也是很新的,则该都是一二年内老百姓敬献的了。

关帝庙

在旅游图上,有个景点叫"圣堂",起先以为或和基督教有关,到了那里,才知是关帝庙。但也不只是关帝庙,前殿是关帝,后殿三间则分别供奉观音、财神和文昌。导游说是儒、道、释三教和谐,参拜者一般也一视同仁,对哪一位神圣也不会冷落。同时也可有所侧重:儿子考学拜文昌,创业开张求财神等。

此堂据说始建于明,那时是"庞公祠",所祀是巡按庞公尚鹏。到清朝康熙年间,才改为关帝庙,庞公就退位让贤了。

圣堂所在的地名是"烧香港",不知是明朝还是清朝留下的。当是由于圣堂香火鼎盛而得名的吧。

这关帝，生前的封号是汉寿亭侯，亭侯是一小侯。也是身后哀荣，既得皇帝信任又受百姓拥护，封王封帝又称圣——文圣孔夫子，武圣关夫子，所以关帝庙得称圣堂。导游资料说，过去的圣堂，岁时节日有风味小吃，有年画、玩具，非常热闹（倒和过去的苏州玄妙观差不多了）。现在香火依旧，而风味小吃、年画、玩具则无复当年（苏州也是的）。

七老爷庙里桌围上面写的是"神仙下凡"，其实正相反。七老爷七夫人原来都是凡人，因为做了好事，就成了神仙。所以不该是神仙下凡，而当是凡人上天。而且这也不是由于皇帝或天帝的加封，而是由于百姓的感恩与思念。这关云长和杭州岳武穆的成神成圣，无不皆然。

龙门古镇游

　　龙门古镇，离杭州五十公里许，富春江边上，号称孙权故里。现在二千多户居民，百分之九十以上都是孙家的后代，那天给我们作导游的两位美女，也都说自己是孙权大帝的六十一世孙女。

　　这个古镇，没有专门重建的明清一条街、古镇风情商业街什么的，有许多古建筑则照原样修复，并按当年主人的生活情况布置陈列，有做大官的"工部冬官第"，有镇上首富的"义门"。……工部府里，陈列有当年为郑和下西洋建造的宝船模型；义门门外，有纪念碑说明那时大荒年，这位大富翁，包交了全镇的皇粮，还拿钱拿粮帮助大家过日子，得到皇帝的嘉奖。还有一个"世德堂"，是明末清初孙权四十四世孙孙念阳所造，他是一个大商人，被称为儒商，现在厅堂里还悬挂着重新书写的当年的楹联：

　　　　消将情性之偏私，便是至深学问；

　　　　除却家庭内嫌隙，堪称绝妙经纶。

　　可以说这是他的持家格言吧，现代先富起来的人或者也可参考。世德堂以外，还有积善堂、居易堂、承恩堂、庆善堂等许多，不下十几个有名号的古建筑。它们各有不同的布置，有一个还是当年生产队的会议室，保存着当年的领袖语录、表格、名单等。

　　古镇街巷也有特色。有一处两巷夹一河，巷道很窄，我们一行人走正好，如果要超过前人或避让对面来人，都得小心一些；而那河，则是"两层"的，遇到水大之时，就是一条河；如果有时水小，就呈现一个一个长方形的小水池，四周都是用石块和卵石砌就的。我们参观时，就是水小时候，河底可走人，但水池里仍可洗衣服。

　　镇上民众，开店的不多，倒看见许多人家都在做外发加工的羽毛球拍，还有几家酒作坊，卖旅游纪念品的只是几个小摊，不像有些古镇那样搞得很商业化，所以看起来显得民风古朴，不虚此"古"，感觉比较好。

　　由于是随团旅游，只参观了古镇，没有能去镇外的龙门山欣赏自然美景，是一个遗憾。希望下次再来时补救吧。

杭州孤山联

杭州西湖孤山，放鹤亭处，有一联林则徐撰写的联语，云：

　　世无遗草真能隐，山有名花转不孤。

孤山，是林和靖隐居之所。这副对联所写，显然是既契合地，又贴切人。山有名花，自然是梅花了。当年林和靖居此，有"梅妻鹤子"之说。有妻如此，有子如此，自然不孤了。林则徐是只说了花，没有写鹤，但后人见之，自然也会联想到这"鹤子"的吧。

花是梅花，当年有，现在仍有。这"草"又是什么草呢，而且还"无遗草"？看来不是植物学上的什么草，而是用"遗草"代指遗文、遗著了。没有遗文、遗著传世，此隐乃是真隐，真能隐了。林则徐当年，除为放鹤亭题写此联，又在这里种植梅花三百六十本，并修复林和靖祠，还有一座梅亭。又撰梅亭联语：

　　我忆家风负梅鹤，天教处士领湖山。

感叹自己不能归隐此地与梅鹤为伴，西湖孤山梅鹤，还是只能由林和靖统领了。

游山玩水，赏心悦目。若是光看那些旅游攻略，吃在哪儿，住在哪儿，购物又在哪儿，即使了然于心，而不对诗文典故等做些功课，那么最后所得还是会打些折扣的。有些导游其实也不求甚解，他会讲某电视剧、某广告片在此拍摄等，游客们听听也可以长些见识，但是终究是不能引人入胜的。

当年钱宾四先生带领大学生游历，有一段回忆：

　　游泰山后，再游济南大明湖，小舟荡漾，天光亭影，流连迷人。几疑身在江南。至如湖中泉涌，则惟肄业常州府中学堂时旅行镇江扬州，游舟山天下第一泉有其仿佛。又念刘鹗《老残游记》，因思山水胜景，必经前人描述歌咏，人文相续，乃益现其活处。若如西方人，仅以冒险探幽投迹人类未到处，有天地，无人物。即如踏上月球，亦不如一丘一壑，一溪一池，身履其地，而发思古之幽情者，所能同日语也。

林则徐联语说林和靖"世无遗草真能隐"，可是，他虽是真能隐，却也不完全是没有遗草传世的。最著名的就是那句"疏影横斜水清浅，暗香浮动月黄昏"了。他同时代的苏东坡，就曾收藏到过他的《自书诗帖》，还写上跋语《书林逋诗后》，称赞他"诗如东野不言寒，书似西台差少肉"，说他的诗清而不寒，书法则瘦而劲健。就是林则徐本人，也收藏到过林和靖手札二通，视为至宝。友人陈延恩曾为题跋，称此二手札"笔意疏朗淡远，殆如其人"。

洱海边第一天

一早从苏州出发，到虹桥，经昆明，飞抵大理机场降落，已经是傍晚六点钟。当天从北京飞过来的女博士已经联系好客栈，雇好汽车过来接机了。出机场不远，就看见洱海了。

这是一条沿海的路。从南向北，左边是洱海，右边是山。汽车一路开过，全是这般风景。女博士去过日本，说在北海道有一条公路，也是这样，在山和海之间。洱海海水很蓝，很满。好像与路面没有多少高差，波浪大一点的话就会上岸的样子。但是波浪不大，只是不停地拍岸。开过一个村，叫挖色，大概是当地民族语音的记音吧。见一小岛，离岸不远，叫做小普渡，上面佛寺可见，这是一个旅游景点了。

在苏州的话，五点多就天黑了。现在六点多，快七点钟，天还很亮。我们住在双廊。这是一个小镇，靠在洱海边，一条街和海岸平行，街两旁各有一些小巷，很短的，小巷尽头处，一边是海一边是山。我们住的曼邸客栈，就是一个小巷底的海景客栈。女老板见我们车到，赶紧把客人让到洱海边的"海景平台"，说，先看一眼晚霞，再搬行李吧。其实时间已经晚了一点，晚霞已经没有绚丽的色彩，苍山上的云霞呈铁青灰色，却也是见所未见的。平台上可以坐，可以站，面对山、海、天，一天劳累奔波，到此完全换了一种心情。大家留下此游的首张照片——当然不止一张，而是一批。

海景平台上面，是两间海景房，我们二人住了其中一间。海景平台进来，一大间是休闲空间，用餐也在此室，室内小池中有一大龟，苏州此时乌龟已经冬眠，这里的它还比较活跃。女老板说，我就洱海里抓小鱼喂它。安顿好行李，出去吃晚饭，就在小巷子里斜对面的一家"古渔香"。一个大厅，一个院子都可以吃饭，另外也有住的地方。我们就在大厅吃。天其实不冷，但是院子里有一个火盆，熊熊燃着，别有一种风情。

吃饱饭，到街上走走，多的是吃饭的地方，住宿的客栈多在小巷里。吃饭的店家，多把各种食材陈列在门口街边，那些小鱼、蔬菜，多是我们没有见过的，稍微问问，也没弄明白。走了几百米，就回来了。问得早饭是客栈提供，时间是九点钟，就回房休息了。

第二部分

有谁思古敢非今

「举杯邀明月，对影成三人。」寂寞可以是成功之母，也可以是途中陷阱，让你沉没其中，难以自拔。

寂寞三题

李白对影

李白在一首诗里说，"相看两不厌，只有敬亭山"；另一首诗里说"举杯邀明月，对影成三人"。又是两，又是三，其实只有一个人，就是诗人自己。诗人是寂寞的。他另外的诗作里说，"天生我材必有用，千金散尽还复来"，诗人又是自信的。这寂寞和自信，他自己都是清楚的，所以，他的诗里会说"古来圣贤皆寂寞"。我辈寂寞的人，就是圣贤一类的人。

古来圣贤皆寂寞。这些圣人贤人，怎样排解他们的寂寞呢？对于李白，他只是写诗，辛弃疾则填词，曹雪芹写小说，孔夫子专心教学生，"学而不厌，诲人不倦"。所以，他们都是圣人贤人。中国如此，外国应当也一样。梵高和高更，从欧洲城市去到大洋中的孤岛，在那里画画。画出的画不被当时画坛所接受，他们只能在寂寞中画画，在寂寞中逝去。直到身后，才被世人追认为画家，杰出的大画家。

凡人也有寂寞，寂寞而不甘寂寞，就会寻求表现。他们不接受"人不知而不愠"的观念，总是竭力表现自己，而不愿下功夫去积累能为人"知"的本钱。举个例子来说，明明没有读过朱熹朱夫子的著作，却人云亦云地批判朱夫子是理学杀人（这是书上看来的一例）。有句成语叫哗众取宠，或许就可以移赠这些不甘寂寞的凡人。

在网上或者报上，我发布一个帖子，一篇文章。或许不被看好，很少人看也没人回复，很快也就看不见了。即使有时会有人看，有人跟帖，但是或许我倒认为他们没有理解我的意思，批评和表扬都不到位，不准确。这样，我也就寂寞了。这也是时常发生的。做老师的时候也是一样，会有得心应手、成功高兴的时候，也会有受到挫折，感到寂寞的时候。

寂寞可以是成功之母，也可以是途中的陷阱，会让你沉没其中，难以自拔。这时候，朋友的帮助就显得十分重要了。有的时候，更重要的是自助，像上面所说的李白、辛弃疾、曹雪芹、梵高、高更等，像他们那样用事业来帮助自己从寂寞中自拔，自救。

齐邦媛先生忆钱穆先生

齐邦媛教授《红叶阶前忆钱穆先生》，其中有一段：

> 我回台大之后，也常与他谈到我用作教材的一些书，譬如最早先用《美丽新世界》《一九八四》和《黑暗之心》英文本时，学生的反应，谈得最多的是《寂寞的追寻》(The Pursuit of Loneliness，Philip Slate，1970，中译者陈大安，台北黎明公司出版，1979 年)。对于追寻寂寞这种文化现象，钱先生感到相当有趣（他"有趣"的无锡发音至今难忘）。其实，在 1983 年他亲自赠我的《八十忆双亲与师友杂忆》书中，钱先生回忆他一生重要著作多在园林独处的寂寞中构思完成，尤其详述任教于抗战初迁昆明之西南联大时，在云南宜良北山岩泉下寺中，独居小楼一年，"寂寞不耐亦得耐"，完成《国史大纲》。七十年来此书仍是许多人必读之书。只是他那种中式文人之寂寞和西方社会意义的孤独，情境大不相同。

因为谈到寂寞这种文化现象，特转录于此。

按：齐邦媛，1924 年生，辽宁铁岭人，国立武汉大学外文系毕业，在美国印第安纳大学从事研究，在台湾大学外文系教授任内退休。台大名誉教授。曾主编《中国现代文学选集》中英文本三册，《中华现代文学大系》小说卷。曾任美国圣玛丽学院、旧金山加州大学访问教授，德国柏林自由大学客座教授。专研文学，以严谨、执著的态度从事论述与著作。著有《雾渐渐散的时候——台湾文学五十年》。曾任《笔会》季刊总编辑，多年从事中文文学向英语世界翻译的推广工作，曾主编《中英对照读台湾小说》。她有《巨流河》一书在大陆出版，上面所引齐教授介绍，就在这书中。

她在这本书里作了中西对比，认为中式文人之寂寞，与西方社会意义的孤独大不相同。但是，高更、梵高的例子，或许跟中国文人之寂寞是比较相近的。

钱穆先生谈"对影成三人"

即如李太白："举杯邀明月，对影成三人"。一己独酌，若觉有三人同欢，此亦太白一诗之心情与意境，亦即其心德之流露。诵其诗，想见其人。斯亦即太白之不朽。又如陈子昂："前不见古人，后不见来者，念天地之悠悠，独怆然而涕下。"此与李太白心情意境又异。一人忽若成三人，斯即不孤寂。举世忽若只一人，其孤寂之感又如何？然在此大生命中，必有会心之人。或前在古人，或后在来者。斯则子昂之不孤寂，乃更在太白一人独酌之上矣。此即子昂之不朽。故凡所不朽，皆在己心，而又何求于后世之不朽？此即其心之至德矣。

（《晚学盲言·生与死》）

《生与死》在讲"三不朽"时，以诗为证，说李太白、陈子昂此二诗就是他们的不朽。读诗如见其人，诗人就不朽了。"举杯邀明月，对影成三人"，这是孤寂还是不孤寂？其实一人，应是孤寂的，可是自以为三人，就不孤寂了。前后都不见人，则是更大的孤寂了。可是从历史文化的大生命看，又不可能孤寂。所以，陈子昂比李白更不孤寂。其人可以孤寂，但是其心不朽矣。我上面说的自助、自救，或许与此有点略近？就是要将孤寂的自己，加入到历史文化的大生命中去。

钱先生此文之末，还有一段：

若使孔子而生今日，诵李太白诗，方其月夜独酌，岂不有释迦、耶稣两影可以伴饮？孔子而时代化，是亦可以陶然而醉矣。若诵陈子昂诗，则知我者天，亦可怆然而涕下。然而前有古人，后有来者，则吾心之怆然亦从心之所欲而已，其与良夜之独酌，复何异哉？是则孔子生今日，亦必诵太白、子昂之诗，是亦终不失为一中国之人生。君子居之，何陋之有，今日吾国人亦多乘桴而浮海，此亦皆可为今日之孔子，其亦终将有契于孔子之所言乎？企予望之，企予望之。

二诗我是熟悉的，但是像这段这样解读，则觉得是开眼界而启心胸的。好像是说，中式文人是用做事来消解这寂寞，用自信、自许来消解此寂寞，其境界何其大哉！孔子曾说："君子居之，何陋之有？"移为今人，或可以学着说："有君子在前，何寂寞之有？"

废殉葬三则

　　陈子车死于卫，其妻与其家大夫谋以殉葬，定。而后陈子亢至，以告。曰：夫子疾，莫养于下，请以殉葬。子亢曰：以殉葬，非礼也。虽然，则彼疾当养者，孰若妻与宰？得已，则吾欲已，不得已，则吾欲以二子者之为之也。于是，弗果用。(《礼记·檀弓》)

陈子车死了。他的妻子和大管家商量要用人殉葬。他们和陈子亢商量说：人死了，在地下生病没有人伺候，请你同意用几个人来殉葬吧。陈子亢回答说：用人殉葬，不合礼。虽然如此，他有病要人伺候，谁能比妻子和大管家更合适？如果能不用人殉，那么我看还是别用了；如果不能不用人殉，那我认为你们二人去最合适了。结果就没有用人殉葬。(陈子亢是孔子的一个学生)

　　陈乾昔寝疾，属其兄弟而命其子尊己曰：如我死，则必大为我棺，使吾二婢子夹我。陈乾昔死，其子曰：以殉葬，非礼也。况又同棺乎？弗果杀。(《礼记·檀弓》)

陈乾昔病重了，他嘱咐自己的弟兄和儿子说，我死后一定要给我做一个大棺材，让我的那两个婢子殉葬，放在这大棺材里。他死了，他儿子说：用人殉葬，不合礼。更何况放在同一棺木里。这件事就没有做。

　　秦宣太后爱魏丑夫。太后病将死，出令曰："为我葬，必以魏子为殉"。魏子患之。庸芮为魏子说太后曰："以死者为有知乎"？太后曰："无知也"。曰："若太后之神灵，明知死者之无知矣，何为空以生所爱，葬于无知之死人哉！若死者有知，先王积怒之日久矣。太后救过不赡，何暇乃私魏丑夫乎"？太后曰"善"。乃止。(《战国策·秦二》)

秦宣太后爱魏丑夫。太后病得快死时，下令说，将来办我的葬事，一定让魏丑夫殉葬。有人帮魏丑夫劝说太后，说你以为人死之后有知觉

吗？太后说，没有呀。于是他又接着说：像太后这样明白，知道人死无
知，为什么还要白白地让自己平时喜欢的人，去陪没有知觉的死人？如
果死人有知，那么先王为您而生气不是一天了，太后您恐怕补过还来不
及，哪还有时间再去照顾魏丑夫？太后听了说对。这事就终止了。

　　三个小故事说明殉葬这件事，由于观念的改变，在春秋战国时已经
渐渐不能盛行。

项庄舞剑

鸿门宴上，范增为项王设计好，要在宴席间把沛公杀了。事到临头，项王见刘邦意态温顺，没有反对他的意思，便觉得没有必要杀他了，于是宴会继续正常地进行。范增见状，有些着急，便离席出来找项庄说，这样下去不行。不如你进去，以舞剑助兴为名，找机会把沛公杀了。不杀此人，后患无穷，你我们将死无葬身之地。于是，项庄进去开始舞剑。不料项家也有帮刘邦的人。项伯看出项庄的用意，就也拔剑而起，说一个人舞不热闹，不如我们二人共舞。而在共舞时就处处留心，以自己的身体阻挡项庄接近沛公的路线。情况非常紧急，张良就也出来让樊哙进去帮忙。樊哙不经同意就直接闯入，发表了慷慨激烈的言辞，引起了项王的注意，并且赐给樊哙以酒肉。趁此机会，刘邦借口如厕，逃离了会场，平安归去。以后才有楚汉相争，项羽自刎乌江等事，刘邦汉朝基业终于奠定。这项庄舞剑的事，就成为后人诗文中常用的典故。

清代严遂成《乌江项王庙题壁》诗中有"剑舞鸿门能赦汉，船沉巨鹿竟亡秦"两句，说的是鸿门宴舞剑，最终没有按照范增的计划行刺而是放过了沛公；以及项王打仗破釜沉舟，大破秦军这两件事。两句都带有对项王的赞许，认为可算是项羽一生中的壮举。诗中无一字提及项庄，只是说项王赦了沛公，而将"能赦汉"这件事，与破釜沉舟大破秦军相提并论。

在鸿门宴这个历史典故里，项庄表面上是舞剑助兴，实际上却另有目的。一般"项庄舞剑"这个成语，就是重在"意在沛公"。如叶圣陶先生小说《城中》有句子："但他的话里含着骨头，项庄舞剑，其实意在沛公。"这是我们的成语词典对项庄舞剑这个成语的经典解释。

严遂成诗中"剑舞鸿门"，则没有说到项庄，不涉及项庄的用心，用的只是这个历史典故，不取这个成语的一般含义，做出的是他自己的历史评说。原诗附于下：

云旗庙貌拜行人，功罪千秋问鬼神。
剑舞鸿门能赦汉，船沉巨鹿竟亡秦。
范增一去无谋主，韩信原来是逐臣。
江上楚歌最哀怨，招魂不独为灵均。

颜之推家训谈学习

南北朝时候，中国不统一，分南朝和北朝，而且常打仗，不论南北，都不能长治久安。刚才还是姓萧的做皇帝，忽然又变成姓陈的了。《颜氏家训》的作者颜之推，就曾生活在那个年代。有人问颜之推，说，我看见靠打仗，除暴安良，做到大官取得公侯地位的；也见过学点公文程式，从小官做上去，对国家有贡献，升到卿相地位的；还看见那些学贯古今，既有文才又有武略，可是没有官位没有俸禄，妻子儿女生活无着的人，而且多的是。这样看来，"安足贵学乎（学那些有什么用呢）"？

颜之推的回答就写在《家训》中的"勉学第八"章里。他说，这一个人的命运是穷困还是通达，犹如是金玉或是木石。学习，对于这金玉木石，就是磨砺和雕刻。经过磨砺，金玉会比原来更美，木石经过雕刻也是同样会更好。你不可以把有学问而贫贱，与没学问而富贵的人相比，而且拿武器去打仗，拿着笔从小官做起，最后做到公侯卿相的人，也是很少的，就像芝兰一样不是常见的，直到身死而名不见经传的却是很多。认真读书，修身养性，而最后不能得益的人很少，相反，因有学问而得到名、得到利的人却是不少。所以，你怎么能把不学而地位高的人和他们相提并论呢？而且，我还知道生而知之的人是最上，学而知之的人是其次。所以要学，就是要使自己多智慧、能通达。如果一个人真有天分，去带兵会像孙武、吴起，去做官就同管仲、子产一样有本事，这样的天才，不学也可以说是学了。如果不是这样的天才，再不去学习（而想做公侯卿相），那正像蒙着被子睡大觉了。

除了回答"安足贵学乎"，《颜氏家训》"勉学第八"中，还谈到学习目的，学习方法，学习态度，学习内容等诸方面，还谈到"贵游子弟"中常见的通病等。《颜氏家训》里，也列举了不少可供学习的榜样，让儿孙们见贤思齐，向他们学习。从中可以看出颜之推对儿孙的期望和要求之殷之严。

颜之推列举的好学榜样，第一个就是梁元帝。颜之推说是元帝自己跟他说的，从十二岁就已经好学了，那时正患疥疮，手脚都不方便，而且很痛。自己在空房子里挂一个帐子，防苍蝇，拼命读书，一天读二十卷，不知厌倦。身上痛，喝一点甜酒，来解一解。颜之推说"帝子之尊，童稚之逸，尚能如此"，况且老百姓，应该怎么做呢。

讲过梁元帝，再讲老百姓。梁朝时候（他写《颜氏家训》已是隋朝时候）有位刘绮，虽然祖上做官，那时父死家贫，连灯火钱也没有，晚上读书只是买一点荻草，剪成一段一段，点火照明。后来终于"金紫光禄"，做了大官。还有朱詹，家贫好学，有时断顿吃不上饭，甚至吞纸来疗饥。衣服穿不暖，夜里没什么盖的，就抱着狗取暖睡觉，那狗却因没东西吃，逃出去寻吃的了。朱詹唤它回来，哀声惊动了邻居。他就这样苦学，终于学成出仕。还有臧逢世，二十多岁时，想研读《汉书》，但没有书，只能借书来看。但是借来的书不能久借。想抄下来研读，又没有钱买纸。他是到姐夫那里讨要别人投来的名刺（类似今之名片的功用，而纸幅比名片大得多）和其他废纸，抄成一整部《汉书》，反复精读，后来也终于成了精通《汉书》的名家。

以上都是《颜氏家训》里谈到的苦学有成的榜样。另外还有一个另类的例子，说的是一个小太监田鹏鸾。田本是南方人，十四五岁就来北齐做小太监了（可能是战争造成的，但书中没有说）。虽然地位低微，差使辛劳，但是他还利用空隙时间读书，请教。每看到书中古人节义之事，"未尝不感激沉吟久之"。后来得到皇帝赏识，给了他一个官位，在朝廷做官。北齐和北周打仗时，北齐败了，齐后主逃难时，这田鹏鸾被周军俘获。周军问他齐主在哪里，田知道就在附近，却说早走了，现在大概已经出境了。周军不信，严刑逼供，打断一条腿再问，田鹏鸾还是不改口。一直到四肢都被打断而死，也没有说出齐主的所在。颜之推说，蛮夷小童，还能通过学习成就忠诚品格。那些齐之将相（指投降周军并出卖齐主的），做他的家奴也不配啊。

可见颜氏谈读书，用现在话说，也是智育、德育都谈到的，都认为重要的。而且除了这"勉学第八"，在其他章节，还有许多谈到读书学习的。

颜之推的儿孙辈，在他的家训的教导下，多能学习、做官，而且名垂青史的很多。但是"学习没什么用"（不学无术一样可以做官，可以富贵）的想法，千百年来，总是还有人信，不只是相信，而且是奉行。这学习究竟有用无用，"安足贵学乎"的问题，恐怕今后还是会有人要问，有人会回答的。

颜之推的悲哀

颜之推的《颜氏家训》可称是一部比较著名的书，近年也出现了多种注释本、翻译本、评注本等。按理说，颜先生泉下有知，应当高兴才对，怎么说悲哀呢？

有一家出版社的"文白对照注释评析本"《颜氏家训》(有删节，非全本)，给加了一副题，称"人情世故大全"，封底上还有四句概括性的话与这所谓"人情世故"呼应："结朋交友之秘诀，持家理财之法宝，保家护身之妙术，为人处世之准则。"这副题和这四句，或是编译人的体会，或是出版家的策划，而给人的印象，却极像那种诱人购买的商品包装，再加上逐条所附"评析"，这部书差不多要成为"戏说颜氏家训"了，颜先生泉下有知，怎会不悲哀。

《家训》有一则"避讳不当，贻笑大方"，这标题也是该书所加，后面被加上这样的评语：

> 莫要历史捆着你的手脚，禁锢了你的思想。大千世界，五彩缤纷，错综复杂，有所作为，就要一种的无畏的精神，就要敢想敢说，敢创敢干，那种前怕老虎后怕狼，谨小慎微，束手束脚的人终将一事无成。

这一段是颜先生要提醒他的子孙和后人的内容吗？这样的"古为今用"，今人或会引为笑谈，而颜先生泉下有知，怎会不悲哀。

以上是一例，不必多举了吧。

沈郎钱的比喻

沈郎钱，是晋末吴兴沈充主持铸造的钱。那种钱很小，轻、薄，因为是沈充造的，后来就被称为沈郎钱。报上见一篇关于钱币收藏的文章，附有这种钱的图片，为了说明此钱的特点，文章还引用了几句唐诗：李贺的"榆荚相催不知数，沈郎青钱夹城路"；李商隐的"今日春光太飘荡，谢家轻絮沈郎钱"；王建的"素柰花开西子面，绿榆枝散沈郎钱。"有一句总结：诗人常以榆荚比喻沈郎钱。

比喻，词典上说，是用有类似点的事物来比拟想要说明的事物。这里牵涉到两个不同事物，但是他们必有类似点，而且其一比较为人熟知，用来做比拟，于是另一事物就不言而喻了。喻就是明白，比喻，就是通过比，使人明白。"人生如白驹过隙"，是说人生易逝。"光阴似箭，日月如梭"同样是说时光流逝，不过这次用箭和梭做比喻罢了。

再看上面所引诗句，三位诗人都是在写春光春景，写的是榆钱，不是在写沈郎钱。字面上诗人是都写上了沈郎钱，没有写明榆钱。但是他们要写的却正是榆钱，而且当时的读者也能读出这榆钱来，不会认为是在写可以买东西的小铜钱。所以应当说"诗人常以沈郎钱比喻榆钱"，而不是诗人常以榆荚比喻沈郎钱。唐代诗人（和诗的读者）对于沈郎钱可以用来比喻榆钱，是很熟悉的了。所以写诗常会用到，就像白驹过隙和日月如梭一样常见常用。今之读者，不大熟悉沈郎钱是什么，写收藏品的文章写到沈郎钱，为了说明其小、轻、薄，于是反过来要用榆钱来比喻沈郎钱了。

这却正好又说明了比喻的另外一条原则：人们总是用被人比较了解比较熟悉的事物来作比喻，用来说明描写自己想要说明的事物，而不能反过来用比较不为人知的东西去作比常见的东西。古人是说榆荚像沈郎钱；今人却反过来，只能用榆钱来说明沈浪钱的特点了。

出师未捷身先死

杜甫《蜀相》：

丞相祠堂何处寻，锦官城外柏森森。

映阶碧草自春色，隔叶黄鹂空好音。

三顾频烦天下计，两朝开济老臣心。

出师未捷身先死，长使英雄泪满襟。

诗圣杜甫这首诗，一般认为是咏史诗。今人盛行旅游，乃有"旅游诗"之门类。这诗或者也可归入。今人旅游往往是消闲，旅游诗也往往描写一番景观、景色，或者稍微发几句感慨就是了。杜诗这种"出师未捷身先死，长使英雄泪满襟"的感慨，今人或许会认为太严肃了。

诸葛亮原本躬耕于南阳，苟全性命于乱世，不求闻达于诸侯。是因为刘先主三顾频繁，他乃出来奔走驰驱，鞠躬尽瘁，死而后已。有他这样的一生经历作前提，"出师未捷身先死，长使英雄泪满襟"乃成千古名句。要说"主旋律"这也可以说是自古到今的主旋律了。

唐人"旗亭画壁"的故事里，虽然没有提到伶官唱这首杜诗，但是王昌龄、王之涣、高适等人的诗，"寒雨连江夜入吴，平明送客楚山孤。洛阳亲友如相问，一片冰心在玉壶。""黄河远上白云间，一片孤城万仞山。羌笛何须怨杨柳，春风不度玉门关"也是同样雄浑壮丽，同样传唱古今。"旗亭"相当于今之酒吧、饭店，其间唱歌的伶官等，就相当于今之娱乐明星了。不知道春节晚会的节目，和昔日的唐诗宋词能不能相提并论，做一比较。

还是回到这句"出师未捷身先死，长使英雄泪满襟"，倒正和某年春晚名句"最怨的是眼睛一闭，人死了，但是钱还没花完"有一点"小同"——都是说人去世了，可是人去了，忘不了的事是什么，却"大异"了。

中国现代文化会把杜甫、高适等排斥在外吗？如果是好的现代文化，应当不会排斥吧。娱乐应当有向上的精神，许多唐诗有这种精神，也正是大唐盛世的反映了。"人死了，但是钱还没花完"，这种娱乐似乎低级了一点。

柳中庸的《征人怨》

　　江苏今年高考考了一道唐诗鉴赏的题。是柳中庸的《征人怨》：

　　　　岁岁金河复玉关，

　　　　朝朝马策与刀环。

　　　　三春白雪归青冢，

　　　　万里黄河绕黑山。

在有的版本中，题目是"征怨"二字，有一字之差，但意思没有多少差别，这是唐诗里一个常见的题目。

　　打仗，会使人死亡，就是不死，也会"生离"，还会使田园荒芜，等等。于是就有怨。柳中庸这首诗不很著名，课本上没有，一般的课外读物上也不容易找到，或许这也是会被选作考题的一个原因吧。我们比较熟悉的同题材的诗，最易想到的当是金昌绪《春怨》：

　　　　打起黄莺儿，

　　　　莫教枝上啼。

　　　　啼时惊妾梦，

　　　　不得到辽西。

题目差一字，但从"怨"的内容看，应是同类作品了。"怨"，应当有一主题，金诗假托为一征人之妻，还要有一对象，金诗又虚拟一只黄莺。只用"辽西"二字，告诉我们这是一首征怨诗。和这诗写作方法类似的，有陈陶《陇西行》：

　　　　誓扫匈奴不顾身，

　　　　五千貂锦丧胡尘。

　　　　可怜无定河边骨，

　　　　犹是春闺梦里人。

比起金诗，这首诗前二句实写了战争（征），后二句"可怜"是诗人自己出场，直抒感想了。这春闺梦，也可以说有"怨"了吧。

　　三首诗一起看，可以看出都是说战争，说怨情的。但柳中庸这首，好像没有人物出场，如果有，也是写的集体，整个部队。岁岁朝朝，是写的年年月月天天的生活和环境。后二句也是环境中的典型地标。"怨"在哪里？从什么地方可以读出其怨？

　　青冢、黑山、黄河、玉关……这些地名，其实都是带情感的。如果翻译成外国文字而不加说明，外国读者是难以获得中国读者同样的体会的，他们将不能理解这诗为什么是"征怨"而不是其他。他们将认为这是一首记事诗，而不知道为什么把它当作抒情诗（感事诗）。

　　中国人，读过较多唐诗的人，自然会知道这和金昌绪、陈陶的诗是一类的诗。不同的只是写法而已。按中国人的阅读习惯、审美习惯，好像会认为金、陶二人的写法略胜一筹，柳中庸的稍逊。婉曲比直白好些，微观的比宏观的好些，至少对于征怨一类诗是这样吧。所以，金、陶二诗多见于各种选集，较为人熟悉，而柳中庸诗，就不大有名，显得生僻了。

　　《红楼梦》里林黛玉教人写诗，说，把王维、杜甫、李白、陶渊明四家的诗，每家读个几十篇，一二百篇，做诗的事就大致没问题了。我们今天要是也能这样读个几十篇，一二百篇，鉴赏的问题应当也差不多可以解决了。

韩愈的稿酬

不知道从何时开始，文学史上开始有了"唐宋八大家"这个名称，但是人们知道，即使在韩愈他们活着的时候，他们的诗文也早已是闻名天下，无人不知的了。

有一则故事说，韩愈的朋友刘乂到韩家去，看见他家钱很多，他拿了"金数斤"就走，说，这都是你给人家写墓志铭说好话得来的（所谓"此谀墓中人所得耳"），不如送给我刘先生吧。

当时人们慕韩愈文名，墓志铭多请他写，并奉送不薄的润笔。刘禹锡写的《祭韩退之文》中写到过"公鼎侯碑，志隧表阡，一字之价，辇金如山"，虽然语带夸张，但是润笔之丰厚，当可想象。

有的"公鼎侯碑"，不是私家请托，而是皇帝恩赐。皇帝向臣下赐鼎赐碑，也要有人撰稿和书写，这一任务，往往会落在韩愈身上。他从皇帝那里领受了任务，但是受惠人除了感谢皇帝，也得感谢撰稿人书写人。感谢皇帝，大概就是上一谢表；而感谢韩愈，就要奉上"润笔"了。这润笔是不是真的"一字之价，辇金如山"，我们在历史文献里是可以找到具体实例的。

唐宪宗时，平定淮西叛乱可以说是一大事，皇帝特命韩愈撰写《平淮西碑》纪功。韩愈写毕此碑，皇帝又把碑本分赐功臣。这些功臣中，有韩弘，他就送韩愈"绢五百匹"表示感谢，当时称为"润笔"，也称"人事"。为皇帝写碑文而受功臣感谢，好像于理欠妥，所以韩愈写《奏韩弘人事物表》上奏朝廷，说因为写什么什么，他们送了什么什么，对于这些"未敢受领，谨录奏闻"。后来皇帝批复，可以收受，于是韩愈又有《谢许受韩弘物状》谢恩，收下了这五百匹绢。

这五百匹绢是一个什么概念？据钱穆先生《读史随劄》考订："是当韩（愈）、李（翱）时，绢价仍为八百文一匹。以绢米之对比言，初时绢一匹值米二斛，后则绢一匹值米四斛也。"(《历代绢价杂考》) 八百乘以五百，是四十万文钱了。

韩弘送韩愈绢五百匹，不是个别事件。皇帝是常常要给臣下赐碑的，立功有纪功碑，去世有遗爱碑。韩愈的文集里，有《进王用碑文状》与《谢许受王用男人事物状》两文，记录了同一件类似的事。王用去世了，皇帝让韩愈写一个纪念碑文，以皇帝名义赐给王用的家人。然后王家儿子送韩愈"人事物"，有"马一匹并鞍，衔，白玉腰带一条"，于是，韩愈报告"未敢受领"，皇帝批复可以接受的，韩愈就收下了，然后又写感谢状给皇帝。

两个实例的步骤完全相同，看来这样做法不是潜规则，已是惯例定例了。

那平淮西，受到赐碑文的功臣不只韩弘一个，韩弘因功受封许国公，同时有裴度受封晋国公，李愬受封凉国公，还有功臣受到其他封赏的，韩弘送五百匹绢，其他功臣应不会不送，也不会少送吧。所以，刘义拿走韩愈的金数斤，会心安理得地说，你来路容易，给我拿去一点也不为过了。

不单是韩愈，唐代许多名人多有类似的经验。白居易说为元微之写墓志，得到有"臧获、舆马、绫帛、洎银鞍、玉带等物，价当六七十万，为谢文之贽，来致于予"，他推辞不掉，后来，这六七十万用来修香山寺了。杜牧写了一个《韦丹遗爱碑文》，也得到"人事彩绢三百匹"。皇甫湜为裴度写《福先寺碑》三千个字，收了人家"绢九千匹"。而且，这是裴度送了"綵甚厚"，皇甫不满意，开出了"字三缣"的价而得到的。从唐代中期到后期，文人得到这样优厚的润笔，都被认为是合理合法的，甚至是光荣的，谁得到的多，谁光荣，所以皇甫湜会嫌少争多，收到人家九千匹绢。

这种润笔高昂的惯例，到宋代以后，才渐渐消失。

李贺的马诗

在古代，马是一种战争动物，所以战前的准备工作就被称为厉兵秣马，同时马也很受诗人青睐，成为一种文学动物。诗人以马为题材写的诗是很多的，仅唐朝的李贺，就有著名的马诗二十三首，每一首都是写马的，但读起来又都可发现有人的影子在里面。这是其他诗人的马诗中也有的现象。

下面看李贺的马诗。

> 大漠沙如雪，
>
> 燕山月似钩。
>
> 何当金络脑，
>
> 快走踏清秋。

这前二句是写自然环境，或也隐隐暗喻社会环境。下两句，"金络脑"是马头上有华贵的装饰。有了这种华贵的装饰，在清秋原野上快走驰驱，是何等地好。"何当"是"何时可以"。可见事实是马还没有"金络脑"，人也还没能快走驰驱。

> 伯乐向前看，
>
> 旋毛在腹间。
>
> 只今掊白草，
>
> 何日蓦青山。

这里"掊"是"用手扒土"，对于马，就是用前蹄扒土了。"蓦"是"忽然，突然"。这后二句是说，今天只能在白草地上扒草根吃，什么时候突然能改变环境（也是人的境遇）呢。前二句则还是首先肯定这不是一般的马，"旋毛在腹间"，千里马也，伯乐是知道的，但这匹马还没有改变其命运。

> 武帝爱神仙，

烧金得紫烟。

厩中皆肉马，

不解上青天。

汉武帝的马厩中没有什么好马，或是隐喻当今——唐代李贺作诗时的朝廷，没有真正有本事的朝臣吧。

下面再抄几首，有的略加注释。

赤兔无人用，

当须吕布骑。

吾闻果下马，

羁策任蛮儿。

赤兔与吕布的典故，读者熟知。果下马，一种很矮小的马，骑之可行于果树下，故称。蛮儿，是旧时常用的一种蔑称。前两句感叹良马无人骑，良材不为世用，后两句则是说，天下攘攘，皆是小马蛮儿。

飂叔去匆匆，

如今不豢龙。

夜来霜压栈，

骏骨折西风。

飂叔，飂叔安的简略，飂是传说中古代国家的名字，叔安是这个国家的国君的名字，他以爱龙豢养龙著称。表示古代君王知道爱才惜才，与今天的情况形成对照。

此马非凡马，

房星本是星。

向前敲瘦骨，

犹是带铜声。

房星是天上二十八星宿之一，是苍龙七宿之一，共四颗星。龙被称为天马，所以这四颗房星又名房驷。这首诗被认为是诗人的自我写照。

李贺二十七岁就去世了，没能得到金络脑，没能有机会"从桓公猎"，但是他的"此马非凡马"，却已成为历史定论和历史公论。他的许多名句，如"天若有情天亦老""雄鸡一声天下白"等等，至今脍炙人口，常被人们引用。

洞房昨夜停红烛

> 洞房昨夜停红烛，
> 待晓堂前拜舅姑。
> 妆罢低声问夫婿，
> 画眉深浅入时无？

这首《闺意》说的是新娘到了夫家，早上要去见公婆了。打扮好后轻轻问一声新郎，这眉毛画得怎样，是不是合乎时尚？好温馨的新婚生活场景！所以，这诗的题目，就叫《闺意》。但是在有的本子里，这诗题却又作《近试上张水部》，好像说的不是闺中韵事，而是在科举考试之前（近试），向前辈请教（上张水部）。张水部虽然不是主考官，但总是前辈，知道这考试的要求和规律。于是，张水部就回了一首诗：

> 越女新妆出镜心，
> 自知明艳更沉吟。
> 齐纨未足时人贵，
> 一曲菱歌敌万金。

也是用比喻说你的诗才明艳，不必沉吟。后来那写《闺意》的诗人果然考中了。这首《近试上张水部》，也迅速风行，而且历久弥新，成为唐诗中的佳话。

一千年后，清朝龚自珍的《己亥杂诗》，其实是一组无题诗。其中一首是这样：

> 弃妇丁宁嘱小姑，
> 姑恩莫负百年劬。
> 米盐种种家常话，
> 泪湿红裙未绝裾。

好像也是家庭生活，不过不是新婚而是弃妇了。虽然离去，但是还不忘姑恩。联想已亥年龚自珍写诗之时，他正辞官离京，这岂不是说他自己不忘君恩，正像那弃妇不忘姑恩一样吗。《己亥杂诗》另一首就写得直白：

> 亦曾橐笔侍鸾坡，
> 中夜天风伴玉珂。
> 欲浣春衣仍护惜，
> 乾清门外露痕多。

直抒心意，不假比喻了。

龚自珍这诗里"欲浣春衣仍护惜"，只是因为穿着这衣服曾在皇帝的乾清门外走过，还有很多露水痕迹。虽然现在不做官了，做官时候也没有做什么大官，"苍茫六合此微官"，但是为皇帝效过力，这段历史在心中还是仍要护惜的。写在诗里，有时就是"欲浣春衣仍护惜，乾清门外露痕多"，有时就是"米盐种种家常话，泪湿红裙未绝裾"，意思其实是一样的，只是表现手法不同罢了。

下第叹命和春风得意

唐诗名句"春风得意马蹄疾,一日看尽长安花",是差不多人所共知的了。诗的作者是孟郊。有一句话叫"郊寒岛瘦",孟诗人的诗以"寒"著称,只为考试高中,这首《登科后》就一扫寒气,喜气洋洋,春风得意了。"昔日龌龊不足夸,今朝放荡(旷荡)思无涯。"然后是"春风得意……"这两句。唐诗中写登科的也有,好像这首最为人们传诵。一方面,诗中已经写了昔日和今朝的对比;另外也因为,他的登科,之前有过两次落第。而且,这两次落第,也都有诗。《落第》《再下第》《下第东南行》《叹命》《下第归留别长安知己》《失意归吴因寄东台刘复侍御》等,可以说连篇累牍,寒气逼人。所以,一旦"春风得意马蹄疾,一日看尽长安花",自然如石破天惊,令人耳目为之一新了。

《再下第》一诗是五言绝句:

一夕九起嗟,梦短不到家。

两度长安陌,空将泪见花。

这首诗和《登科后》,都写到了长安的花。但是真是"昔日龌龊不足夸"了。这"龌龊"二字,正与李白《大猎赋》"当时以为穷壮极丽,迨今观之,何龌龊之甚也"中二字相同,说前后看法心情之不同,异曲而同工,不可替代的两个字。

有选拔考试,就有登科和落第。古今皆然。孟郊还有一首《夜感自遣》(一作"失志夜坐思归楚江"又作"苦学吟"):

夜学晓未休,苦吟神鬼愁。

如何不自闲,心与身为仇?

死辱片时痛,生辱长年羞。

清桂无直枝,碧江思旧游。

这首诗应当也是下第后中夜不眠而吟成的。思绪万千,写在诗中,有死辱和生辱的考量，幸而最后还是选了思归楚江，这样才有日后的春风得意呀。

还有一首《咏怀》：

> 浊水心易倾，明波兴初发。
>
> 思逢海底人，乞取蚌中月。
>
> 此兴若未谐，此心终不歇。

这首五古，其实就是一个决心书。不达目的不休止的意思吧。

前前后后，围绕下第的诗再多读几首，对诗人最后的《登科后》诗的理解，就不是限于字面，而是可以更深一步了。

文正家风

范纯仁是范仲淹的儿子。才出来做官时做的是县官。有一次县里发生一次"军民纠纷",军士在牧地牧马,马逃到农地踏坏了农作物。范纯仁县令抓住那军士,予以杖责。但是那牧马的军士是皇家的卫士,那块牧地也不归地方县官管。军方长官就向京城汇报,要求追责把范纯仁弄到京城去受审。范纯仁据理争之,说国家养兵也要靠农业税,要是毁坏民田不让管,以后怎么去收税?皇帝接受了范纯仁的辩护词,下诏放他回去做县官,还把那牧地也划归地方,由县管理。

后来范纯仁调升到京城,做谏官。那时候有两件事后来都被载入史书。一是他上奏说王安石变法,说新法与民争利,民心不宁。劝神宗皇帝"图不见之怨"。神宗问,什么是"不见之怨"?范纯仁说,"这就是杜牧说的不敢言而敢怒呀"。神宗皇帝"嘉纳"了他的意见,并赞许他"善论事"。还有一件是他弹劾当时的宰相富弼,因为他"称疾家居",不理朝政。说他应当以天下为己任,但是他看重自己多于看重别人,担心自己的病超过了对国家的担心。这无论是从修身和从政两方面看,都是不好的。

他在外放做地方官时,做庆州州官,遇到饥荒。他就自作主张,开仓济贫,先借给百姓粮食。州里其他官员告诉他,做这种事必须先奏请朝廷批准才行,他说,上报批准就来不及了,有事都由我负责吧。后来果然有事,有人告他,说他所报不实。上面派人来清查。这时正好秋天丰收了,老百姓都争先还贷。等到钦差大人到,仓库里借出去的粮食全部已经收回了。

以上记载范纯仁言行的史籍原文,曾经被列入高考试卷,考察学生古文阅读理解能力等。

范纯仁在许多地方做过官,在京城也担任过不少职务,经历过几代皇帝。后来年轻的哲宗皇帝相信奸相的谗言，一举把三十多位大臣贬黜和流放，包括苏东坡在内，也就是所谓的元祐党人案。范纯仁没有在内，但是他自请退休，获得皇帝的批准。而奸臣们还想把他列为"奸党"，一起流放。这时的范纯仁，年近七十，两眼半瞎，亲友们都劝他不要多事。可是范纯仁还是认为他应该做他该做的事。他向皇帝上书，为被贬放逐的老宰相吕大防说话、求情，说吕相在位时政绩不差，没有大罪，现在年老（七十多岁）又有病，请皇上赦免他回京。结果，非但没有成功，自己反也被流放到南方。

范纯仁和他一家人，就一起上路去南方了。一直到后来哲宗皇帝去世，徽宗登基，才颁布大赦令，让他们回京。但是范纯仁一家已经有多人在南方去世了。

范纯仁的父亲文正公，在《岳阳楼记》中说过，不论是在朝中做官，还是在林下做民，都要"先天下之忧而忧"。他在写给友人的一首诗中说"劲草不为风偃去，孤桐何意凤飞来"。他自己一生也是这样做的，现在文正公的儿子范纯仁，他的一生，也可以说秉承了父亲的遗教，无愧于父亲的遗教，也给我们后人留下了典范。

两首宋代佚诗

《随园诗话》卷十一，说严东有选《宋人万首绝句》采取最博，又说尚有遗珠，为之补充了不少。其中有两首，是这样的：

昨日厨中乏短供，娇儿啼哭饭箩空。
阿娘摇手向儿道，爷有新诗上相公。

寄语沙边鸥鹭群，也该从此断知闻。
诸公有意除钩党，甲乙推排恐到君。

二诗都是讲"知识分子生活"的。"昨日厨中"一首，写生活之困苦，而"寄语沙边"一首，则是写政治生活的坎坷。严东有选《宋人万首绝句》而将它们遗漏，确实可说是"尚有遗珠"了，幸得袁枚为之补救，使后人对当时社会多一点感性的认识。

学而优则仕，被解释为书读得好，可做官，所以有"书中自有万钟粟"等说法。但是，在没做到官以前，读书人可能是穷的，甚至穷到"娇儿啼哭饭箩空"的地步。而宋朝的文士、诗人是不会去下海经商，不会去学农学圃的。他们的办法只是以"新诗上相公"，寻求帮助而已。结果如何？诗中没说。或许是相公赏识，予以推荐，因而得以为官或入幕；或许是相公发慈悲，给点钱米。这两种情形都算还好，但是，显然也可能会有其他不妙的结果。

这诗，在《随园诗话》中，没有给出作者的名姓，而《诗话总龟》卷三，也收此诗，并有诗人及相公之名姓，还有上诗以后的下文。

吕许公，一日有张球献诗，云："近日厨中乏短供，娇儿啼哭饭箩空。母因低语告儿道，爷有新诗谒相公。"公以俸钱百缗遣之。

这里的诗句与前略有几字不同，但乃同一首诗是无疑的。这钱百缗应当不是一个小数目，诗人张球的困难是可以解决一段时间的了。吕许公，就是吕蒙正。宋之名相，以知人名世。先封蔡国公，后改封许，故曰许公。

"寄语沙边"一首，既可读出"翦除钩党"对于知识分子迫害之深，又可读出被陷钩党的文人威武不能屈的形象。虽然身陷逆境，株连达到近亲远亲、朋友同门，用文学语言说，就怕要累及最最不问世事的鸥和鹭了。然而，诗人毫不畏惧。诗中把当政者称为"诸公"，实含很大的轻蔑。正如清张潮《幽梦影》里所说"傲骨不可无，傲心不可有，无傲骨则近于鄙夫，有傲心不得为君子"，这诗人可说是有傲骨的代表人物了。范文正公有句诗"劲草不为风偃去"，这诗人也可说颇有"劲草"之风了。

两首诗中的"黄金铸"

在两首诗中，看到了"黄金铸"这三个字。

元好问《论诗绝句三十首》
　　沈宋横驰翰墨场，文章初不废齐梁。
　　论功若准平吴例，合着黄金铸子昂。
黄仲则《冬日克一过访和赠》（三首）
　　　　　　　　其一
　　每经契阔想平生，四海论交有少卿。
　　似我渐成心木石，如君犹是气幽并。
　　那愁白璧投无地，多恐黄金铸未精。
　　别后酒狂浑不减，月斜舞影共参横。
　　二诗同用"黄金铸"，很明显不是在讲贵金属的冶炼铸造，而是用典故来说人事。是不是用的同一典故，表达相同意义呢？

　　"合着黄金铸子昂"一句，有些像今人所说塑一个铜像，以表其功。从"论功若准平吴例"句看，可以推定这个典故和"平吴"有关。循此线索，可以发现原典故事原来在春秋时代。《国语》中的《越语下》记载勾践平吴以后，范蠡泛湖而去，越王用黄金铸范蠡像而朝礼之。元好问《论诗绝句》是每首论一诗人，这一首是讲陈子昂。说他若按范蠡之例，也该黄金铸像了。可见，诗里是用越王给范蠡铸像这一典故，来评品陈子昂。

　　但是，另一首"那愁白璧投无地，多恐黄金铸未精"句，则不能做同样解读了。看这上句"白璧投无地"，像是说无人识，加上"那愁"这句，就相当于《论语》所说"不患人之不己知"，则下句当是"患其不能也"的意思。显然不能仍用上面这个典故解释。

《传习录》中有句：

> 圣人之所以为圣，只是其心纯乎天理，而无人欲之杂，犹精金之所以为精，但以其成色足而无铜铅之杂也。人到纯乎天理方是圣，金到足色方是精。然圣人之才力，亦有大小不同，犹金之分两有轻重。尧、舜犹万镒，文王、孔子犹九千镒，禹、汤、武王犹七八千镒。伯夷、伊尹犹四五千镒。才力不同，而纯乎天理则同，皆可谓之圣人，犹分两虽不同，而足色则同，皆可谓之精金。

朱子的学生听了，就说"闻先生以精金喻圣，以分量喻圣人之分量，以锻炼喻学者之功夫，最为深切"。那么，黄仲则诗句"黄金铸未精"，或许就是用的这个典故，说的是不怕别人不知道自己，担心的是自己的学习修养还不够。

两首诗的"黄金铸"三个字是一样的，细究可知，一个是用黄金铸像，以彰其功；一个却是铸黄金本身精益求精，实指人才之精益求精。同一个"铸"字，就有不同意义在内。

魏国太夫人

历史上著名的"孟母三迁""岳母刺字"，好像都没讲到父亲，这两个家庭应当都是所谓的单亲家庭了。下面介绍的是唐宋八大家之一，著名文学家、史学家欧阳修母亲的事。

欧阳修的父亲早逝，当时欧阳修只有四岁，母亲一人把他养育成人。他的母亲姓郑，家里贫穷，没钱买纸买笔，郑妈妈教欧阳修学字，只好用荻在地上写字，让他看着学。"画荻"因此成为一个用来称颂母教的典故。

除了教写字，更重要的当然是教他做人了。欧阳修到六十多岁回忆往事时说，母亲常用父亲的为人来教育他，他记得。母亲讲父亲做官廉洁，俸禄虽不多，但乐于助人，喜待宾客，以至去世时没有一点田土、一间房屋留给他们。孤儿寡母，郑妈妈为什么有信心，不怕难？"恃尔能自守"。她说是因为知道你父亲的为人，他这样的人，"必将有后"，儿子一定会有出息，否则是天道不公了。母亲又讲父亲做官时的事，说他常常夜里点了蜡烛，看文书档案，看看又停下叹气，问他是什么事。父亲说，这是判死刑的文书，我想要找找这里面有没有求活的机会。母亲再问，活可以求吗？父亲说，如果找不到可以活的理由，那我和案子中的他，也就都没遗憾了。如果真能找到可以活的理由，那如果不仔细找找，会带来多大的遗憾啊。母亲又讲父亲祭祖母的事，那时祖母刚去世不久，父亲总是哭着说，祭得丰厚比不上活着时候普通的奉养，过去常是钱不够，而现在钱有了多了，却来不及了。以后多年，每逢祭祀都这样。郑妈妈带着欧阳修一直过着清贫的日子，到欧阳修二十四岁时，他开始做小官，有俸禄；又过十多年，欧阳修到朝中做大官，但郑妈妈还是"勤俭持家"，不使生活超过以前的水平。因为郑妈妈教子有方，教子有成，皇帝封她为越国太夫人，以后又进封魏国太夫人。太夫人真不愧为一单亲家庭好家长。欧阳修当然可称单亲家庭出来的大家了。

其形似麦不可分别

宋洪迈《容斋随笔·稗沙门》这样说：

> 《宝积经》说僧之无行者曰："譬如麦田，中生稗麦，其形似麦，不可分别。尔时田夫，作如是念，谓此稗麦，尽是好麦，后见穟生，尔乃知非。如是沙门，在于众中，似是持戒有德行者。施主见时，谓尽是沙门，而彼痴人，实非沙门，是名稗沙门。"此喻甚佳，而文士鲜曾引用，聊志于此。

佛教以佛、法、僧为三宝。上面引文里说的沙门，就是这三宝中的一宝——僧，也就是和尚。那《宝积经》说，有一种品行不好的和尚，就像麦田里的稗麦，形状很像正常的麦，简直分不大出来。那时候农民多以为这些稗麦，也都是好麦。直到后来看见了抽出的麦穗，才知道是不对了。那些"无行"的和尚，和其他和尚在一起，也像是能持戒有德行的和尚。有的施主看见了，只知道都是沙门，但是，那些"无行"的，实际上不能说是沙门，应当说是"稗沙门"。想得出这"稗沙门"三字，肯定是得道高僧，不是等闲之辈了。

宋朝时候，信佛的士人是不少的，但是洪迈他发现，文士们很少引用这段经文。觉得可惜了，于是抄录了这段经文在自己的笔记里，希望更多人看到。

《宝积经》是用"稗麦"来比喻沙门，希望人们注意那些"稗沙门"，不要被他们骗了。而洪迈《容斋随笔·稗沙门》这一节，或许就不会是为了宣扬佛法，也不会是说和尚有好有坏，施主应注意；而是把"稗沙门"也看作比喻，实际是想说，文士中也有"稗沙门"这样的类型吧。

洪迈到现在，又是一千年过去。现实社会中还有这种"其形似麦不可分别"的东西吗？——这里的麦自然只是比喻。恐怕把这麦字换成一个"官"字，就最为触目惊心了。从基层做起，十年、二十年，人们还容易"谓此稗麦，尽是好麦"，他们还可以正常地升官，可以做到高官。"后见穟生，尔乃知非"，怎么早些时候就认不出这些"稗沙门"呢。

《苏东坡传》说王安石

　　林语堂先生不是一位历史学家。但是他写《苏东坡传》，就免不了要触及王安石变法这个历史事件。这个问题历来有点众说纷纭。

　　林语堂先生写《苏东坡传》，他不支持王安石变法而支持苏东坡的反对变法。此中是非，自当有历史学家来研究评定。作为一个《苏东坡传》的普通读者，读到这两位大家的政见不同，读到由此带来的种种不快，却不能不受触动。

　　林语堂先生说，王安石的新法，正如一切皇权制度，绝不肯放任人民自由生活。朝廷一心要照顾百姓，必须确实知道他们在做什么，拥有哪些东西，正如一切皇权制度，他们没有特务就无法统治，于是，特务制度在熙宁五年（1072）建立。幸亏苏东坡当时已离开京师。朝廷若不把御史台控制住，以甘心效忠的手下人填满，这个新政权也是无法发挥作用的。王安石认为，控制文人的思想更属必要。他和古代的王莽、近代的希特勒一样，具有"一个国家，一个信仰，一个领袖"的信念。他像希特勒，遭到反对就大发雷霆。现代精神病学家可以把他列为妄想狂。

　　《苏东坡传》里有这样一大段话，是写的一千多年前的历史人物的行为和心理；但是读起来，令读者不由得想起一千年后世界上出现过的相关人和事。

　　御史台，是一个历史名词，它是做什么的，读者或许不清楚，可是林语堂林先生说了，相当于近代的报章杂志。这就是文学家讲历史的方法。人们一看就大体知道了。林先生利用了王莽和希特勒两个人物作例，一个是古代的，一个是外国的。还有"妄想狂"，这可以指王莽和希特勒，也可以指王安石。

传说林语堂先生曾和诺贝尔文学奖擦肩而过，失之交臂。但从这段写王安石的文字看，虽还不能说他解决了历史上对王安石评价的争论问题，至少可以证明他不愧为一位高明的文学家吧。

况钟教子

明代的况钟曾任苏州知府，深受百姓拥戴，人称"况青天"。他在《示诸子诗》中写道：

> 我生际承明，幸厕春官列。
>
> 虽无经济才，尚守清白节。
>
> 汝曹俱长成，经史未明彻。
>
> 岁月不汝延，努力无暂辍。
>
> 圣学苟能穷，斯克续前烈。
>
> 非财不可取，勤俭用无竭。
>
> 非言不可道，处默无祸孽。
>
> 临下必简严，事上务和悦。
>
> 持心思敬谨，遇事毋灭裂。
>
> 惟能思古道，方与兽禽别。

他把此诗作为"庭训"，来教育几个儿子，几个已成年的儿子。

"春官"，是指礼部的官职，况钟是从礼部郎中位上被派到苏州做知府的。"虽无经济才"，这经济不是财政经济的经济，是说没有经世济民的才能，这是况太守自谦。"岁月不汝延，努力无暂辍"，这两句以下就是庭训的主要内容了：岁月不会为你们延长，要抓紧努力，不要有一点放松。把圣学学好了，才能继续前人的伟业。"非财"指非分的钱财，"非言"是不合理的话。对上对下应该怎样，遇事不可慌张，要敬谨。"古道"就是上面说的"圣学"，做人之道，使人区别于禽兽之道。

况钟教子一首诗，一百个字。可谓语重心长。今之"我的爸爸是李刚"这种儿子——一个代表而已，其实不止一个，就是缺少这样的教育。这句狂言，就是诗中所说的"非言"。虽然或许还不能就说他是禽兽，可是要他们去"续前烈"显然是会坏事的。

　　苏州况钟祠，现在是一个"景点"。建议在这个地方，对这首诗进行陈列宣传。不唯可以教育子女，同时可以提醒父母。

黄梨洲《明夷待访录》

明末清初，黄梨洲有一部大著作《明夷待访录》。后来到乾隆皇帝时候，被列为禁书。不许刻印流通，不许阅读收藏。但是到了光绪年间，梁启超先生等人又把这书"私印"送人，用来作为宣传民主主义的工具。然而，章太炎先生却说这部书是"向满洲上条陈"，帮助清朝皇帝的。梁先生在《中国近三百年学术史》书中一条注释里说，章先生"看错了"。黄梨洲先生晚年著作《南雷余集·怪说》有云：

> 自北兵南下，悬书购余者二，名捕者一，守围城者一，谋反告讦者三，绝气沙埠者一昼夜，其他连染逻哨所及，无岁无之。可谓濒于十死者矣。

这么危险，都是为了反清。章先生说他想为清朝献计献策（上条陈），看来真是看错了。

《明夷待访录》是一部大书，共有原君、原臣、原法……田制、兵制等二十篇。其"原君"一篇，讲到君的由来和发展，君主应当怎样做，不应当怎样做等，《明夷待访录·原君》有一段：

> 后之为人君者不然。以为天下利害之权，皆出于我，我以天下之利尽归于己，天下之害尽归于人，亦无不可。使天下之人，不敢自私，不敢自利，以我之大私为天下之大公，始而惭焉，久而安焉。视天下为莫大之产业，传诸子孙，受享无穷。此无他，古者以天下为主，君为客，凡君之所毕世而经营者，为天下也。今也以君为主，天下为客，凡天下之无地而得安宁者，为君也。是以其未得之也，屠毒天下之肝脑，离散天下之子女，以博我一人之产业，曾不惨然，曰："我固为子孙创业也"。其既得之也，敲剥天下之骨髓，离散天下之子女。以奉我一人之淫乐，视为当然，曰："此我产业之花息也。"然则为天下之大害者，君而已矣。……而小儒规规焉以君臣之义无所逃于

天地之间，至桀纣之暴，犹以为汤武不当诛之。……岂天下之大，于兆民万姓之中，独私其一人一姓乎?（转引自梁启超《中国近三百年学术史》）

乾隆皇帝要禁绝这书，而梁先生他们会把这书翻印去作为宣传工具，看来都是有他们自己的理由的。章先生真是看错了吧。

阎若璩读书故事

古往今来，爱书人的故事说不完，这里举一例，是清代学者阎若璩。当时人为他写的墓志铭中有一段赞论：

> 先生非今之人，盖古之学者也。其于书无所不读，又皆清晰而默识之。其笃嗜若当盛暑者之慕清凉也，其细缜若织纴者之于丝缕纤缟也，其区别若老农之辨黍稷菽粟也，其用力，虽壮夫骏马日驰数百里不足以喻其勤，其持论，虽法吏引囚决狱，具两造，当五刑，不足以喻其严也。

这一连串精妙的比喻或可约略显出他的爱读书、读书勤及读书的所得之一斑吧。

他自己还曾讲过一个读书的故事，是为了寻找一句话的出处，为了一个小问题，从书中找答案，找了二十年才解决。他不由叹道："甚矣！学问之无穷，而人尤不可以无年也。"——因为学问无穷，所以人必须长寿一些，否则太痛苦了。

这是友人徐乾学问他的问题，徐乾学说，今天在皇上身边值班，皇帝问起，古人有说"使功不如使过"这句话，想必有个出处，但是我却想不出。阎若璩回答：宋代陈傅良有一篇时论，用的就是"使功不如使过"这个题目，全文以《左传》秦穆公用孟明视的史事来发挥，孟明视战败，秦穆公不治其罪，仍使其将兵出征，终得大胜。"使功不如使过"应当就是后人评论秦穆公这件事时提出来的，但不知最早出在哪本书了。这事说过之后，阎若璩一直放在心上，过了十五年，才在《唐书·李靖传》中读到一则李靖的史事。唐高祖说李靖在军事行动中犯了"逗留"罪，应当处死刑，许绍帮他请求免了死罪。后来，李靖用兵八百，攻破开州蛮冉肇则占据的夔州，"斩肇则，俘擒五千"。唐高祖就说"使功不如使过。靖果然"。阎若璩认为这或许就是这句话的出处了。又过了五年，阎又在《后汉书·独行传》中，看到索卢放劝谏更始帝的使者，让他不要斩杀太守，说："夫使功者不如使过"，章怀太子作注说"秦穆赦孟明而用之霸西戎"。这时，才知道这句话更早的出处原来在此。唐高祖的话、宋陈良的题目，其根源都在此。

"甚矣！学问之无穷，而人尤不可以无年也。"

清代一件上访案

乾隆四十三年（1779），井邢知县贪官周尚亲鱼肉乡里、勒索无度，金良庄的绅士不堪负担，说理无门。大家恳请梁绿野出面想办法。梁一口答应说："为民请命，虽死不辞！"第二年二月，梁联合李望春、梁进文、李馥等人，到正定府控告县官周尚亲，知府方立经袒护知县，反诬梁绿野"挟嫌滋事，敛钱抗官"，上报直隶总督周元理，周元理没有认真查实，按知府报告上奏朝廷。梁绿野闻讯，又立即奔赴京城告御状。开始，乾隆皇帝偏信奏报，下诏拘捕梁绿野等人。梁绿野备受酷刑，不为所动，仍然冒死控告。乾隆乃派侍郎喀宁阿、钱汝诚、尚书福隆安三人细加核查，他们查得实据证明县官确实是横征暴敛后，据实上奏。于是乾隆降谕裁定：

一、井邢知县周尚亲处绞刑；

二、知府方立经袒护劣员，曲为开脱，革职；

三、梁绿野等一干人，因为"哄诱村人，敛财聚众，抗官殴差"，全部斩首示众。

四、周元理查事不实，谎报案情，革去总督之职，予三品衔（他原是一品大员），到正定修筑隆兴寺以赎罪（周元理诚惶诚恐，兢兢业业地付出心力赎罪，寺建成后，授左副都御史，仍署直隶总督）。

这四项"圣谕"，现在看起来，其一、二、四是比较合理的，老百姓（乡绅们）或许会说"圣上英明"。可是这第三项，把帮助朝廷了解实情的"乡民代表"一律诛杀，则显然很专横无理，不会得到民心拥护。

再说，上访的百姓获罪，皇帝或许是想"以儆效尤"，下次老百姓就不敢这样做，天下就太平了。其实，如果老百姓真的不敢来上访，贪官们相安无事无忧无虑，表面上或许可以说天下太平。实际上官民矛盾越演越烈，皇朝的根基就会动摇，表面上的太平终于会维持不下去，这个时候皇帝就该倒霉了。乾隆皇帝在清帝中间，其实算是比较杰出的了，但是他在采取了一、二、四三项比较得民心的措施的同时，还是把所有上访者诛杀示众，暴露了专制皇帝的残暴和短视。真是皇帝就是皇帝，不能希望他变成菩萨！

《朱子治家格言》和《曾文正公家训》

二月末的一天，在《澳门日报》上读到一篇文章，其中引用了一段《朱子治家格言》"器具质而洁，瓦缶胜金玉。饮食约而精，园蔬愈珍馐。勿营华屋，勿谋良田。"评论说，追求美好生活，本是进步的原动力，朱子告诫人们勿谋良田，勿营华屋，大概是劝人摆脱物质的诱惑，凡事过则为灾，等等。

这《朱子治家格言》，即《朱柏庐治家格言》，少年时读过，真是久违了。努力回想，只想得"一粥一饭当思来处不易，半丝半缕恒念物力维艰"和"黎明即起洒扫庭除"等两句。我把这文转摘在我的博客里，又加上一句"有人能提供朱子治家格言的全文吗？"可是，未见回音。后来却在书店里发现一本近年出版的楷书字帖，青年书法家杨薇所写，她写的竟是我正找不到的朱子家训全文！真要谢谢这位80后书法家！我立即掏钱买了这本法帖。

她的书法是字字珠玑，朱老先生的格言是句句良言。姑摘几句于下。

"宜未雨而绸缪，毋临渴而掘井。"这句应当记得的，却也未想起来。真不该。气人的是，计算机输入时，我把拼音全打出来了，它也不会整句出来，只会一个字一个字让我选。可见，电脑对这《朱柏庐治家格言》，也是"久违"了。

"听妇言，乖骨肉，岂是丈夫；重资财，薄父母，不成人子。""嫁女择佳婿，毋索重聘；娶妇求淑女，勿计厚奁。"词语或许是"陈旧"一点，可是道理一点也不过时。现在，这婚前的房屋都要法律来界定其权利，或也可见人们对朱先生这话不大再欣赏了吧。

"因事相争，安知非我之不是，须平心再想。"平心不容易。

"善欲人见不是真善，恶恐人知便是大恶。"今之青年学生学雷锋做好事，却还要统计上报，要有证据，要有照片等（有些学校要求这样），可见不是真学了。

"读书志在圣贤，非徒科第；为官心存君国，岂计身家。"对于有些读书就为考大学，做官心存身家岂计其他的人，这两句已经听不进去了。

买此帖同时，还买了一册《曾国藩家书》(收入"经典畅销系列丛书"，是彩图注音本，供中小学生读的吧)。

钱穆先生《人生十论》自序中，曾讲到《曾文正公家训》和《家书》，说还是辛亥前，他十几岁，在常州中学读书的时候，从同学那里看到一本《曾文正公家训》，感到十分喜爱。第二天一早，就去书店买来一部多册的家训带家书的《曾文正公家训》。以后读书的好习惯，也都是从这书里学来的。比如读书要有恒，要从头到尾读，不要随意翻阅，不要半途而止。读这样的书，感到很亲切有味，并且由此入门，读书日多，日渐获益，日渐跑进学问中去。钱先生又说，后来自己到中学、大学教书，学生要问读书法，就也介绍过《曾文正公家训》《论语》等有关人生教训的书，但是往往得不到学生的认可。有的听见孔子，听见曾国藩就扫兴了，有的虽拿来翻翻看看，也就放下了。

《人生十论》是 1955 年在香港出版的。自序中写到向学生介绍《曾文正公家训》，看样子还是民国年间在大陆的事。后来曾国藩在大陆曾被定义为镇压太平天国的刽子手，又是清朝皇帝的鹰犬，其家训家书也就在大陆绝版，而且不见于各级学校和公共图书馆了。直到近二三十年才有陆续出版。现在这本，虽说是"经典畅销系列丛书"，其实却在"五折销售区"买到，可见还是不很受家长(教师)欢迎。

这既称"家训""家书"，自然是以"修身、齐家"为主要内容了。略举一二以见一斑。

> 诸弟在家，总宜教子侄守勤敬。吾在外既有权势，则家中子侄最易流于骄，流于佚。二字者，败家之道也，万望诸弟刻刻留心，勿使后辈近于此二字，至要至要。(咸丰四年九月十三日，致诸弟)

> 尔幸托祖父余荫，衣食丰适，宽然无虑，遂尔酣豢佚乐，不复以读书立身为事。古人云，劳则善心生，佚则淫心生；孟子曰，生于忧患，死于安乐。吾忧尔之过于佚也。(咸丰六年十月初二日，谕纪泽)

这二则或许对"先富起来"（贵起来）的家长特别"至要"吧。

上面钱先生说的是修身（读书），这里两条是说齐家（二信相差二年，而内容如出一辙）。家训家书之有益人生，于此可见一斑矣。现在学生像当年钱先生那样会去主动买这样书的，怕是极少。其实家长买来自己看看，也是极有好处的。

现在家长们流行一句话"不要输在起跑线上"，但是对于怎样"不输"却往往多只注意买（租）一个学区房，报几个班，投几位名师等。多注意育智，少注意培德。如果读读前人的遗训，应当是可以有收获的（当然若学生自己能从中学到一些，就更好了）。我在一个学区房，见到一个三口之家，家里的主卧室和小书房都归高中生，爸爸妈妈住小北房。他们或以为这样可以表示对儿子的期望之切，是"不要输在起跑线"之具体措施。不知道这是不是孤例，窃以为不足为训。

黄狸黑狸

《聊斋志异》中有一则《秀才驱怪》，讲的是有个徐远公，弃儒学道，有点小名气，大家认为他会驱妖捉怪。有一"巨公"，派人用马接他来家。但不说有什么事，只是在园中请他吃晚饭喝酒，一直到天黑。然后让仆人进茶。喝着茶，主人就借故离开，仆人就引他进房，也就走了。徐秀才看看人都走了，就关门睡觉，但是"夜鸟秋虫，一时啾唧"，有些睡不着。忽然听见门外有声，像有东西一步一步靠近，一直到了门口。他忽然害怕，急忙用被子蒙住头。而门已被打开，他从被底偷看，见一怪物，兽首人身，满身是毛，毛长如马鬃，深黑色。在桌边口一张，舌一舔，几个餐具中剩下的东西一扫而光。这东西又到床边，来嗅床上的被。徐生害怕，急中生智，他把被子翻过来罩住它的头，竭力按住了，并大声呼喊。怪物突然被袭击，受惊，用力挣脱，往户外逃去。徐连忙起来，披衣逃出去。但园门已被锁住，只好沿墙跑，看到一个墙低的地方，翻墙逃出去，却是养马的地方。徐秀才向养马人说了大概，请求借住。到第二天天快亮的时候，主人派人到园中察看，见房中没人，不禁大惊。后来才在马厩中找到他。徐秀才乃责怪主人："我不惯作驱怪术，君遣我，又秘不一言，我橐中蓄如意钩，又不送达寝所，是欲死我也。"主人连连道歉，"徐终怏怏"，就要主人派马送回去了。

后来，主人家园中的怪物就没再出现过。那主人常说，我不忘徐生的功劳。在这故事下面，有一段"异史氏曰"：

异史氏曰：黄狸黑狸，得鼠者雄。此非空言也。假令翻被狂喊之后，隐其所骇惧，而公然以怪之遁为己能，则天下必将谓徐生真神人不可及矣。

秀才入闱

《聊斋志异》里有一则《王子安》，在这则故事的最后，有一段著名的"异史氏曰"，是所谓"秀才入闱，有七似焉"的文字，曾被广泛引用，认为是对封建社会科举制度的生动写照、深刻批判，甚至是血泪控诉。

今年暑假，见一北京考生及其全家，在面对考前"模拟"，选设志愿（北京是先选志愿，后考试的）；应考；等分数；分数出来后，猜所报学校录取线；第一志愿不取后，等平行志愿；平行志愿落空后，选补录学校还是选复读或是另谋出国就读等时的各种动态。这应当也有"七似"甚至还有"八似""九似"的，只是没有异史氏来刻画描写吧。而且，当年异史氏写的只是应试秀才一个人的表现，今天异史氏可写的不但是考生，还可以旁及父母、老师等人，或许可以写得更生动、更深刻的。

《聊斋》原书中的这一节：

> 秀才入闱，有七似焉：初入时，白足提篮，似丐。唱名时，官呵吏骂，似囚。其归号舍也，孔孔伸头，房房露脚，似秋末之冷蜂。其出场也，神情惝怳，天地异色，似出笼之病鸟。迨望报也，草木皆惊，梦想亦幻。时作一得志想，则顷刻而楼阁俱成；作一失志想，则瞬息而骸骨已朽。此际行坐难安，则似被絷之猱。忽然而飞骑传人，报条无我，此时神色猝变，嗒然若死，则似饵毒之蝇，弄之亦不觉也。初失志，心灰意败，大骂司衡无目，笔墨无灵，势必举案头物而尽炬之；炬之不已，而碎踏之；踏之不已，而投之浊流。以此披发入山，面向石壁；再有以"且夫""尝谓"之文进我者，定当操戈逐之。无何，日渐远，气渐平，技又渐痒；遂似破卵之鸠，只得衔木营巢，从新另抱矣。如此情况，当局者痛哭欲死；而自旁观者视之，其可笑孰甚焉。"

蒲松龄这七似中的某几条，借过来形容今日之考生及其家长、老师，应当也是可以的吧。

狱中唱和诗

谭嗣同《狱中题壁》：

　　　　望门投止思张俭，

　　　　忍死须臾待杜根。

　　　　我自横刀向天笑，

　　　　去留肝胆两昆仑。

这诗中所涉张俭、杜根的典故是容易了解的。诗人用这二典是指当时的何人呢？张俭是为躲避追捕而流亡的，这与百日维新失败后的康有为、梁启超相似。杜根是用假死来避祸，又像当时的谁呢？

　　和谭嗣同同时被捕同在狱中的林旭，有一首《狱中示复生》，正是写给谭嗣同的：

　　　　青蒲饮泣知何补，

　　　　慷慨难酬国士恩。

　　　　欲为君歌千里草，

　　　　本初健者莫轻言。

这诗前二句，是说青蒲饮泣和慷慨赴死在当时都无补于事，下面两句则似有对谭嗣同提出建议的意思在内。本初是袁绍，他不同意董卓废汉献帝的打算，董说"天下大事，岂不在我，我欲为之，谁敢不从！"袁答之曰，"天下健者，岂唯董公？"然后"横刀长揖竟出"。今林旭说"莫轻言"，则像是劝谭嗣同不要太慷慨激昂地反对董卓（这里暗喻反对变法镇压维新的西太后和重臣）。"欲为君歌千里草"，千里草，指董卓，汉末民谣"千里草，何青青，十日卜，不得生"，现在就指后党了。这句是说他们的日子总是不长了。纵观全诗，就像是与谭嗣同研究"斗争策略"的，当前最好是留得青山在，今后徐图再起吧。"慷慨难酬国士恩"和"本初健者莫轻言"二句，尤其婉转地表达了此意。

如果上面理解不错，则谭嗣同《狱中题壁》，或就是对上诗的答诗（也可能谭诗在前，而林诗在后）。试用直白的语言翻译，大意应是这样：康有为、梁启超他们流亡在外，望门投止，林旭你建议的忍死须臾，谋求再起，都是好的可取的，但是我却情愿慷慨赴死，为中国变法开一个流血的好头。去留肝胆两昆仑，我去死（去）你们活（留），同样是为变法，为国家，为明主，所以都是光荣伟大（昆仑）的。

最后，林旭的策略没能成功，他和谭嗣同等六君子，终于一起慷慨赴死，以一死来酬光绪国士待我之恩，以一死来鼓舞望门投止在外的康梁等同志。"去留肝胆两昆仑"，戊戌死难的志士和他们的同志，都是光荣的、伟大的。这两首狱中诗，也成了他们留给后人的宝贵遗产。

另有一说，说谭嗣同诗是经梁启超改过的，原应这样：

> 望门投止怜张俭，
>
> 直谏陈书愧杜根。
>
> 手掷欧刀仰天笑，
>
> 留将功罪后人论。

而清史学者孔祥吉在北京的近代史研究所收藏的《留庵日钞》中，发现谭诗之刑部抄本。该日钞的作者正是刑部司员唐烜，于戊戌八月二十五日记下"谭逆嗣同"之诗云：

> 望门投宿怜张俭，
>
> 忍死须臾待杜根；
>
> 吾自横刀仰天笑，
>
> 去留肝胆两昆仑。

唐烜虽未亲见壁上诗（谭诗也未必真的题在壁上），然在日钞中自谓闻之"同司朱君"。不知这《日钞》是当时（即时）所写还是后来补作的。如果是当时当日作，则可靠性就较大了。唐氏另有《戊戌记事八十韵》，其中

> 深宫合盛怒，钩党穷诛灭，
>
> 罪甚八司马，一一付缧泄。
>
> 众论方快心，有识甘卷舌。
>
> 峨峨四新参，入朝三旬劣。

辄思大厦扶，竟触天柱折。
其一职监察，抗疏气郁勃。
同官侧目久，飞语相诋讦。
更有粤布衣，未膺簪与绂，
壮志不一伸，连坐太突兀。
林君最年少，含笑口微哄。
谭子气未降，余怒冲冠发。
二杨默无言，俯仰但蹙额。
刘子木讷人，忽发大声诘：
"何时定爰书，何人为告密？
朝无来俊臣，安得反是实？"
相将赴西市，生死此决绝。
扬扬如平常，目送肠内热。
夜半魂梦惊，不觉自嗟叱。
国事方难虞，时政有衍失。
徒闻縻好爵，谁肯念王室？
养士二百年，辛苦数才杰。
贡自九州来，帝曰予惟弼。
求治或太急，论事或过烈。
庶几鼓朝气，一洗宇宙暗。
贾生昔痛哭，绛灌颇不悦。
出为长沙傅，谪宦犹称屈。
况我祖宗朝，钦哉惟刑恤。
未闻禁近臣，中道遭鲸刖。
不待奏当成，一朝饱屠割。
举朝孰营救，到处肆媒糵。
罪状在疑似，性命快谗嫉。
逝者倘有知，叫阍天听彻。
人世无是非，恨难万古雪。
我作纪事言，觑缕话畴音。

匪以悼其私，实为愤所切。

等语，可看出他对被害的志士是同情的。也可看出几位君子的不同表现。其中"林君最年少，含笑口微哯。谭子气未降，余怒冲冠发"两联的描述，正可与上面对二诗的分析对照。

对一首诗的理解

陈去病先生 1906 年写了一首《虎林杂诗四首（之二）》

勋臣祠宇接湖渍，

殿绕荷花屋拥云。

底事村人浑不解，

瓣香齐上岳王坟？

有一种《陈去病诗选注》（上海文艺出版社）作这样的简释：

陈去病来到西湖，见到连接着西湖边的岳王殿，殿旁有荷花环绕像被云相拥。然而这里粗俗的人都不理解，盲目地烧香而把岳飞的精神抛在了一边，岳飞坟上飘出的是一缕缕香烟，由于时代的原因，陈去病游西湖，没有沉浸在美景之中，而是对岳飞的业绩被人遗忘而感到悲伤，隐含着能有人像岳飞抗金兵一样抗击清军的殷切期望。

笔者对其中"隐含着能有人像岳飞抗金兵一样抗击清军的殷切期望"，是同意的。但是对"对岳飞的业绩被人遗忘而感到悲伤"，则觉得不符合此诗原意。"瓣香齐上岳王坟"，正应当是人们对岳王的敬仰和怀念之表现，怎么会是遗忘呢。

这最后一句其实不易产生不同理解。前面一句"底事村人浑不解"，选注者把"村人"看作粗俗的人，"浑不解"就是盲目地烧香，就是把岳飞的精神忘了。于是，就觉得诗人感到悲伤了。可是，如果把"浑不解"不看成批评，不看成恨铁不成钢，而看作修辞的反讽（不是不解，而是做得好，"村人"也不是粗俗的人，而是普通人），同时把第一句中的"勋臣祠宇"不理解为岳王殿，而认为是说清政府的勋臣们的祠宇，全诗就可以得到完全不同的理解了。

"西湖边上，接二连三，许多清朝勋臣的祠宇，建筑雄伟又环境优美。可是为什么人们却不关心，而都只来岳王坟烧香拜祭呢？"前面两句，像是正面描写，"底事"二字，是反问，诗人是站在"村人"一边而不是他们的对立面，所以，"瓣香齐上岳王坟"，是诗人和"村人"一起做的事，而且，就是本诗主旨。隐含着对"能有人像岳飞抗金兵一样抗击清军的殷切期望"，还不够，可以理解为诗人自信，我们从事的事（1906，诗人有诗《怀刘三》说到他请刘季平为邹容营葬等事）是有群众基础的。是否可以？

陆稼书的学问

清朝有一位名人，生活在康熙年间（1662—1722），做过两任县官，又在朝廷担任过谏官，可说是仕途平淡。可是，他写下了多部著作，流传在人间，而且受到政府重视。在他去世以后大概三十年的时候，又得到一个殊荣，即雍正二年（1724），他被请到孔庙的两庑"从祀"，就是在祭孔时，他也附带接受祭祀（比朱子的"配享"略低一些）。这算是相当高的"待遇"了。乾隆年间（1736—1795）编《四库全书》，当年他写的书有六种共九十卷被收入。奉命编书的馆臣，在《四库提要》中，也对他写了极高的评价："操履纯正""传朱子之学为国朝醇儒第一"等。

他就是陆稼书。政府给他这样的殊荣，他在学术史上，自然也是有名有姓有地位的人物了。在清一代，学术上就有朱学和陆、王之争。清朝政府、皇帝，都尊朱，而且把朱子的《四书集注》等用作考试的规范，陆稼书尊朱，他的著作被认为符合要求，所以受清廷重视是不奇怪的。四库馆臣奉旨编书，也自然对陆稼书只有高评没有指责了。但是，尊陆尊王的学人，或许会有不同观点。

钱穆先生不认为陆稼书对朱学有真贡献。对于《四库提要》的作者对宋明理学诸家多批评指责，而独对陆稼书各书备极称道的做法，钱先生也提出批评，认为这无非是"怯于违朝旨"的唯上表现而已。他写的一篇《陆稼书学述》对此有较详的评述。

> 其实稼书于朱学，仅为一种四书之学而止。朱子生平学问，用力四书最深。其指示后学，亦必先四书，谓五经为可后，诸史百家自当更次。治朱学而特研四书，固不为非。特当以四书为主，从而求之则可，非谓逐字逐句读四书，即为尽学问之能事也。徒解字义，在汉儒为章句，在明儒为讲章，显非朱子之书。稼书亦只是明末讲章家言，又乌得为朱子之正传？

　　有人不同意对陆稼书的评价，是因为他根本就不喜欢朱子而服膺陆王，钱先生是推崇朱子的，但是他也不看好陆稼书。《陆稼书学述》一文的最后，提及清人吴廷栋"特重之"和唐鉴《国朝学案》"亦盛推稼书"时，加了一句"然此皆梨洲所讥无与于学问之事也"。大概是说，这不是学问问题，而是一个政治问题，或是一个门户问题而已。

　　语云"盖棺论定"，其实许多事情，或许几百年也不一定能论定的。

羞与绛灌同列

绛是绛侯周勃，灌是颍阴侯灌婴。二人都是汉初名将，以功封侯。韩信功高，故被封为齐王。后来韩信被贬淮阴侯，《史记》称："信由此日夜怨望，居常鞅鞅，羞与绛灌同列。"后世，这个典故常常被人用来说事。

《晋书·刘元海载记》有

> 尝谓同门生朱纪、范隆曰："吾每观书传，常鄙随陆无武，绛灌无文；道由人弘，一物之不知者，固君子之所耻也。"

就是用的这典故。

清李渔有一篇《蟹赋》是说螃蟹的美味的。在小序里，也用了这典故。他说：

> 天下食物之美，有过于螃蟹者乎？予昔误听人言，谓江瑶柱、西施舌二种，足居其右。……及食所谓居蟹右者，悉淮阴之绛、灌，求为侪伍而不屑者也。

江瑶柱、西施舌等所谓美味，都不能和螃蟹相比，正如淮阴与绛灌，档次不同，羞于同列。江瑶柱、西施舌，对于可比韩信的螃蟹，只是绛灌而已。

有一篇今人所作《说蟹文谈》，找了许多前人诗赋、文章著述中讲螃蟹的资料，予以介绍。这是一件有意义的工作。李渔的《蟹赋》也被收入，连同序文一起作了介绍。可惜的是，作者一时记不得韩信和周勃灌婴的故事，他在用白话文复述序文时，就把上引一句写成"等到吃了比螃蟹更有名的食品，都是淮阴的绛灌，寻求同它们差不多的觉得不值得的"，叫人看不懂了。

五四先贤提倡白话文，同时也主张写文章写诗不用典故。但是遇到前人留下的遗文是文言文，有典故时，怎么办？这个问题，就要留给我们今人来研究来解决了。

严复的稿费版税和林纾的薪俸

　　严复先生翻译的《原富》，初版于光绪二十八年（1902），约45万字，978页。此书还在翻译的时候，上海南洋公学译书院就和他接洽出版事，提出用"两千金购稿"。严复给张元济的几通书信中，都谈及这个问题。1899年的一信中说"北洋亦有开设译局之事……此部开列在前，估价乃三千二百两"，"须十余月乃可揭晓，故于惠缄一时不能定议作答也"。1900年一信中，则已确定以两千两交南洋公学出版了，但是，严复又曰：

　　　　仆尚有鄙情奉商左右者，则以谓此稿既经公学二千金购印，则成书后自为公学之产，销售利益应悉公学得之；但念译者颇费苦心，不知他日出售能否于书价之中坐抽几分，以为著书者永远之利益。此于鄙人所关尚浅，而于后此译人所劝者大，亦郭隗千金市骨之意也。可则行之，否则置之。

　　以上意见，南洋公学方面张元济采纳了，答应书成出售时，抽二成给译者。于是，严又有信说：

　　　　平情而论，拙稿既售之后，于以后销售之利原不应更有余思，而仆于此所不能忘情者：一，此书全稿数十万言，经五年之久而后告成，使泰西理财首出之书为东方人士所得讨论；而当时给价不过规元（银）二千两，为优为绌，自有定论。二，旧总办何梅翁在日，于书价分沾利益本有成言。三，于现刷二千部，业蒙台端雅意，以售价十成之二见分，是其事固已可行；而仆所请者，不过有一字据，以免以后人事变迁时多出一番唇舌而非强其所必不可。四，科举改弦，译纂方始，南北各局执笔之士甚多。分以销售利益，庶有以泯其作嫁为他之塞责，而动以洛阳纸贵之可信，求达难显之精，期读者之皆喻；则此举不独使译家风气日上，而求所译之有用与治彼学者之日多，皆可于此寓其微劝。且诚蒙俯纳所言，而译局准于售书分利凭据，则一切细目尚有可商，以期平允。如，一，可限以年限。外国著书，专利版权本有年限，或五十年或三十年。今此书译者分利，得二十年足矣。二，二成分利，如嫌过多，十年之后尚可递减；如前十年二成，后十年一成，亦无不可。以上种种，统祈卓夺……即使事属难行，亦祈明示。

可能是张元济同意了二成分利，但没有给凭据，所以，严又有信云：

《原富》分利一节，有兄在彼，固当照分，所以欲得一凭据者觊永远之利耳。然使其人不有见爱，则后来所卖，用以多报少诸伎俩，正可使所望皆虚，吾又何从而查之乎？不过念平生于牟利一途百无一当，此是劳心呕血之事，倘可受之无愧，且所求盖微，于施者又为惠而不费之事；若闻者犹以为过，则亦置之不足复道也。

所以外国最恶垄断，而独于著书之版权，成器之专利，持之甚谨；非不知其私也，不如是，则无以奖励能者，而其国之所失必滋多。子路救人受牛而孔子与之，则亦此意耳。然此是我们背地议论，至老兄与公学总理如有十分为难之处，不必勉强也。

（各信收在中华书局"中国近代人物文集丛书"《严复集》中）

这两千两在当时是怎样一个概念？林纾那时在京师大学堂译书局担任笔述职务，每月的薪俸是六十两。而译书局总译（总负责人）月俸是三百两，局中司账月俸三十两，最低薪俸的四名书记，是每人每月八两（如果是勤杂工，月薪会更低）。

对比下来，或可有些印象。严复的售书分利二成，究竟一共拿了几年，张元济的后任有没有继续执行张的办法，我未见到凭据。严先生去世以后，1932年商务印书馆出版严译名著丛刊，有《原富》等八种译著，是否有版税给严氏后人，应是可以查到的吧。

今天学界翻译的名著，恐怕是拿不到二成分利的版税吧。畅销的文艺作品或许能拿到。

袁世凯的名言

近在网上，见一网友问，有没有什么好的非虚构文学书好看，有人介绍了王锡彤的《抑斋自述》《抑斋诗集》《抑斋文集》，这王锡彤，是袁世凯同时的人，并在袁世凯当政的民国政府做官，洪宪改制的事，在《抑斋自述》里有记载。先是讨论，参政院通过，有人喊万岁等。后来皇帝登基，接受百官（特任、简任以上的官员）祝贺，袁世凯说：

> 余向以舍身救国，今诸君又逼我作皇帝，是舍家救国矣。从古至今，几见有皇帝子孙有好结果者。

王锡彤接着记：

> 余听之愕然。余向所欲进谏于当局者，亦不过此类语言，今当局乃自言之。是此中之利害已无可再说矣。而竟进行不已者，岂筹安会诸人所进之言，果有大于此者，致当局不得不屈己相从乎？

王锡彤称袁世凯为"当局"而不称"万岁"不称"今上"，也可见他不很赞成袁做皇帝。看到"当局"竟也说做皇帝对自己家，对子孙是无好处的，于是猜想：难道筹安会或有什么更大的道理来劝进他呢？但也想不出是什么道理。

王锡彤又去问当时一起在场的周缉之，说"新皇帝今日出此不祥语，诸公在前者，何无人进宽慰之词？"周回答说"有何可对语？若必得置对，只好曰，诚如圣谕而已（只好说，皇帝说的真不错，除此没别的好说了）。"

上引这句"今诸君又逼我作皇帝，是舍家救国矣。从古至今，几见有皇帝子孙有好结果者"，看上去不会有假，确是袁本人所讲。其上半句"诸君又逼我作皇帝"或许还有些不实，下半句"几见有皇帝子孙有好结果者"，则应真是他自己读史的心得了。

不管袁世凯他有多大的过，他给后人留下这样一句话"几见有皇帝子孙有好结果者"，总该算是一大功。

杨度和袁世凯

袁世凯把中华民国改为中华帝国，自己做洪宪皇帝时，杨度送了一副"歌颂联"，或称贺联：

听四百兆人巷祝衢歌忱亲见汉高光唐贞观明洪武

数二十世纪武功文治将继美俄彼得日明治德威廉

这"巷祝衢歌"用白话文说，或许就是大街小巷都是祝贺的歌声。四百兆就是四万万——全国人民。上联下联，列举了汉朝刘邦刘秀、唐朝李世民、明朝朱元璋，都是开国明君，今天的洪宪皇帝，就好像是他们重降人间；若与国际接轨来说，便你是彼得大帝、明治天皇、威廉一世等一类的人物。这副歌颂联真是歌颂得比较全面彻底了。

可惜，袁皇帝真不比联语里那些人伟大，只做了八十三天皇帝，就做不下去，只好黯然退位。杨度的拥戴歌颂之功，也就成了明日黄花，像朝露被太阳一晒那样消散了。

过了不久，袁世凯去世。杨度又赠一挽联。因为时代不同了，这次不能再以歌颂为基调。于是写成：

共和误中国中国误共和千载而还再平是狱

君宪负明公明公负君宪九原可作三复斯言

那时候，大概还没有新式标点符号。后世的人（现在的人）讲到这副挽联，上下联各加了两个问号，是共和误中国，还是中国误共和？杨度不作肯定选择，而说过一千年会有公正的结论（现在不要争议吧）。究竟是君主立宪害了袁公？还是袁公对不起君主立宪？"九原可作……"就是说，如果袁公可以复生，应当好好考虑一下这个问题吧。

柳如是和汪然明

前读余英时先生《犹记风吹水上鳞》一书附录《钱宾四先生论学书简》，见钱先生关于陈寅恪先生文风的看法，认为那种"冗沓而多枝节"的写法，对余先生写关于《再生缘》一类文章，是适宜的，但余先生写严正的学术论文，如果也这样写，就不好。说看了你的底稿，似乎可删十之三四，而所要表达的内容不会受影响，反而"益见光彩"，等等。

今读《柳如是别传》，上中下三册，似确有"冗沓多枝节"的感觉，不过也可发现，许多看似横生枝节的"题外话"，其实不是无意义的，相反是很有深意的。下面一段从汪然明生发出来的枝节文字，或许有些代表性。

《柳如是别传》是写柳如是的，于是写到与她有关的汪然明，写到汪然明的事，又写到汪的儿子汪继昌，写汪继昌又连带写到汪继昌的上司洪承畴。似乎已经离题十里了，如果删去，自然或许无妨，但保存不删，却又别有作用。陈先生写到汪然明儿子汪继昌在明末降清的洪承畴手下做事，有次请假归家省亲，洪承畴亲书"风雅典型"匾额一块，汪然明感而赋诗八章。下面是陈先生的叙述：

> 观前引然明于壬辰冬即作此两题诗之前二年，至嘉兴售田，则其生计艰困可知。幸其次子悔岸（即汪继昌）追随当日汉奸渠首（洪承畴），渐至监司，稍稍通显。然明不独借此可以苟全，且得以其余力维护名姝矣。堂堂督师（洪承畴）书赠之匾额，自可高悬于春星堂上，以作挡箭牌，避难投止之张小青，遂亦得免于文武显贵之网罗矣。特附记亨九（洪承畴）书赠然明匾额一事于此，聊与居今日历世变之君子，共发一叹云尔。

原来陈先生的横生枝蔓，讲到汪然明保护张小青一事（其实与柳如是钱牧斋无大关系），是有深意的。"聊与居今日历世变之君子，共发一叹云尔"（叹什么，则没有写了）。这个横生的枝节，就不是可有可无的了。

上中下三册的巨著，这个小片段，不知能否算尝鼎一脔的一脔？

有谁思古敢非今

近年新词"正能量"见得很多，有时还见到反义词"负能量"。但是，对其确切意义，有时还是不懂，或觉得似是而非，不清楚。

在《文汇读书周报》（旧）上读到过吴宓先生诗二首：

一年跃进百成功，炼得钢红我亦红。
兵学工农人竞奋，棉粮煤铁产同丰。
已铺长轨连云栈，待驾飞船指月宫。
日落崦嵫馀返照，扶摇直上看东风。

这是《国庆十年礼赞》1959 年写的。同年又有一诗《感时》：

旱荒水涝见天心，暴雨终风喻政淫。
长夏禾枯人渴病，平原堤溃水漫深。
急耕密植怜枵腹，芒履弊衣劝积金。
强说民康兼物阜，有谁思古敢非今？

作于当年 9 月 19 日，和那首礼赞诗，竟是同一天所作的。题目不同，内容也异。只是作者同。

如果要做"能量"分析，《国庆十年》和《感时》，哪一首正？哪一首负？或者还有其他解释？

前诗有一自注："1959 年 9 月 19 日奉西南师院中文系领导之命，为国庆十周年向党献礼而作。"后人才能理解为什么同一天同一人能写出如此不同的诗。"棉粮煤铁产同丰"和"强说民康兼物阜"，后者正好否定了前者。既已奉命，不得不写，而且献礼之作，是有定式的。于是，乃有前诗。猜想或是写过之后，心有不甘，乃有《感时》之作。

从作者心理看，他是为了觉得第一首"负"，而再写第二首以补前失。第二首才是"正"。读者如果是赞同"棉粮煤铁产同丰"的，就会以第一首为"正"，第二首就是负了。另外一些读者，或许认同"强说民康兼物阜"，他们就不会赞同第一首，正和负就要换位了。

实践是检验真理的标准，自然也是检验正负的试金石了。宣传发扬好人好事，固然是正；揭露批判缺点错误，应当也是正。数学有负负得正，辩证法也有否定之否定。

应制诗和应试诗

《红楼梦》里教香菱学写诗的林黛玉及在美国耶鲁大学讲中国诗的钱穆先生，都没讲到应制诗和应试诗。这两种诗，用今天的话说，是要我写而非我要写，大概这也是所以没被列入议论范围的原因吧。这种诗，在诗人的全集里，往往也是收入的，但在各种选本里就少见到了。俞樾有过一句"花落春仍在"，是应试诗中较有名的了，俞樾并因此为自己的书房起名"春在堂"，今天苏州曲园仍存有春在堂。这是特例。

现在没科举了，但还有考大学，考大学不考写诗，但会考读解古诗（鉴赏诗）。如某年江苏考了柳中庸的《征人怨》"岁岁金河复玉关，朝朝马策与刀环。三春白雪归青冢，万里黄河绕黑山"。要按林黛玉讲诗的标准，这诗肯定是在同题材的"打起黄莺儿，莫教枝上啼"之下了。或许正以其略下而无名，不常见于选本，倒正适合于充当考试题了。考试时有诗，又会使中学生至少要读一点，虽然不能希望他们有香菱那样的积极性。

没有皇帝了，也应没有应制诗了。但皇帝没有，还有民族和国家，没有人要求写应制诗，但似也不会抑制诗人写类似的诗。有一"百花齐放"的政策，于是有诗人就选一百种花，写一百首诗。钱穆先生评论陆游的诗，曾说："若把他诗删掉一些，这一部陆放翁诗集，可就会更好了。"如果把这些百花诗从诗人的诗集中删去，也是会更好些的吧。

还有一种类似于应制诗的，是一些老年大学学员和诗歌协会的会员在节假日或某位人物的生日、逝世纪念日等所写、所发表的诗，连带他们所写的一些游览、参观诗等。这些诗里或许也有他们的生活，他们的感情，但是读来总是感觉不出多少真情来。杜甫到卫八处士那儿吃饭，写出来就是好诗，这是因为他们之间有真实深厚的友情，这样的感情能影响到千年以后的我们。

　　或许诗人不是每个人都能当的。一定要当，也至少要按林黛玉的说法，读个四家，每家几十到一二百首，在感性上知道什么是诗才好。有些老年大学的诗词班，应当请林黛玉做顾问的，有些诗歌协会也一样。

《围城》与《金瓶梅》

这两本书可以放在一起比较吗？或许有人会认为不可以。但是有一本书上，就做了很精彩的比较。从作者对作品中被讽刺人物的态度上进行比较。

（《围城》）故事本来写得很风趣，可是久而久之读者觉得作者轻薄，也嫌书欠缺深度。优越感在文学上是一把两边都会割伤的双刃刀子，带这种感觉写出，让读者带着这种感觉来欣赏的作品，到头来难免显得浅陋。写讽刺文字的人，嘲讥攻击他人之时往往自由得很，可以很任性——尤其是当受到攻击的对象不是当代的人，或者不是各个人而是一个抽象的阶级，反击的机会实在微乎其微——但写出的东西流于浅薄，这种惩罚他逃不了。

这一段对《围城》的评论弹劲，可以说很严厉，同时也使人觉得很贴切。接下去，就该说《金瓶梅》了。

《金瓶梅》所以了不起，是作者嘲讽尽管嘲讽，但并不因之失去同情心，而且对人生始终有很尊重的态度。这一点，我们且用第廿二回开始的宋惠莲故事解释一下。

宋惠莲她嫁了厨子蒋聪，又勾搭了西门庆的家人来旺。蒋聪被人打死，她请来旺转求西门庆捉了凶手报仇，以后就嫁了来旺，也到西门庆家做事，然后就成了西门庆的姘妇。种种表现，书中都有刻画，给人以比较庸俗，很不足道的印象。可是最后，因为西门庆、潘金莲欺骗她，把来旺送官、施刑、发配，临行还不让她见一面，而还骗她说是不会受苦，就可放出等，惠莲愤而自杀，获救后大骂西门庆，从此再也不跟西门庆有瓜葛，不再跟他睡，不再要他的东西。这样写让读者看到"在她的浅薄下面藏着爱心和贞节"。

这本书就是香港孙述宇先生的《金瓶梅：平凡人的宗教剧》，上海古籍出版社 2011 年 3 月出版。孙先生高度评价《金瓶梅》的写实艺术。除了如上作了与《围城》的对比，还把这惠莲和《红楼梦》里的晴雯做比较，以显示二书艺术的分别。

　　（晴雯）她虽然得到宝玉钟爱，自己也深爱宝玉，却一点也不透露出来，而且对他不假辞色，直要到最后两人在病榻上会临终一面之时，她才说出深藏的情意，并用牙齿咬下两条指甲给他留永恒之念。这故事好像很动人肺腑，但同时也是幼稚得像十多岁情窦初开的少男编来讲给十多岁少女听的，哪里比得上惠莲故事之能反映出复杂的人生？又哪里及得到惠莲故事以不贞妇人来写贞节那么惊人和感人？

这显然是说《金瓶梅》的艺术性比《红楼梦》高很多了。

　　除了《围城》《红楼梦》，托尔斯泰的《哥萨克人》也被孙先生找来作比较。哥萨克姑娘玛利亚想嫁一个富有的俄国青年军官而抛弃自己的哥萨克男友，和俄国军官打得火热。可是当那哥萨克男友在一次突击中重伤，她的对自己人的忠贞突然苏醒，那俄国佬就此只好走路了。托尔斯泰这篇小说是半自传性质的，不是全虚构的。这玛利亚和《金瓶梅》的惠莲，何其相似。这让我们看见《金瓶梅》的写实艺术的水平。"像惠莲这样，外面是明艳的容色与动人体态，内里是压抑不了的青春活力、热情与聪慧，女性自然的美还缺了些什么？在作者心中，她很可能与荷马心中的美神一样的美。"这种态度，显然和有的讽刺作家只管嘲笑和羞辱自己的讽刺对象有极大的不同。

　　孙先生全书共十五段，以上引文全部从"宋惠莲"一段中引录。平常读书或看电视里的"百家讲坛"，终觉得虽说是"百家"，而多像是故事家、演说家；读此书、听此言，很少有感到演讲者是评论家，是学问家的。孙述宇先生，年轻时在香港新亚书院、新亚研究所读书，以后又到国外深造，久在大学里执教并有许多著作。这书写于三十年前，现在孙先生或者已经八十多岁了吧。

周一良《魏晋南北朝史札记》一则

周一良先生的《魏晋南北朝史札记》，自序是 1981 年所写，而书是 1985 年才出的。近日读了一些，有一条《三字石经》，讲的是古代洛阳有（三国曹魏时）一组石刻，刻的是《尚书》和《春秋》两种经书，用的是古文、篆书、隶书三种文体。所以叫做《三字石经》，一般又称"三体石经"。到了南北朝北魏时，石经被毁了。当时的一个皇帝的外戚冯熙做洛州刺史，以后又有常伯夫继任，在这二人任期内，石经被陆续拆毁，当作石材，移为他用。这是历史上有记载的。

周先生又从其他史料，知道冯熙笃信佛教，出钱写过不少佛经，后来在敦煌发现的写经残卷中，就有冯熙写的题记。除写经，他还在各地建造佛图（浮屠）精舍有七十二处。因而推断，或许石经就是被用作修精舍的石材了。《魏书·冯熙传》还讲到他造塔建寺"多在高山秀阜，伤杀人牛"，僧人劝他不可杀生，他却说"成就后人唯见佛图，焉知杀人牛也！"周先生评论说"此一语实可代表历代封建贵族之思想心理，区区三字石经自不在话下矣"。

冯熙没有想到，他的杀人牛和毁石经的劣迹，竟没能逃脱历史的裁决。周先生这札记，在自序中说"考订较多，也有些议论"，还说这两方面，一定会有疏漏和错误，希望读者批评指正。这里想说一句，周先生对冯熙的心理，评说得一针见血，好极了。不过"历代封建贵族"几字，未免范围太小了一点，现代有的地方官员，不也是这样想的，只要我的政绩工程完成，上级"焉知杀人牛也"！

《书声迢递》序

一

书名为《书声迢递》，这"迢"，就是远，是一个距离概念。路远迢迢，可以是一百里、一千里，可以说是中国各地、世界各地。在这本书里，有写到中国、日本、法国、美国等，可谓远矣。书声可以从那边传过来，也可以从这边传过去，也就是迢递了。这是从空间来说。

时间也有远近。近，就是现在，远，可以是过去，也可以是未来。本书中有讲古代的，有游古迹的，这是历史传来的消息，也可以说书声迢递吧。而且，这递，除了传过来，应当还有传下去之意。作者或许希望这书中声音，也能往远处传递、向后代传递吧。

书声迢递，从远处来，往远处去；从前人来，往后人去。让书声迢递吧。

二

文章千古事，得失寸心知。写文章是千古事，读书应当也是千古事。

本书第一篇就说，在中国文化传统中，读书是"亘古常新的精神追求"。古人读书，今人读书，后人也还要读书。但是读书的得失，也只有读书的人自己知道。"万般皆下品，唯有读书高"，这是古人的一种说法；而今人也还有这样认为的，或许后来也还会有这样看问题的人。本书作者不认为读书是为了做人上人，而是说，读书是事关个人修养、文化传递的一种精神追求。用古人的说法，就是"古之学者为己，今之学者为人"。

在这本书第一篇中，还提到了一个"思、习、行结合"的说法，窃以为，这是相当地切中时弊的。有一篇谈论钱宾四先生的文章，其中说道：

> 现代学术的一个最大特点，就是人学分离，也就是"学"与"德"分离，这个"德"并不是普通意义上理解的道德，而是做人要与治学是一致的。而现代学者，且不论当代，就从晚清到民国，私德就是一代不如一代。而钱先生为什么能拥有那么多真心的追随者，实是人学是合一的，是一致的，他所宣扬的文化真相与他的所为所行是不悖的。读宾四先生的书，心中始终是温暖的，无论世道人心如何，总不会失去信心。（《贾克文先生与孙鼎宸将军》，收入拙著《思亲补读录》）

这段话的意思，或许正可以与本书的"思、习、行结合"，互相发明吧。本书有多篇写到读钱宾四先生书的，应当也可以作为这第一篇"读书是亘古常新的精神追求"的一种具体说明。若从反面看，不注意这"思、习、行结合"，那就会是上面所说人学分离，学与德分离，或者钱穆先生在他处所说"一则学问与人生分成两橛。不效乾嘉以来科举宦达，志切禄利，则学欧美自由职业，竞求温饱"、"二则学问与时代亦失联系"。"学问亦绝不见为人格之结晶，仅私人在社会博名声占地位之凭借而已"。（钱穆《新时代与新学术》，载《文化与教育》）钱先生那时提出的问题，几十年过去，仍然存在，仍要我们去再提出，再思考。

此亦可见书声迢递，亘古常新精神追求之一斑了。

三

本书作者前几年出版过一本《梅樱短笺》，其中许多篇章是写日本文化的。现在这书又有《汉籍输入日本史话》等好几篇中日文化交流的文字。忽使我联想到近从《晚学盲言》中读到的一则轶事。那是中国对日抗战胜利以后，钱宾四先生第一次去日本访问，谈及日本接受中国文化的影响时，他问一个日本学人，你认为中国文化对日本的影响最表现在什么地方。日本朋友回答道："中国人骂人说，你这样无道，不讲理，还算个人吗？这句骂人话，全世界其他民族都没有。只有我们日本人也普遍这样骂人。这是我们日本人接受中国文化的一个明证。"钱先生说，"此语有甚深妙义，我此下二十多年常以此语告国人"（《晚学盲言》之

《己与道》）。我读了这则以后，就问自己，这话的"甚深妙义"在什么地方？岂不是让我们日常言行要讲究做人的道理，不能做得不像个人吗？若再将"思、习、行结合"，则读此则之后，思之，当比不读之前，行为有所进步，有所"更像一个人"。

推而广之，所有读书，都当使人明智而进步，否则，书，就是白读了。

四

《四郎探母》是宋朝的事，清代的戏，一直流传到现在。杨家将一门忠烈，前赴后继，以至杨家将成了杨门女将。只有杨四郎，战场被俘改姓易名，被敌方收留，招为驸马。荣华富贵积有年矣。忽然战事重起，老太君百岁挂帅，两军对垒。四郎此时内心的矛盾无以复加。幸得贤妻谅解，为夫盗得令箭，使其得以通过关卡，亥夜赶到宋营探母。老母（还可以代表君臣这一层）、前妻（从四郎说，因为重婚，好像是前妻了。可是从女方说，没有离婚，还应当是原配夫人）、姐妹（兄弟战死，还有遗孀，姑嫂妯娌们还在军中）、朋友（当年同一战壕，今则两军对垒）重逢之后，又因北方还有公主，讲好了的必须连夜赶回，片刻之间，五伦中五种人际关系的矛盾集于四郎一身。人生矛盾表现为戏剧冲突（或说戏剧冲突反映了人生矛盾），又是大团圆，又是大悲剧。

这部戏多年来被许多人喜欢，也被不少人批判，直至禁演。《钱宾四先生全集》中也有多处论及此剧。他认为，这真是一出好戏，现在许多电影电视（包括中国的和西方的）难以及其项背。

既然戏剧反映人生矛盾，则戏曲在人群中引起的反应和评论，也必有差异，有矛盾。恐怕不限于《四郎探母》，不限于京剧或其他剧种，包括电影、歌舞剧等，都会遇到这样的情形。《书声迢递》中，除了"读万卷书，行万里路"两方面的文字，还有多篇观剧论剧的文章，看来也是题中应有之义吧。

天方夜谭式的事是怎么发生的

以前我写过一篇《三件天方夜谭的事》，说的是几十年前发生的事，今天看来竟像是天方夜谭似的。其中一件的主人，是扬之水先生。她以初中毕业的学历，历经下乡插队、果品店卖货、司机等，而进入中国民间文艺研究会资料室，再考进光明日报出版社，又以投稿获刊用等原因调入《读书》编辑部（1986 年），工作到 1996 年离开《读书》，调入社科院文学研究所做研究工作。著有《诗经名物新证》《诗经别裁》《先秦诗文史》《古诗文名物新证》《终朝采蓝——古名物寻微》《奢华之色——宋元明金银器研究》等书。

天方夜谭似的事是怎么发生的呢？近读扬先生《〈读书〉十年》（三卷），或许可见其一斑。这部书，是她从十年中所写大量日记中选编出来的。除了日记，还有后记，还有朋友所写序言。所有这些，自然会透露一点天方夜谭似的事是怎么发生的。她自己说：

> 算起来我读过的书不是很少，这也是检点日记才发现的，而绝大部分已经忘记，因此日记中将近一半的篇幅，是记哪天读了哪些书以及对书中章句的抄录，现在发表出来的部分，这些内容已经大部删除。

这十年读了不少书，可以想见，十年之前（进《读书》编辑部之前），扬先生一定也是一样地读了不很少的书。即使大部分已经忘了，有一句老话"所过者忘，所存者神"，忘了的是书中章句，而留存下来的则是其精神。开卷有益，此之谓也。

扬先生说，读书的内容已经大部删除。但是删除的只是书中章句的抄录，书名还是留在那儿。随手翻到 1987 年 12 月，可以见到这一个月买书 44 种，他人送 9 种，读 9 种，还有借 2 种，"掠"一批，"窃"一种（这买的、送的、借的、掠的、窃的和读的另列，是按原文所写分类大略统计的）。一个月是这样，那一年，十年，更多年，要读多少书？

读书有什么用？恐怕不是"带着问题学，急用先学"说的"用"。有一位学者说，读书的目标，一是培养情趣，二是提高境界（钱穆《历史与文化论丛》之《读书与做人》）。有一句老话"腹有诗书气自华"。从一个下乡知识青年，到一个知识分子，高级知识分子，情趣、境界、气质的变化何来，一点重要的原因就是读书吧。

一件事能够发生，有其内因和外因。以上所说，或是从本人的努力着眼。要看外部条件，大，要说中国八十、九十年代的文化界；小，要看当时的三联书店《读书》编辑部。沈昌文先生给扬先生这书写的序文说：

> 扬之水这位卡车司机怎么能在《读书》杂志打工若干年后，从上世纪九十年代后期开始如此熟练地驰骋在文化学术的大道上，这是中国改革开放后八九十年代文化界的谜。要知谜底，请一读扬之水女士的这本日记。

这书三册，每册三年或四年，总有几十万字。恐怕字数虽多，也没有什么动人的情节，只是今天做什么，读书，买书，借书……还有见什么人，听什么话等。特别是青年人，初出茅庐，刚从学校出来进入社会，看一看这"前车之鉴"，或许会很有益吧。

笔墨官司的第三条道路

报上所见一篇专题讨论，题目是"笔墨官司笔墨打还是法院打"，似乎是二者必居其一，非此即彼的。然而历史上（含近代现代）却也有出乎此二途的另外办法——有一篇《还是打笔墨官司好》，讲到了顾颉刚先生拟起诉鲁迅先生，而终于未起诉，也没有怎样写文章反击，或亦一例。

宋代有一杜醇，《中国人名大辞典》称：

> 慈溪人，为诗质而清，孝友称乡里。经明行修。学者以为模楷，庆历中，鄞与慈溪始建学，醇为之师。二邑文风之盛自醇始。

是一位既开风气又为师的儒士、诗人、学者。他也遇到过"笔墨官司"。

王安石有一封《与杜醇书》，很有名的。其中有一段话，是劝杜醇"正确对待"所遇的笔墨官司。

> 夫谤与誉，非君子所恤也，适于义而已矣。不适于义而惟谤是恤，是薄世终无君子也，唯先生图之。

"君子"一词，曾被理解为"剥削阶级"，但是在历史文献中，其意义却不是这样，同一"阶级"的人，可以有君子、有小人，大概是要"经明行修"、"孝友闻于乡"等才能称君子，王荆公认为，如果多计较旁人的毁誉而不自己努力，就难以成为君子，所以，劝杜醇不必"恤"旁人的毁谤。不恤，或许就是不怕，不计较吧。王荆公自己有著名的"三不足"之说——天变不足畏，祖宗不足法，人言不足恤，还是努力自己去走自己的君子之路吧。大概杜醇是接受了他的劝告的吧。

抗战期间，钱穆先生写成《国史大纲》并先将《引论》部分在报上发表，一时引起轰动——有毁有誉，有的反对意见是十分激烈的，钱先生与他的学生谈起时，曾说这是好事，如果一篇文章一部书出来，既没有人说好，也没有人说坏，就不好了。孔夫子说得好，不如其善者好之，其不善者恶之。并且也引用到这王安石《与杜醇书》（见上海人民出版社

《钱穆纪念文集》中李埏先生文）。

　　笔墨官司除了笔墨打，法院打以外，也是可以打不还手、骂不还口、我行我素的，你说我"堕落"，未必我就真会堕落，你说我抄袭，我不告到法院，也未必等于默认。孔夫子说的"善者好之，不善者恶之"，不能倒过来用成"好之者善，恶之者不善"，把批评自己的人都视为败类的。

愿甘连坐

　　李锐先生上大学时是 1944 年。当年为了上学，必须呈交的保证书居然留存到了现在。李锐先生的女儿李南央女士在一篇文章里介绍说：

　　　　我在《南方周末》上登过一篇短文，说自己在整理父亲口述的过程中，发现了他入读武汉大学时填写的一张"联保"单（《口述》中有它的影印件），那上面赫然写着"愿联保李厚生确无共党嫌疑如有轨外行动自应随时报告否则愿甘连坐"。除了"李厚生"三个字是手写的外，其余均为铅字印刷，是表格中原有的部分。下面是两个联保人的印章，日期：中华民国廿三年九月十八日。可以确定，当年进入武汉大学的莘莘学子们是必须找到两个保人，填写了这份保单，才被允准入校的。

　　"愿甘连坐"是什么意思？就是说，如果被保证人出了什么问题，要坐牢；那么保证人也有罪。如果在逃了，那么保证人要抵罪。看来这个联保单，不只是提交给学校的取得学籍所必需具备的文件，而且是一件法律文书，要对政府负责的。看来不但武汉大学，上其他大学也免不了这保单吧。

　　上面李南央女士说到的《口述》这本书，是今年在香港出版的，李锐先生口述自传。李厚生，就是李先生当年的曾用名了。

未名湖得名由来

北大有个未名湖，有人说这个名字是钱穆先生起的，有书为证，就是钱先生写的《师友杂忆》。

园中有一湖，景色绝胜，竞相提名，皆不适，乃名之曰未名湖。此实由余发之。

钱先生自己说是"由余发之"，所以说，这个名字就是他起的。但是，"发"字可以解释为"起"吗？钱先生这段话前面，是说一天晚上，司徒雷登请新同事吃饭，吃饭时间大家到校印象。钱先生说：

初闻燕大乃中国教会大学中之最中国化者，心窃慕之。及来乃感大不然。入校门即见 M 楼 S 楼，此何义，所谓中国化者又何在？此宜予以中国名称始是。

后来就开会讨论。楼名改了，其他建筑也起了中国名字。只有这个湖，大家提出的名字都不好，"乃名之曰未名湖"。钱先生说的"此实由余发之"，明显是指吃晚饭时提的意见，引发了这次讨论起名的校务会议，不能因此就说这个名字是他起的。如果真是他起的，他会写"予乃名之曰"了。

竞相提名，皆不适，乃名之曰未名湖。是校务会议决定的，校务会议是燕京大学监督司徒雷登主持的。与其说是新来的钱先生起的，不如说这未名湖的名字是司徒雷登决定的吧。将 S 楼 M 楼改为适楼、穆楼等名，虽然是有人提出的，应当也是司徒雷登拍板决定的。

咬文嚼字一组

"待罪"一词的解释

许多文言成语被成功地融入白话文，为现代国人包括青少年所熟悉、所掌握。但是有许多文言词语，却由于人为地被摒弃，很少在报刊书本上出现，而渐渐不为人知了。

有一个词叫"待罪"。在《辞源》上这样注释："封建时代大臣对帝王陈奏时自谦之词。意谓身居其职而力不胜任，必将获罪，故称待罪。"有一个例句"《史记·季布传》：季布因进曰，臣无功窃宠，待罪河东"。这其实只是说他正在河东担任职务（最高职务）而已。《辞源》又说："后来宰辅上奏，往往有待罪政府之语。"这"待罪政府"，就是说他正在做宰相。

从《辞源》的注释和例句看，好像这个词专用于大臣对皇上陈奏的特定场合，其实不一定如此。我在《史记》里找到一例，是大将军卫青和他的下僚议事时说的一段话：

> 青幸得以肺腑待罪行间，不患无威，而霸说我以明威，甚失臣意。且使臣职虽当斩将，以臣之尊宠而不敢自擅专诛于境外，而具归天子，天子自裁之，于是以见人臣不敢专权，不亦可乎？（《卫将军骠骑列传》）

其第一句说自己以皇帝外戚（肺腑）而在军中任职（待罪行间），这不是在给皇帝上奏，而是在军中和众军吏讨论是否要斩杀战败的裨将时的"发言"。这例或说明《辞源》的注释略有不全面之嫌，未知这次《辞源》新版这条有没有改进。

严介溪就是严嵩

《文汇读书周报》"文化中国·探秘"谈到掘墓的事，说有这样一则小故事，收在《子不语》中：

> 一个叫严介溪的人，找了好长时间才找到一块风水宝地，打开以后发现了一个墓碑，原来这块地本来就是严介溪的祖坟，墓碑上就是他祖宗的名号，他等于把自家的墓给掘了，闹了一场风水笑话。严介溪当时一看情况不对劲，赶紧让人把这个墓给埋起来，但是已经晚了，墓地已经被挖开，地气已经泄掉了，悔之晚矣，后来这个严家真的败了。

这个故事倒是没有听说过（怪我没有读这《子不语》），但是严介溪这个人倒是知道的，这不就是明朝权相严嵩吗？袁枚写《子不语》时，不会预料到21世纪的读者，会有很多人只知道严嵩这个名字，而不知道他有介溪这个字号。

严介溪就是严嵩。《子不语》这个故事，大概就是用个人的事来证明风水的重要。人们不知道严介溪是怎样一个人，会使这个故事减色不少。所以写了以上文字作为补充。

是是非非　非是是非

苏州评弹团在北京演出的《大脚皇后》中有一句唱词："是是非非是治国之本，非是是非乃乱国之源"。这"是是非非""非是是非"该怎样理解？

"是是"第一个"是"是动词，是肯定的意思。第二个"是"是名词，是正确的意思（"正确"是形容词，"正确的"代替"正确的东西"，起名词作用，所以就是名词，也可解释为形容词而省略了中心词名词）。"非非"同样，是"否定不正确的"。而"非是是非"则是"否定正确肯定不正确"，是颠倒黑白，混淆是非，所以是乱国之源了。

也可以翻译成，是的就说成是，非的就说成非，是治国之本；把是的说成非，把非的说成是，是乱国之源。应注意的是"把是的说成非"是与"非是"对应，而不是与"是非"对应，不能颠倒的。

扪　虱

上方山山道旁，有人发现一块残碑，上面有"扪虱"二字和另一字的大半。不少人在微博和报纸上热烈讨论这二字的意义，以及残碑所缺失的字应当是什么等。其中一说认为，扪虱是因为生活艰苦，衣服破敝，所以有虱可扪，于是文人以此表示"乐观应对穷苦生活的洒脱风骨"。所以原碑可能是写的"扪虱草堂"或"扪虱草庐"。又说此碑反映的该是"苏州古代文人对艰苦生活的乐观态度"。

其实，草堂、草庐不一定是真的小茅屋，也可能是粉墙黛瓦的高楼大厦（如耦园城曲草堂），正如成语"蓬荜生辉"的蓬荜不可十分落实一样，扪虱也不一定是真有许多虱子在身上，十分可能只是虚拟的虱，虚拟的扪，用来表明某种生活状态。

扪虱原典是晋代王猛和桓温的故事，王猛在华山隐居，有次出山去谒见桓温，他穿的是破衣，谈论的是"当代之事"（也就是国家大事），书上记着王猛他"扪虱而言，旁若无人"。这事后来就传为佳话，形成典故。但是，此典不是用来说明生活艰困、衣服破敝，而是说明"放达任性，无拘无束"的名士风流。所以后代文人才乐于以之入诗，以之名庐。才会留下这样的残碑。如果原碑石刻的是"扪虱草堂"，这并不表示草堂主人生活虽艰辛而情绪乐观，可能是该草堂主人用以表明自己的"放达任性，无拘无束"的名士风流。

管见如此，也可以聊备一说吧。

搏字议

日前屡见报上文字和街头横幅，对几千万元即开式彩票的宣传，多用一"搏"字，认为机会难得，正好一搏，今日不搏，更待何时？等等。窃以为，这"搏"字未可轻言，慎用为好。

这"搏"，有竭尽全力，志在必得的意思。如"人生能有几回搏""狮子搏兔，也用全力"等，彩票大奖虽大，数量也不少，的确大家有机会，但是，中奖与否基本上不以人的意志为转移。努力在中大奖上，能起的作用是不大的。虽想"搏"，也很难期其必成。如其不成（不中），抱"搏"的思想的人，受到的伤害必比抱平常心的人为重。所以，宣传这"搏"，虽能起一些鼓动作用，最后必将伴以不大好的副作用，权衡利弊，还是慎用为好。

前人有讲下棋的一句名言，是苏东坡说的吧："胜固可喜，败亦欣然"。他是讲的下棋要有平常心，不要太在乎胜负。这句话用在买彩票上，看来也极适合。中大奖当然可喜，中小奖或不中，也欣然……我已给体育事业作出一点贡献了。

"正好一搏"我想可改为"正好一试"，试试看，中是最好，不中，也无所谓，下次再试好了。"搏"改为"试"，不单是字面不同，投注时也不必倾尽全力，可以适可而止，留有余地。

其实不单是彩票宣传，其他宣传上可能也有类似的过甚其辞的现象，应当防止。过犹不及，这是古有明训，而且已经成为成语了的。

驷马和三驾

有一句成语"一言既出驷马难追"，有人提出疑问：难道四匹马就会比一匹马跑得快？老师解答：不是四匹马跑得比一匹马快，而是说四匹马拉的车比一匹马拉的车跑得快。"驷马"不是四匹马而是一辆车。

还有一个词语叫"三驾马车"，有人就把它理解为三辆马车了。须知三驾马车，不是三辆马车，而是驾着三匹马的一辆马车。报上出现一个大标题"均衡经济成长三驾马车如何跑得又稳又快"，单看这标题，还不易看出"三驾马车"指的是什么。再看下文"作为带动经济增长三驾马车之一的消费在悄然变化的同时，面对转型升级的新挑战、新机遇，投资、出口这两驾马车也不能滞后"。可以发现新闻记者编辑们这里用的"三驾马车"是指的三辆车而不是一辆车。其实，市领导提出的三驾马车，是把消费、投资、出口比作三匹马，共同拉着经济成长这一辆车。三匹马拉一辆车，用力要均匀，才能跑得又稳又快。

如果一个词语用得不当，整个文义都会不清。就以这条新闻为例，市里提出的是扩大消费作为着力点，扩大有效投入为重要支撑，转变外贸发展方式为持续推动力，用这三者来提升经济增长均衡度（三匹马拉一辆车），如果理解为三辆马车一齐向前，显然是不够准确的。

写错字的代价

《全唐书》载，唐代一位给事中杨珍，他在给皇帝的奏状中，把一个人名"崔牛"错写成"崔午",为此,他被大理寺判刑"笞三十,征铜四斤"(又挨打又罚钱)。另一通事舍人崔暹,他口头奏事时口误,也被御史弹劾,大理寺判"笞三十,征铜四斤"。崔不服,认为虽说错,但"不失事意",不致引起误解。后来免了"征铜",仍不免受笞。至于小官小吏,则被打被罚的机会就更多了。

韩愈在做荆南法曹这个小官时,在一首诗里,就感叹说"判司卑官不堪说,未免捶楚尘埃间"(《八月十五夜赠张功曹》),似乎挨打是判司法曹等小官的家常便饭了。

写错一个字,就罚铜四斤,还打三十,似乎未免太重。但是,今日随便写错字,写别字,乱写字而不受罚,或仅受轻罚,则也未免过宽了。

成语三题

程门立雪之二面

这个成语往往被解释为尊师的典范。故事说的是宋代学者游立夫和杨龟山二人，有一天去见老师程颐，老师偶然闭目养神，二人就侍立不去。等到老师发觉，二人才辞别离去。这时门外已经雪深一尺。

这立雪的故事，从学生方面说，是一段尊师的佳话。然而从老师方面来说，《学案》上记录这件事，则是这样写的：

> （伊川）其接学者以严毅。尝瞑目静坐，游立夫、杨龟山立侍，不敢去。久之，乃顾曰："日暮矣，姑就舍。"二子者退，则门外雪深尺余矣。明道尝谓曰："异日能使人尊严师道者，吾弟也；若接引后学，随人才而成就之，则予不得让焉。"

这个故事则是被用来说明程颐先生对门下学者的严毅，后人评曰："足以尊师道，而亦足以招物怨"，有利也有小弊了。

无可厚非之是非

无可厚非这个成语，是用来评价一个人乃至团体、组织、国家等的言论、行动的。评价好坏，首重是非，是对的还是错的。那么这个成语是说这个人这个言论这个行动是对了还是错了？"无可非"显然就是说不可以认为错，也就是说对了。但是中间有了一个"厚"字，就变成"不可以太认为错""不可以认为十分错"，虽然仍是肯定其对，这个"对"就不是百分之一百，而是有些欠缺的了。

日本右翼政府无视历史，无视中国政府的警告，对中国领土钓鱼岛实行"收购""国有化"，我国政府派出公务船、科考船以至海军船到钓鱼岛海域我领海及专属经济区巡航、执法、维权，这是天经地义的、无可非议的、主权范围之内的事。没有什么人有权可以横加指责的。"我国公务船只在我国领海中活动，执行公务，行使职权，是天经地义、无可非议的事"，这句话里，绝对用不上"无可厚非"这个成语。 如果我们说，"我们这样做是无可厚非的"，就显得用语不当了。 可惜的是，在有些报刊、电视里却真有人这样写、这样说的。很不该的。

"季氏将伐颛臾"一章中的成语

《论语·季氏》里有一章，是孔夫子对学生的一席谈话，后来衍生了好几个成语。

孔夫子在家中，他的两个学生冉有、季路（在鲁国大臣季康那边做事，做重要的"幕僚"）前来报告说，季康将要去打颛臾。孔子就批评冉有说，这是你的不对吧。这颛臾是先王所封，而且就在我们鲁国境内，也是我们鲁国社稷之臣，为何去讨伐他？冉有说是季夫子他的主意，我们两个也不赞成呀。孔子说，你呀，以前人周任说过的，做事看自己的能力，若是没有这个能力，就该辞职走人。譬如你搀扶一位盲人，假如他有危险不帮忙，快跌倒也不搀扶，要你有什么用呢？你的话错了。老虎从牢笼中逃出，玉和龟甲在柜盒中毁了，这是谁的过错？冉有又说，这个颛臾，城郭完固，又离我们的费城很近，现在不取，将来也是麻烦。孔夫子（有点生气了）说，你呀！君子正是反对那种不肯实说自己想要去做的，而编造出另外的理由来的人。我听说过，一个国家，不怕贫穷，怕的是财富不均；不怕民户寡少，怕的是不能相安。财富均了，就无所谓贫穷，互相能和，也就没有什么寡少可忧了。相安无事，还有什么危险？所以，如果远方人不服只应修自己的文德招来他。既来了，就让他安顿下来。现在你们两个，帮着季康治理国家，远人不服，你们不能招来，国内分崩离析，也不能把守，却想去打，在国土疆界之内动干戈。我怕季孙氏所应当忧虑的，不是在那颛臾，而正在萧墙（国君在门那里立一个屏，叫萧墙。君臣议事，就在萧墙之内）之内啊。

《论语》这一章中的"不患寡而患不均""既来之，则安之"后来都被经常使用而成了成语；还有"吾恐季孙之忧，不在颛臾，而在萧墙之内也"，也形成一个成语"祸起萧墙"。至少有三个成语都来自《论语》中的这个故事。

"既来之则安之"，在《论语》这章里是说既把他们招来了，就要让他们安定下来。这两个"之"，都是代表远方人民。而到了今天的成语，既来之则安之，是说你既然来到了这个地方（这个环境），就应当安心在这里，适应这个环境。两个"之"，不是代表人民，而是代表地方、环境等。和原来的意思有点不同，有点变化了。

学一点文言文　学一点古诗词

中央电视台《海峡两岸》节目，有些问题常请台湾地区的教授和评论员作嘉宾，介绍情况和发表评论等。有位教授，他比较喜欢在讲话中引用古诗文，自己说话有时也会有一点文言词语出现。有一天我听他说了一个词"挹注"，可能这个词在大陆媒体上不常见（极少见），以至于为嘉宾讲话作字幕的人不知该怎么写，用了两个语音相近的字来代替。大陆观众看了或许会一头雾水，可是这个节目向全球华人播放，岂不贻笑于识者？

近日读一本香港出版的《多情六十年》，是纪念香港新亚书院六十周年校庆的。在其中，有一篇《农圃师恩深似海》，是新亚中文系1960年毕业生陈绍棠先生写的。陈先生1958年开始在新亚求学，毕业以后长年在母校执教直至退休，他说"我的人生除了家和新亚，此外便一无所有了"。这篇长文，是用白话文写的，但是引有《诗经》、《汉书》、苏轼诗、陆游诗等，文言白话水乳交融，读来非常顺畅。这里姑引一段：

> 钱师几经考虑，终于决定为了学生的前途和学校的发展，接受政府的条件，新亚维持为中大的成员书院，而自己则以学校此后与个人办学原则不同，毅然决定离开新亚。我相信这对钱师是一痛苦的决定。手空空地，从北方逃到中国的南端，创立了新的学校，却又不得不放弃，真是情何以堪。钱师在临别前两次月会演讲，很不寻常地引用了二首诗以明志。一首是苏轼写给他弟弟子由（苏辙）的《和子由黾池怀旧》

> 人生到处知何似，应似飞鸿踏雪泥。
> 泥上偶然留指爪，鸿飞那复计东西？
> 老僧已死成新塔，坏壁无由见旧题。
> 往日崎岖还记否，路长人困蹇驴嘶。

另一首是陆游的《小舟游近村舍舟步归》

> 斜阳古柳赵家庄，负鼓盲翁正作场。
>
> 身后是非谁管得，满村听说蔡中郎。

　　说罢，穿着他常穿的蓝布长衫，衣袂飘飘地从诚明堂前，缓慢而稳重地在他手种的柳树旁走过，以见遂我初服的深意。"昔我往矣，杨柳依依"，《诗经》的名句忽现眼前，就好像专为老师而写的。新亚师生无不感到痛心。

　　钱宾四先生在美国耶鲁大学以中国的诗为内容做了一个讲演（收入《中国文学论丛》），说到读诗，不说是为了做学问，只说是求消遣，能读诗也是很有价值的。如果不读全集，也得一家读个三四十首、一百首。他在新亚，应当也会这样对学生说。月会演讲的听众，平日有了修养，这时听了苏轼、陆游的诗，自然也就会理解先生当下的内心情感了，而且还会联想到杨柳依依。陈先生是中文系的，如果是外文系其他系的，我想也会听得懂的。如果换了连"挹注"这样的词也听不懂的人，和文言文久违而隔阂的人，那么交流就会发生困难了。有年轻人说，我不读文科，文言文没什么用的。而不知道，不很好学一点文言，学一点诗词，只会引用一些春节晚会的语言，其实是很不够的。

典故的使用和作用

　　1919 年以前，诗文中用一些典故，是最平常不过的事。那时候"推车卖浆"者流基本上与文字无缘，文人用典不用典和他们也不发生关系。后来识字人多了，但是虽识字而还未能博览群书，碰到文人雅士诗文中的典故，就不能理解，不知所云。于是，文学革命就提倡用白话文，把那些旧诗旧文称为"死文学"，其中的用典故被认为是故弄玄虚，故意要人看不懂云云。

　　读诗读文遇见不熟悉的典故，真会有两眼抹黑，无从索解的感觉。但是若是知道这典故的读者，他会觉得，这个典故的使用，大大加深了诗文的感染力。

　　　涕泣对牛衣卌载都成肠断史

　　　废残难豹隐九泉稍待眼枯人

　　这是陈寅恪先生辞世前不久为他夫人"预写"的挽联。大意是说，四十年夫妻都已经成了悲惨的历史；我这个废残之身，也难以继续多少日子，你在九泉之下，稍微等等我这个眼枯之人，我很快就会来追随你了。

　　其中有两个典："牛衣对泣"和"南山豹隐"。

　　《汉书·王章传》：

　　　王章字仲卿，为诸生，学长安，独与妻居。章疾病，无被，卧牛衣中，与妻诀，涕泣。其妻呵怒责曰："仲卿！京师尊贵在朝廷人谁逾仲卿者？今疾病困厄，不自激昂，乃反涕泣，何鄙也！"

　　王章妻子在他因贫病而涕泣时，用呵责来勉励他奋起共度时艰。对联用这典故，更见夫妇情深，更见丧妻之痛。几个字胜过许多字。

　　《列女传·陶答子妻》：

　　　妾闻南山有玄豹，雾雨七日而不下食者，何也？欲以泽其毛而成文章也。故藏而远害。

　　对联用这个典故，着重在"藏而远害"一点上。当时"文革"正起，陈先生夫妇被扫地出门，家被抄，存款被冻结，人被伤，还要天天批天天斗。"废残难豹隐"，五个字有多少潜台词在里边！和下面"九泉稍待眼枯人"加在一起，又是何等的凄苦哀伤悲情！

　　要用白话文不用典故，说说同样的意思同样的感情，不知要多少字，而且还不知能不能达到同样的程度。这就是典故的作用了。

敬语与谦语

人和人之间的语言文字交流，往往要用到礼貌语言。口头上常用"谢谢你""对不起""没关系"等。问及姓名还有"贵姓?""免贵""敝姓"等。书面语言形成文字，又有许多讲究，特别是文言文中过去常用的敬语谦辞，现在用得少见得少了，有些就不会使用，甚至看不懂，理解错了。

苏州过云楼，藏有晚清名人翁同龢帖子（短简），其中一件，如下：

> 台旆惠临，未获奉迓，屡谒又未获晤，驰仰实深。十九日准申初刻，欲求过舍一谈，未审可否，乞垂谕为幸。（下略）

有一种释文（用白话文解释）把"欲求过舍一谈"释成"想来您府上和您碰头一叙"，就错了。这"过舍"，只能是"到我家"不可能是"去您府上"。"舍"是一个谦词，只用于说自己这边，如"寒舍""舍弟"之类，要到对方家里或住地会晤，能说"趋府"不能说"过舍"。而且翁氏原帖上写到"欲求过舍一谈"时，还在"过舍"处抬头转行，以表对对方的尊敬，更显出不可能是"想来您府上"。推想此误，大概就是对文言敬辞谦辞的不熟悉所致。

这通短简中用到的敬辞谦辞，其实不是一个两个，而是随处可见。例如"台旆"（相当于"大驾"，原帖中也用抬头转行以示敬意）、"惠临"（惠是常用的敬语）；"奉迓"，奉是敬辞。上述释文释为"奉承地把您相迎"，也是很不妥的。"屡谒"，谒，下对上，可以说兼有敬辞和谦辞两种作用；"驰仰实深"，仰望是敬辞；"欲求过舍一谈"，已如上述。"乞垂谕为幸"，乞，谦辞；垂，敬辞；谕，敬辞；为幸，也有谦辞成分。原帖垂谕处也有抬头转行。

介绍一些文物级别的文献，为便于人们理解，对文言文做一些白话解释，有时是必要的。但是应力求准确，解释失当，就会南辕北辙，适得其反。

食蛤和打酱油

网上有些新词，创造出来以后，一旦流行，就成了网上流行语，甚至渐渐侵入纸质媒体，为更多人知晓和习用。近见香港《大公报》副刊上一篇文章《打酱油的和吃瓜群众》，说的就是这两个流行语的意义和演变等。

我忽然想到，古代没有互联网，也就不会有网络流行语。但是古代文人之间的文字交流也是很多的，没有网民网友，但是也有文友诗友，在他们的圈子里，也会有互相可以明白，而不为圈外人所熟悉的流行语吧。今人读古诗文，遇到一些不熟知的典故，不正如同只知读书看报而不上网不玩微信的人遇到网上流行语一样，不知所云吗。

今人说打酱油，说吃瓜群众，古人（包括民国人）他们怎么说的？我忽然想到一个典故（也就是当年流行语）"且食蛤蜊"，或许有些相近。

陈寅恪先生诗中，屡见这个"食蛤"。《庚辰暮春重庆夜宴归作》："食蛤那知天下事，看花愁近最高楼。"《己丑元旦作时居广州康乐九家村》："食蛤那知今日事，买花弥惜去年春。"《乙未阳历元旦作时方笺释钱柳因缘诗未成也》："食蛤那知天下事，然脂犹想柳前春。"《乙未除夕卧病强起与家人共餐感赋检点两年以来著作仅有论再生缘及钱柳因缘诗笺释二文故诗语及之也》："那知明日事，蛤蜊笑盘虚。"不同时间好几首诗都说到"食蛤"，难道陈先生真喜欢吃这种海鲜？又这食蛤又明显和不知天下事、哪（当年都用"那"字，后来才分"那"和"哪"）知天下事、哪知明日事相关，岂不有点接近今人说的打酱油，吃瓜了吗。

有一篇网文说，这食蛤，一般表示轻蔑和嘲谑之意，典出《淮南子》。又有文章说，典出《南史·王融传》。可见这个流行语，从汉朝到南朝一直流传到民国。

典出《淮南子》，是谢泳先生文中说的。《淮南子》中原文是这样：

> 卢敖游乎北海，经乎太阴，入乎玄阙，至于蒙谷之上。见一士焉，深目而玄鬓，泪注而鸢肩，丰上而杀下，轩轩然方迎风而舞。顾见卢敖，慢然下其臂，遁逃乎碑。卢敖就而视之，方倦龟壳而食蛤梨。

其中，有"食蛤"而无"且食"。所以，谢泳先生说，是表示轻蔑和嘲谑。

《南史·王融传》中的文字，则是：

> 融躁于名利，自恃人地，三十内望为公辅。初为司徒法曹，诣王僧祐，因遇沈昭略，未相识。昭略屡顾盼，谓主人曰："是何年少？"融殊为不平，谓曰："仆出于扶桑，入于汤谷，照耀天下，谁云不知，而卿此问？"昭略云："不知许事，且食蛤蜊。"

这里王融正在自吹自擂，而沈昭略不想和他多说，就回答说，我不知道这些事，先吃这蛤蜊吧。

陈先生诗中"食蛤"也多与"哪知"（意即"不知"）相连，可见是用的沈昭略的意思，但又有不同。沈是我不想谈这些事，陈先生则是我管不了也弄不懂，就说怎么知道了。

以上或许比较适用于解释沈昭略的"食蛤"，但不一定全符合陈先生的诗意。且食蛤蜊哪知许事，翻译成现在的话，或许和打酱油接近吧。"那知明日事，蛤蜊笑盘虚"，明天的事谁知道，我们不过是吃瓜群众罢了，我们还是打自己的酱油吧。

蛤蜊和狐狸

台静农先生写过一副集句四言联：且食蛤蜊　安问狐狸。方地山先生也曾在自己家门口写过这样的集句联。

如果一个人不熟悉文言文，不知道其中典故，那么，虽然这八个字都认得，也会看不懂他们说的是什么。

这"且食蛤蜊"，原出《南史·王融传》。是王融在酒席上与沈昭略谈话时，沈对他的答语："不知许事，且食蛤蜊。"他是以此拒绝和王继续谈论相关话题。小说《孽海花》里有"请君且食蛤蜊，今夕只谈风月"句，就是用的这个典。陈寅恪先生诗里"食蛤那知天下事，然脂犹想柳前春""那知明日事，蛤蜊笑盘虚"等，也是用的这个典。

"安问狐狸"，典出《东汉观记·张纲传》，全句是"豺狼当道，安问狐狸"。当时是皇帝派多名大员去全国各地巡视纠察，张纲也在内。其他人都坐车出发，分赴各地。他却把车轮埋在京师，说这话。随即上书弹劾大将军梁冀等"豺狼"，而不去各地问"狐狸"了。

有了这些知识准备，再加对那些人物的生平经历有所了解，就可以知道台静农先生的悲愤，陈寅恪先生的无语……，而东汉张纲的"安问狐狸"，则是决心向当道的豺狼开火的宣言了。

余秋雨先生《文化苦旅》有一个宣纸线装、函封玉签的豪华版本。书上也曾印有一枚闲章，就是这"且食蛤蜊　安问狐狸"八个字。他在《新民晚报》一篇文章中自称：

> 这八枚闲章刻成后，将以朱红印泥分别盖在线装本《文化苦旅》每本分册前的扉页宣纸上，可以想象那会是多么鲜明又多么得体。我想，这八枚闲章也许会成为很多读者收藏这套书的理由之一。

在这本书上，有余秋雨的另一印章——"风尘三尺剑，天涯一车书"，这就和张纲的大不相同了。张的"安问狐狸"是出战豺狼的宣言，余先生以"且食蛤蜊"来配这"安问狐狸"，再配上那"风尘三尺剑，天涯一车书"，则既不同于张纲伸张正义，也不同于台静农先生、陈寅恪先生的悲愤沉郁。余先生是何等的踌躇满志，何等的风流自许啊。

麋鹿之资

苏州有一过云楼，内藏许多名人书信，当地报纸介绍其中翁同龢的两通短简。其一：

> 昨蒙覆示，杯茗之叙，谨改订于廿日午初，是日退朝，早当拱候也。麋鹿之资，诸务疏陋，未敢具柬，幸鉴之。

并附现代汉语译文。对其中"麋鹿之资，诸务疏陋，未敢具柬"等句，是这样译的："杂乱不堪的资金（资源）筹措问题，繁琐而浅陋的一般事务，我是不敢随便给您下文书指令的。"读后觉得可能不妥切、不准确。我认为，"麋鹿之资"应该是说人，不是说钱。资是资质，不是资源财富。麋鹿之资，是谦称自己是山野之人。接下去"诸务疏陋"，是说各项业务不周到、不熟练。"未敢具柬"，是没有写正式公文等。为给我这想法找根据，就想百度或许能给我帮助。

查百度，就用"昨蒙覆示，杯茗之叙"几个字，居然查到了好几页的数据，也包括报上这篇介绍的全文，还有和这篇相似的以及完全相同的文章；但都只有全文照录，并无解释评论。所以，没有找到可以支持我想法的证据。百度求助失败。

柳暗花明，我在《汉语大词典》，查到李白诗中有"麋鹿志"，苏轼诗有"麋鹿性""麋鹿姿"，各条如下：

> 各当麋鹿志，耻随虎狼争。（李白《山人饮酒》）
> 我本麋鹿性，谅非伏辕姿。（苏轼《次韵孔文仲推官见赠》）
> 我坐草堂上，不改麋鹿姿。（苏轼《和陶饮酒》）

这些诗中和麋鹿相关的词语，说的都是山野之人、隐逸之人、淡泊之人的志向，性格姿态，而没有混乱不堪的意思。以此度彼，把"麋鹿之资"视为谦称自己山野之人，把"资"理解为资质，而不作资金解，可以说，是找到一些帮助了吧。

再回到百度，这次我用"麋鹿姿"去查，又查到"麋鹿闲人"一词。

经过郡邑，无不招延，岘拒之曰："某麋鹿闲人，非王公上客。"（唐·袁郊《甘泽谣·陶岘》）

这些都能给人启发，有助于读懂过云楼藏翁文灏短简的。百度收录了报纸上的介绍文，但是，在"麋鹿姿""麋鹿闲人"等处，又提供了把"麋鹿之资"理解成"杂乱不堪的资金"的错误语言知识。可见，遇事查百度，也要善于利用，不可片面理解，不加分析去照搬。另外，报上把那"未敢具柬"释为不敢随便给您下文书指令，也是不妥的，不详论了。

以上抄录了李白、苏轼写的"麋鹿姿""麋鹿性""麋鹿志"的诗，继续再抄几首唐诗宋诗散文中佳句，由《汉语大辞典》出。

曾巩《初发襄阳携家夜登岘山置酒》：频适麋鹿性，顿惊清兴长。

崔道融《元日有题》：自量麋鹿分，只合在山林。

孟郊《隐士》：虎豹忌当道，麋鹿知藏身。

精彩纷呈不一而足。麋鹿之于山林有关，与闲散有关，与隐逸有关，应当是很肯定的了。

第三部分

关心是旧黔

「谁谓此间陋，彬彬君子居」「短榻遥期客，匡床独著书」「无地不栽竹，有庐唯贮书」……无陋居，真可说是可以与陶渊明五柳居、邵康节安乐窝前后辉映，何陋之有了。

读钱宾四先生序跋文

《钱宾四先生全集》里，收有他写的序文、跋文共四十三篇。大多数是离开大陆到香港、台湾后，为师友故旧门生的学术著作所写的，序跋之文，论学也是论人，应当可以视为书评的一种形式。

早年序跋两种

这些序跋文章中，有两篇殊为不同。一篇是《跋吾兄声一诗选》，一篇是《松江朱怀天先生遗稿序》。它们一是写得最早，皆写于民国九年，是宾四先生早年任教小学时之作。二是皆悼亡或纪念之作，写他的胞兄钱声一先生和他早年的同事好友朱怀天君。两位都是英年早逝，所以，跋文序文中，怀人甚于论学。三是早年文章，久已散佚。为编辑钱宾四先生全集，编委会特地到上海、无锡、苏州、北京等地图书馆搜检钱先生旧文佚篇，前者得之于《无锡县立第四高等小学校校刊》，后者意外得之于北京图书馆。遗珠重现，所以全集编纂者说，"（这）最前两文为先生早年任教小学时之作，特具纪念性"。

民初，钱声一先生与宾四先生兄弟二人，同在无锡乡间小学教书：

> 吾兄声一，教授之暇每好吟咏，兄弟友朋感时伤国，一一皆自肺腑中出。顾性和易率真，不修边幅好诙谐，不耐作世俗妪煦。非读其诗，或不得其为人之深也。往者余兄弟同校，有作辄相唱和。

据《师友杂忆》，民初及辛亥前，声一先生已在无锡家乡七房桥创办"又新小学"，教授七房桥钱氏家族族中子弟。民国三年，无锡县创办了六所高等小学，其县立第四高等小学，即在梅村。声一宾四兄弟同时受聘到此学校任教。兄弟二人除诗歌唱和外，又同好围棋，加上另一个同事，三人常在学校对弈或摆棋谱。跋文中这段即写此时兄弟同校情形。后来，宾四离开梅村，先后在鸿模学校、后宅小学任教及做校长，进行试验教学，则很少作诗，乃至绝不作诗了。但读好诗犹遇故我。跋文中写道：

> 余自去梅村，即少作诗，今乃绝不作……寒食前一夕，吾兄返，携一小册诗，谓将刊入其校友杂志，且笑曰："吾弟视之当谓如何？"是夜小雨，孤灯开读，为诗仅十数首，皆旧作素见，然读不厌。数年兄弟友朋一校聚首之状，如在目前矣！我虽不作诗，顾好读诗，犹故我也，况读我亲骨肉兄弟之诗乎！

文章虽短，钱先生兄弟一校聚首，诗歌酬唱之状，虽不能如在目前，却也依稀可见了。

在梅村无锡第四高等小学时，钱先生还有一位挚友朱怀天，为声一兄作跋的民国九年春天朱先生还在，跋文中还提到这位兄弟两人共同的同事、朋友，是年秋天，怀天竟不幸亡故了。

朱怀天先生和钱先生的友谊，在钱先生《师友杂忆》里有生动的记述。两人在梅村无锡县第四高小，住校舍同一间宿舍。钱先生先来，朱先生后到，钱先生问后来者：学校出门有两条路，一条通市镇，可以买东西吃；一条通郊野，可以散步闲谈。你这几天，大概已和同事们去过街市了，我通常傍晚往田野那边走。以后你喜欢往哪一边走？朱先生表示和钱先生一路走。几年里，他们除了吟诗作对、说说学校里的事，还有一项重大谈话内容——讨论共产主义。那时还没有中国共产党，可是"十月革命一声炮响"，已经给中国送来了共产主义。朱先生有一老师吴公之先生，写了一部书叫《宥言》，是宣传共产主义的。两位先生田间散步，就讨论这书。朱先生赞成，钱先生反对，并且各自写了文章辩驳。钱先生先后写了《辟宥言》十六篇，朱先生则写《广宥言》也十六篇。你来我往，相争不已。后来休战言和，乃改为吟诗唱和，也写了许多诗篇。

后来，钱先生转到别的学校做校长，朱先生辞职准备去南洋，但不幸罹病不治。为纪念亡友，钱先生编《朱怀天先生遗稿》并作序言，这就是收入全集的这篇序文了。钱先生写道：

> 余拟为怀天作一传，为其遗集作一序，又编抄其诗为《怀旧录》，入遗集中。不意初动手而咯血，又患脑衰，不能卒事。今者期限促

迫，诸同人将为怀天集会追悼，而怀天遗集亦将于是日勒订成册，终
不能待余从容为传序。我病未愈，终不能执笔成意。匆匆草此，弁诸
册首。传、序、录三者，以俟后日矣。

可惜的是这三者后日终未写出，只留下了这一短序和《师友杂忆》中的
记述。

朱先生诗，有四五百首，其中不少是与钱先生唱和的，曾编为《二
人酬唱录》，钱先生编遗著，觉得很难取舍，又想将其编抄为《怀旧录》，
但因病没能进行，这遗稿集中，只收了朱先生生前（当年五月）自己选
送梅村四小校刊的十几首，另外在钱先生短序中附有《留悔诗》一首。
是朱先生最后的作品，寄给钱先生后，钱先生评说："悔可改、可除、可
灭，而不可留。悔之深痛斯改猛速，不当云留悔也。"为此写了一封回
信，尚未寄出，正好两人相遇无锡城中。"遂出书示之，怀天嗟叹无言，
不意其遂成谶也。"现将朱诗《留悔余音并序》录如下：

嚢余为诗，曰：悔往直当随除灭，取自《维摩经》义，自冀直指
本心也。一年以来，学殖荒芜，虽未尝不悔，但悔随灭而督旋疏，既
深痛钝根，念非留悔，何以省焉！始是集。

留　悔

昔时意气今何在？岁月消磨倾业海！
养心嘘吸辍修行，减读停书嗟文采！
亦尝悔发芒刺背，日记著之资省改；
却怜悠忽复几时！虽立规程还懈怠。
我闻慧定首持戒，何以戒之暴弃罪；
我闻真道始治身，问我此身竟谁宰！
日月至焉太钝根，习之中人殆乎殆！
福多原只轻于羽，亦既悯人莫知载；
如何有始不图终，进则寸分失万倍。
留悔从今考事功，不学妄人空忏悔。

朱先生准备"留悔从今考事功"，钱先生劝说他"悔可改、可除、可
灭，而不可留"。但是天不假年，没过几个月，朱先生就病逝了。

钱先生序中又说：

> 余与怀天三年之生活如水乳之交融，于怀天之人中有我，于我之人之有怀天。盖此二人，几乎相渗透，而为一人矣。怀天死，我之一部之渗透于怀天之人之中者，亦从而死；我犹生，则凡怀天之一部之渗透于我之人之中者，亦犹生也。我之欲以怀天之一部之渗透于我之中者，为之爬搜抉剔表而出之（指编遗稿集）……

怀念了两人三年同事同宿，互相切磋、互相砥砺的交往与友谊。

当年编成的遗稿集，在北京和无锡的图书馆中，各有收藏，全集所收此序，即是从遗稿集中采来。1920 年到今，朱先生的著作，总算保留下来了一部分。就说这首《留悔诗》，虽然钱先生有异议，但是一位青年教师严格要求，提高自身修养的决心，不学妄人空忏悔的自许，今天读来，还是十分感人的。朱先生的这一部分，是不死的了。

李著《岳飞史迹考》跋

《岳飞史迹考》是李安先生所著，刊行于 1970 年 2 月，到 1976 年将出第三版时，钱先生应邀写了这跋语。跋文既讲了这书，也讲到一些一般性知识。例如文章开头就说：

> 从来历史人物之地位，无不一一经后代人之不断的议论评骘而确定。愈有地位者，愈受后代人不断的议论评骘而永无休止。若其人已不在后代人议论评骘之列，则其人之历史地位已告消失。其人已在历史中受淘汰。亦可谓其人已失却了其历史上之生命，不复在后代人心中活跃。不仅声名黯晦，而其影响后人之处，亦渐臻于不存在。

后代人要议论前人，此跋以孔子为例，说当他还在世时，就有"鄙之为东家丘"的，后来又受"墨翟、庄周辈之讥讽指斥"。到他的历史地位已经奠定，而议论评骘讥讽指斥也没停止过。到民国初，"新文化运动崛起，孔子则被称为孔老二"。后来又有批林批孔。所有这些，其实"便证孔子历史地位之崇高，及其历史生命之悠久，在中国历史上，古今殆无其匹"。"人人知重衡评人物，斯即中国文化传统一特征。而人人可以自由批评，直抒己见，不自禁抑，斯亦中国文化传统一特色。"可是今人却有误认今天能这样批评孔子，是受西方文化之赐，是"新文化运动乃及共产主义之接受西化而始然。人苦不读书，而书籍俱在，偶一翻阅，自可废然而返矣。"

讲毕孔子，再说岳飞。秦桧、岳飞的和与战，究竟谁是谁非，历代都有争议。"越至近代，国人好作翻案文字，是者非之，非者是之，岳武穆乃见讥为当时一军阀，而秦桧则被尊为深识国际形势一大政治家。""此乃近代吾国人大风气所趋，则仍待有仗义执言，起而持相反意见者。或可以卫道一名词加以鄙斥，然此乃中国传统文化中最见民主精神之所在。不妨有相反意见之提出，以待国人，待后世之再作公正之衡评。"行文至此，钱先生乃提及李安先生，是汤阴人，岳武穆的同乡，努力写成这书。现在请钱先生作一跋。"李君既目为同道，余亦不能无言。"钱先生说，我"自幼为学，亦窃有意于好古守旧卫道，对当前国人好新好变，惟务于对传统文化努力作翻案之风气，投反对之一票。于六十年来之反孔批孔，曾著有《孔子传》《论语新解》诸书。于武穆秦桧事，亦于三十六年前所成《国史大纲》中揭发其冲突秘奥之所在。"

岳武穆有"文臣不取钱，武臣不怕死"十字，"今日吾国人，常陷祸乱中，追原祸始，谴及古人"。"谴古人，即所以教今人"。如果今人对这十字"唱反调，立异论，文臣爱钱，武臣惜死"，而可以使国家民族到达太平之境，"则公私兼顾，义利双全，吾国人又何惮而不为。而武穆以此十字，养其志气，完其人格，失言失节，而终为军阀之归。斯诚冥顽不灵。而八百年来，群尊之为武圣，亦见中国之无人。"

借为李先生书作跋，钱先生又对对传统文化努力作翻案之风气，投了反对之一票。最后回到本书，说"李君此书，虽若崇古卫道，违反潮流，宜亦终将留存于天壤间，斯固余之所馨香以祷者也。"

李先生这《岳飞事迹考》，无疑是一本有意义的好书，而经钱先生这一跋，肯定是增加了信息量，提高了历史价值。李先生找钱先生写这跋语，真是找对人了。钱先生这跋，义正辞谐，谈笑间使谬论之谬立见，读之非常痛快。上面仅摘一小部分，还不能十分显示其精彩也。

郭美丞先生《抗吟残稿》序

美丞先生去世后，他的儿子将父亲的诗集送交钱先生看，请他写序。

钱先生这序，先说了诗之"真"与诗之"工"的关系，这样说：

　　夫诗所以言志而咏性情者也，故其人苟有志而厚于性情，则宜可以有诗，而其诗则必真诗也。至于诗之工不工，则犹其余事。若失诗之真而务求于工，此乃无志而薄于性情者之所为，诗虽工，勿贵也。

接下去就说读了美丞先生诗，可以想见美丞先生之为人：

　　其人则诚有志而厚于性情之人也。又能一本其平日之为人而发于诗，故其诗亦真诗也。读其诗，而知重其人，盖人因诗传，诗因人重，此与尽心力于声律藻采之间而忘乎其为人之本者，不可以同类相论矣。

　　这《抗吟残稿》，我们看到的机会恐怕是很小的。但读这序，其中对于什么诗是好诗的评论标准，当是可以适用于其他人、其他诗的。这正与前面《岳飞事迹考》的序，除了肯定这本书，同时也告诉我们"国人好新好变，惟务于对传统文化努力作翻案之风气"之应予鄙斥一样；一篇序，除了就书论书外，还可以有更深入的内容的。其他形式的书评，当亦如是。

　　这序写作年代未详，估计距今五十多年了。

关心是旧黔

在微信一个公众号见到一首诗，标为钱穆先生"思乡诗"，但是并未提供出处、何时何地所作等。原诗如下：

重九登高原，最高处海拔六千六百六十四英尺。

炎徼乏秋意，客兴自登临。

举目非乡土，关心是旧黔。

雾瀹天若晦，风黩气常阴。

万壑飞身上，无堪豁吾襟。

这个题目上的六千六百等字样，使我想起这诗是读过的。于是，就从钱先生全集的《素书楼余渖》卷中的"诗联辑存"中找到，是《游金马仑成诗三首》，此其二。全集编者有几句说明："'民国五十四年'七月，先生双目施手术，不久即赴马来亚大学任教。其时不能多用目力，唯吟诗消遣。初抵吉隆坡，游金马仑，成此三首。"

这"民国五十四年"，就是 1965 年，时中文大学成立，即钱先生从新亚辞职也在此前不久。三首诗中还有"闲情垒郁且吟诗"之句（《初上金马仑开始吟诗消遣》）。钱先生当年，大概是七十岁上下吧。

炎徼，南方边远之地，明田汝成有《炎徼纪闻》，记西南苗族瑶族之事。这里显然借指马来亚了。

旧黔：这黔，是贵州的简称。又黔黎，指平民百姓。这里旧黔和乡土相对，或者是指平民百姓吧。

雾瀹和风黩：瀹，云气涌起。黩，污浊、轻慢。这雾和风，好像都不能给人愉快的感觉。

壑：山谷、沟池。这可以说是高原的地理状态，也可能借指诗人心中的垒郁。同样，这"无堪豁吾襟"的襟，可以说是衣襟，也可能是说襟抱、胸怀、抱负吧。

读至此，应知"思乡诗"三字，或许不足概括本诗的全部内涵。

这遥远的南方高原，十月的天还没有秋意。他乡客人到这里登高，四望都是异乡，心中想的却是故乡的人们。雾气上升，天光失色，轻慢的风反复地吹，带来的是持久的阴霾。即使跨过重重沟壑，飞身攀登到六千多尺的高处，又怎能消除我心中的垒郁？

妄拟白话散文几句，不知能否有几分接近。

钱先生诗《弃妇吟》

弃妇吟

落日秋风生，弃妇掩户泣。借问何缘由？呜咽为君说：

妾本良家子，钟爱如掌珠。三五戒嬉戏，六七诵诗书。

八岁习洒扫，九岁亲爨除。十岁学洗濯，十一当杯匙。

十二持刀剪，十三裁衣襦。十四妙刺绣，十五制锦绮。

家亦小富有，作苦为亲慈。女红有余暇，教之明伦彝。

婉嫕顺姑嫜，肃恭奉祭祠。上当媚夫君，下当抚童稚。

内以御僮奴，外以应宾师。恐复失人意，嗟跌长见嗤。

十六辞双亲，乘舆谒夫婿。夫婿盛意气，游学越重洋。

贤母未及为，良妻不堪当。结发未周年，捐弃守空房。

夫君未敢怨，惟有自嗟伤。昨夜大鼓吹，新人进华堂。

新人诚多美，旧人未可方。暗自弹泪珠，一一细较量。

旧人端容仪，新人波眇光；旧人大懿柔，新人有势强；

旧人闻客至，入厨作羹汤。新人闻客至，应接何辉煌。

按琴引清歌，妙舞散奇香。旧人守中馈，米盐与锜筐。

新人挟夫婿，倘佯入都场，千金选钻珠，百金拣衣裳。

旧人虽多情，出入难相将。未若新人乐，飞舞双翱翔。

寄语世间人，爱女莫漫浪！与其刻苦治家政，不如放任艳冶尽风狂！

以上是钱宾四先生 1922 年旧作，收入《钱宾四先生全集》之《素书楼余渖》之"诗联辑存"中。

诗中新人、旧人及夫君，未必确有其人，但是这种社会现象在当时应当是确有的，后来几十年，也有类似情形出现。当年是留洋以后"新人进华堂"，后来是渡江以后旧人"捐弃守空房"；再后来（近年）则是有钱以后"放任艳冶尽风狂"，狡兔可以有三窟、四窟，以至更多更多。

钱先生晚年有《中国家庭与民族文化》一文，收入《晚学盲言》中。说到"《诗》三百首，首《关雎》，为古代人类结婚典礼时所歌唱，可证中国古人认为人之男女婚配结为夫妇，其事当效法于鸽。至少夫妇一伦，乃向鸽学习，故诗人咏之如此。"又说道：

> 动物有雌雄，但不必有配偶。犬早与人为友，但无配偶。……鸡亦有雌雄，无配偶。禽中有鸽，虽不如鸡犬之日常与人相处，但亦易相近。鸽有配偶，成双成对，永不分离，亦不再有第三者介入。中国人认此等雌雄相处为性，鸡犬鸽皆有性，皆本于自然，而各不同。人为万物之灵，人性能观察，能比较，能选择，能学习。

晚年的这种观点，其实在《弃妇吟》中已见其端倪。古人向鸽学习，为什么有些今人又不向鸽学习了，甚至还又更退一步，退而学起鸡和犬。鸡犬鸽皆有性，皆本于自然。人亦有性，但与鸡犬应不相同。然而，"性相近，习相远"，相近的人性，乃有不同之表现。"古人认为人之男女婚配结为夫妇，其事当效法于鸽。"这句话要讲给今人听，有的会认同，有的就会嗤之以鼻，认为是不合时代潮流了。

贪官和富商如果"包二奶"，自己或者甘之若饴，有些地位与其相近的人或许会羡慕，但是社会舆论并不会支持他，而且法律也不会站在他一边。如果协议离婚，另觅新欢，则或因为法律允许，一般也就不大会受道德谴责了，即使受谴责，程度也会不很严重。有一句话说"不破不立"，但是事实却往往是破了传统造成真空：

> 但破旧易，开新难。求破中国三千年人伦旧统，其事恐亦不易。开辟新道义、新途径，其事恐更难，非咄嗟可冀，当待新圣人出。而今日国人又主张平等，互不相尊，新圣人恐难出现。本文仅阐旧统，于此亦不敢深言，希读者谅之。(同上引文《中国家庭与民族文化》)

这一段引文，好像显得钱先生也有点畏难，其实，钱先生不主张破中国三千年人伦传统，不主张人们互不相尊，所以只阐旧统，而对开新就不深言了。

这诗是1922年旧作。1922年上半年，钱先生正在无锡后宅当初级小学校长。过了暑假，转到无锡县立第一高等小学任教。到中秋节后，又转到厦门集美学校去，改教高中师范部国文科了。全集标明这诗作于是年十二月二十一，并列在闽南诗稿十一首中，则应是在厦门集美所作的了。古诗有《上山采蘼芜》，说的是新人取代了旧人；而本诗后半，好像是说旧人和新人共事一夫的样子，旧人刻苦治家政，不如新人的"放任艳冶尽风狂"。

全集出版说明里提到，这闽南诗稿十一首和另一组闽南白话诗，都是 1965 年，先生长子钱拙从大陆试寄信香港，才得"侥幸重见天日"。后来才能收入全集。

台北素书楼的书桌

　　台北士林路外双溪，有钱穆先生故居素书楼。其中书房，陈列保持着当年钱先生还在时的样子，书桌上文房四宝都在，就像还在等待主人前来使用。钱先生自1968年入住这里，并把这里命名为素书楼，直到1990年迁出，坐在这书桌前，看书、写字、写信、写文章……许多字迹还被人保存着，称为墨宝，许多书信、文章被编印成书，流传于世。

　　钱先生迁出，逝去。素书楼和书桌，也丧失了原来的功能，转换成故居、陈列品、纪念品了。从台湾，从大陆，从香港，从世界各地前来的参观者，看看这书桌，手指摸摸它，心里想着书桌的主人，想着他的著作……

　　关于这个书桌的来历，现在流传着两个版本的"历史传说"。

　　第一个说，1967年钱先生从香港移居台湾。在蒋介石先生的关心下，有关部门为钱先生修建宾馆。第二年落成，钱先生搬进来住。蒋先生为表示对学人的尊重和自己对先生的私人感情，乃将自己使用的书桌，派人送来，赠予钱先生。你若去到素书楼，仔细看看，就会发现这书桌制造之精良，规格之高上，而且上面还刻有"寿"字纹饰。

　　第二个传说，一直追溯到日据时代。那时日本天皇皇室要添家具，特命台湾"总督"在阿里山寻找上等木材，砍伐了千年神木，这些神木，民间是不准砍伐的。日本战败投降，大树砍下有未及运走的，而台湾回归，名贵木材也不舍得随便用。又过了几年，蒋先生从南京、奉化来到台北，有人就想到这神木，可以派上用处了。千年神木，木材致密坚硬，木工师傅也没有用这种木材做家具的经验，总之是加工不顺，后来就半途而废，没有做成，不知算一个半成品还是废品，就存在仓库里，一存又是好几年。直到素书楼宾馆落成使用，购置家具时，这个老书桌才"脱颖而出"，找到了主人，找到了它"用武之地"，二十多年伴随钱先生，可以说，贡献很大。

太仓名人陆世仪

1

陆世仪这位太仓人，出生在明万历三十九年（1611），到明末崇祯十七年（1644）（也就是明朝最后的那个甲申年）三十四岁的时候，他在给朋友的信里，写下这样一句话：

> 士君子处末世，时可为，道可行，则委身致命；盖天下所系者大，吾身所系者小。若时不可为，道不可行，则洁身去国，隐居谈道，以淑后学，以惠来兹；盖天下所系者大，而万世之系者尤大也。

也就是说，现在是应当隐居谈道，以淑后学的时候了。当年在苏州府学曾以"陈陆江盛"闻名的几位同乡、同学，如陈言夏、江药园、盛圣传等，也都赞同他的想法，就都开始隐居生活了。

其实，他们这种想法和生活，并不开始于清兵入关，甲申年以前就这样想、这样做了。有两首诗或许可以证明这一点。

《和圣传湛一亭》二律

之一

疏林落落竹森森，中有幽亭贮素琴。
凭槛小花供杂绮，隔溪高树散轻阴。
纵观万物皆生意，静对渊泉识道心。
一室自饶千古乐，不知人世有升沈。

之二

湛一亭前竹树森，主人终日自鸣琴。
清晨习静贪朝气，永夜焚膏惜寸阴。
水到渠成看道力，崖枯木落见天心。
此中旋转须教猛，不信神州竟陆沈。

圣传就是陆世仪桴亭的朋友盛圣传。湛一亭，不知是盛的居处还是陆的寓所。他们终日鸣琴，而夜里却是焚膏惜阴，等待着"水到渠成看道力，崖枯木落见天心"的那一天。

钱穆先生《理学六家诗钞》收入此二诗，为之按语曰："此二律成于崇祯十六年癸未（1643），桴亭三十三岁。明年甲申，即神州陆沉之岁也。"点明了二诗写作的时代背景。"桴亭"就是陆世仪在明亡以后避世隐居的地方，并以之自号。

癸未年写的是"不信神州竟陆沉"，甲申年陆沉的日子就真的来了。时不可为，道不可行，于是，他们就更决心洁身去国，隐居谈道，以淑后学，以惠来兹，并更认定这是万世之所系者的大事了。

2

陆先生居家的生活，从他留下的诗中可以了解一些。有一组诗《无陋居十咏》，又一组《桴亭八咏》，这无陋居和桴亭，都是他给自己居住之处起的室名雅号了。

第一组的诗序说：

> 予自丑寅间，知天下已乱，江南不能无事，即与友人辈历选山水，欲求避世，而不可得。至癸未，乃结茅于城之西北水村，将终身焉。乙酉夏，居村仅一二月，以土人乱，复入城，遂病不能去。今又历半岁，其间乱而定，定而复乱，态凡几变。以予所居甚僻，故戎马之迹亦不及。读书之暇，时与友人相过论诗。每每兴思山水，神情飞越，而困于力弱，不能自举。因喟然曰，孔子不云乎：君子居之，何陋之有？因名所居为无陋，示不必去。爰成十咏，聊以解嘲。

这是从明末到清初那段时间的事。

《桴亭八咏》那一组，也有序。

> 桴亭，予所居读书处也。世衰无徒，四方靡骋，聊乘此桴，当浮海尔。平居往还，惟石隐、寒溪、确庵数子，而石隐有《玉井轩八咏》，寒溪有《寒溪八咏》，确庵有《蔚村八咏》。人皆有诗，繁我独无。新岁无事，聊拈八题，以当语道，同志其属和焉。

这组诗比上一组要晚几年。十首和八首，一共十八首，下面我们挑几首读读。

《无陋居十咏》每一首首联都是"谁谓此间陋，彬彬君子居"，下面六句就是用来说明其"不陋"的。姑抄二首，以见一斑。

> 谁谓此间陋，彬彬君子居。
> 斯人皆可与，天地总吾庐。
> 道在乘桴乐，神全处困舒。
> 但教忠信得，宁复畏沧胥。

> 谁谓此间陋，彬彬君子居。
> 菊松三径满，安乐一窝余。
> 种菜常师圃，谈诗有启予。
> 黄虞今在否，巢许且疏狂。

其一提到了乘桴，就是《桴亭八咏》序中所说"聊乘此桴，当浮海尔"的意思，这个乘桴浮于海，自然是典出《论语·公冶长》"道不行，乘桴浮于海"，虽然天下已乱，但是，这无陋居，正是"桴亭"，有"斯人皆可与"，所以"但教忠信得，宁复畏沧胥"，的确是无陋之有。下面一首，列举了诸多先贤，更可证明何陋之有了。其他各首写出的不陋，还有很多，如"短榻遥期客，匡床独著书""无地不栽竹，有庐唯贮书""客来唯论道，独坐只看书""放志逃诗酒，全身学散樗"等。无陋居真可说是可以与陶渊明五柳居、邵康节安乐窝前后辉映，何陋之有了。

下面就是《桴亭八咏》，也不知是否还就在无陋居那个地方，或者就是那里的一间书房？这八咏都有题目，是小亭、危桥、清池、瘦石、老梅、古桂、修竹和新荷。其前二首：

小亭
> 玲珑四面八窗开，独坐孤亭绝点埃。
> 雪月风花供玩啸，帝皇王霸入铺排。

危桥
> 直木三株不用丁，到来一径造斯亭。
> 入门宾客休惊讶，朝夕侬家掉臂行。

看上去这桴亭就是一间书房一座小亭，无陋居则是说的整个住宅包括园亭在内了，那些清池、瘦石等，可以说是桴亭的附件，也可以说是无陋居的美景了。

顺治初年，世仪先生就隐居无陋居，后来在这桴楼读书、著书，一直到康熙十一年（1672）六十二岁去世。隐居避世，即使在明遗民中他也声光较暗，著作也流传不广。

他的诗里写到平日种菜、栽竹、鸣琴、论道、谈诗、饮酒、玩啸、看书、著书等。其所作诗和所著书，很多是流传到今的。和他同时代的朋友陈言夏，为他的诗集写序，其中有一句"桴亭之人，可自传其诗；桴亭之诗，可自传其人"。这句话应当是很高的评价吧。钱穆先生编集《理学六家诗钞》中之"桴亭诗钞"时，引用了这一句，并且说，"余钞桴亭诗，亦窃本言夏此旨"，就是说，是本着让后世读者读了他的诗，可以想见他的为人的原则，来抄录、选编他的诗的。

但是，他的学问，所谓"以淑后学，以惠来兹，万世之所系"的学问，却不是这些隐居之事与隐逸之诗，可以完全代替的。桴亭先生在明朝崇祯年间就开始写《思辨录》，一直写了多年，到他五十一岁时，得到毛如石帮助，才付梓出版。又过了许多年，到晚清光绪二十六年（1900），有同乡太仓人唐受祺刻印了陆的多种遗著，包括了这《思辨录》在内，共二十多种。钱穆先生说，盖在朱子后，善述朱者，无过此书。钱穆先生研究朱子，写完了《朱子新学案》，又续写了多篇朱子以后学者讨论朱子学问的述评文字，本拟编成一书《研朱余沈》的，后来没有编，而把各文编到《中国学术思想史论丛》中去了。其中就有《陆桴亭学述》一篇。就是认为其他人都没有这桴亭先生说得好（包括赞同处和认为未合处两方面）。这应该是一个很高的评价了吧。

3

人们都知道，钱穆先生在台北的居处叫素书楼。但是，他在香港的书斋叫桴楼，或许知道的人要少一些。在《钱宾四先生全集》中，有三篇文章，后面写着"桴楼闲话之一、之二、之三"，1966年冬先后发表在台北《"中央"日报》上。这段时间，钱先生的住处是在香港沙田乡间，是一座二层小楼，处在半山腰，从平地上去，要走一百多台阶。钱先生租住的是二楼。当年他住这里，有一年过年写的春联，也留在全集里了。

　　　　读画诵书但随一室　　白云沧海围绕四窗

　　写的就是这座桴楼的景色了。《师友杂忆》书中更有桴楼读书写作生活的具体记述，不过没有点名桴楼二字。

　　孔夫子说过"乘桴浮于海"，陆世仪先生把住处称为桴亭，钱先生又把书斋叫作桴楼。像是避世，实际是隐居谈道，以淑后学，以惠来兹。他们关心的，是比天下所系的国家大事更大的"万世所系"的大事。钱先生在桴楼所写的三篇桴楼闲话，就分别是《人之三品类》《身生活与心生活》《人学与心学》，后来都收入《人生十论》，还有《论语新解》这部大书，也是在这香港桴楼最后完成的。这些著作，可以说是"以淑后学，以惠来兹"了吧。

贾宝玉与程鹏举

这贾宝玉的知名度，比程鹏举要大得多。钱穆先生在《中国历史精神》一文中就有这样一句"人人知有贾宝玉，乃或不知有程鹏举"。这句话是在议论中西史学之异同时讲到的。西洋史学重事，中国史学重人。西方史学认为不是历史人物就不能写到历史中去，而中国史籍中却有很多西方所谓"非历史人物"的人，程鹏举就是一例。

贾宝玉是《红楼梦》中的文学人物，他以和黛玉、宝钗等人的爱情婚姻故事为人所知。程鹏举这人，《新元史》有载，记载的是他和妻子新婚几天后被迫分离三十年，而后破镜重圆的故事。同为婚姻爱情故事，或许以此而有可比性吧。

《新元史》是明朝人所写。在这以前，程鹏举的故事已先见于元陶宗仪《辍耕录》及明蒋一葵所辑《尧山堂外纪》，两书所载大致相同，不过《辍耕录》写的是程鹏举，《尧山堂外纪》写成程万里，而《新元史》中则又写成程鹏飞，姓名虽略有不同，其人其事则是大体相同的。程鹏举妻子的姓名，在《辍耕录》和《新元史》二书中都无记载，只说是宦家女。《尧山堂外纪》中则说是"统制白忠之女，名玉娘"。后来，在戏曲中却被写成韩玉娘。由于戏曲的流传，所以这"韩玉娘"就比"白玉娘"更为人所知了。当然，程鹏举、韩玉娘，要与贾宝玉、林黛玉比知名度，就又相差很多了。

程鹏举，南宋人，官家子弟。和大批平民一起，被北方金国掳去，沦落为张万户家家奴。万户见他有才，令其管家，并以同为掳来平民女子给他为妻。女子即玉娘，原来也是宦家女，新婚三日，就对程鹏举说："观君才貌，非在人后者，何不为逃亡计？"劝他逃离此地回到南宋去，可是，程鹏举怀疑，这会不会是张万户设下的圈套，来考验他的"忠诚"的。于是非但没有听她劝告，反把这事报告了万户。张万户把玉娘打了一顿，让他们打消这个念头。过了三天，玉娘又劝程："君若逃亡返宋，必可出人头地，否则终为人奴。"但是，程还是怀疑其中有诈，又把此事报告了主家。张万户这次不能容忍玉娘，而仍信任程鹏举，于是，让程"出妻"，并把玉娘卖给别家。

夫妻告别，此时，程才醒悟，知道玉娘对自己原来是一片真心，但是处于奴隶地位，两人也只好相对泣别。临别，两人互换了一只鞋，作为今后重新见面时的凭证。

程鹏举悔恨交加，终于决心逃离金国，回到南宋。逃回后以荫补得官，宋亡入元，程仍做官，做到陕西参政，程鹏举一直未婚。这时，已是夫妇分离后三十年了。战事已经平息，交通也顺畅。程鹏举就派人拿了三十年前那两只鞋，到北方原来的金国地界寻找玉娘。这位差人有幸找到已在尼庵修行多年的玉娘，取出鞋履为证，得以完成迎主母的重任。三十年前的新婚夫妇，终于破镜重圆。

五月二十日，电视台一位主持人讲那"五二零……我爱你"时，说"讲一万句我爱你，不如两个人在一起好好过"。这程鹏举和韩玉娘，没有说一万句我爱你，也没有能在一起好好过。但是，他们的故事却是感人至深，而且流传了千年。

钱穆先生在《中国历史精神》中讲到过他们，以后多年，在另一篇《略记中国历史人物之一例》中，又说到他们的故事，而且把他们和伯夷叔齐、介子推、程婴等人并举，说：

> 剧中此女固可贵，而中国社会之人人皆知敬爱此女，此一性情实更可贵，更可珍重。当时此女一人之心，实乃我中华民族五千年来世世人人之心，而此女得此心之同然。不仅此女一人如此，本篇上举诸人及中国全民族，大体心情实皆如此。我何以自识吾心？读吾民族历代之史传与历代文学作家之作品，时时处处，实可自获吾心矣。

《略记中国历史人物之一例》说是一例，其实讲了很多例。颜渊说："舜何人也，予何人也，有为者亦若是。"我们也可以说，程鹏举韩玉娘何人也，有为者亦若是。这就是自信，民族自信，或许也可以说是文化自信。钱先生说："吾中华民族将来之得久，当唯此一道可循。而惜乎今国人乃并此而不之知，亦不之信。"他这句话就不单是指婚姻情爱，不单是在说程鹏举韩玉娘，而是兼及上面说到的舜、伯夷叔齐、介之推等人物了。

　　贾宝玉、林黛玉、薛宝钗的爱情婚姻故事，乃近代小说之情节。而程鹏举、韩玉娘的婚姻爱情故事，乃更近"中国历史"，更传统，更有意义。即使是现代，1949 年那时，也有许多夫妻离散，甚至超过三十年，以后或抱憾终生，或悲欢离合，或破镜重圆，有许多其实是可以而且应该写进历史的！

为政与修己

　　1945年，钱宾四先生在商务印书馆出版了《政学私言》一书。此书出版正当抗战胜利，国共和谈，政治协商之际。梁漱溟先生读了这书，对钱先生说，这些文章正像是为政治协商会议建言的呀。而钱先生以为不然，他说："书生论政，仅负言责。若求必从，则舍己田，耘人田，必两失之。"梁先生则以"男大当婚女大当嫁"为喻，说当前国共两党对峙，非为结合，他日国事复何可望，所以政治协商会议十分重要。钱先生说：

　　　　君言固是，亦须有缘。君其为父母之命乎，抑媒妁之言乎？今方盛倡恋爱自由，君何不知。

　　梁先生则说："知其不可而为之，今大任所在，我亦何辞。"二人谈话终于"不终了而散"。

　　这"舍己田耘人田"的说法，似乎与顾炎武先生当年所说"国家兴亡，肉食者谋之"相似。钱先生写《师友杂忆》，回忆了当年的这一段谈话。又过了许多年，钱先生新著《晚学盲言》，其中有一篇《为政与修己》，似乎也和这次谈话谈及的问题有关。文章说：

　　　　自个人言，有生必有死。自大群言，有治必有乱。惟虽有死，仍能生生不息；虽有乱，仍能治道常兴。则人生与宇宙同其悠久，而可日臻于广大与高明。中国传统文化即具此理想，而一部中国史，亦即可为之证。

　　关于个人的修己和为政，钱先生列举历史人物为例说明之。说诸葛亮高卧隆中，于乱世中保全性命，这就是孔子、庄周的"修己之教"。若乱世中人人皆知如此，皆能行此修己之教，则世乱亦可渐渐归于治平。然而后来，

　　　　诸葛终许先帝以驰驱，鞠躬尽瘁，死而后已，则所修于己者，终

以施之于为政。其他如曹孟德、司马仲达，皆以为政害其修己，而世乱乃不可救。

这是对于三国之时诸葛亮、曹操、司马懿三人在"为政与修己"方面的评论。讲的虽是历史，而正有温故可以知新的意思在内。

"道统尊于治统，而修己先于为政。作之君，作之师，唯当于此求之。"这两句或许就是《为政与修己》文章的一个结论吧。

龚定庵的一篇妙文

说到龚自珍，人们想到的往往是"九州生气恃风雷"或者《病梅馆记》，不大知道这里所说的这一篇文章。是钱穆先生在《中国近三百年学术史》"龚定庵"一章中，提到的《杭大宗逸事状》一文，称其为"一篇妙文"，并评曰"其文绝冷隽，如泣如诉，极凄婉之致"。钱先生书中，引录如下：

> 乾隆癸未岁，杭州杭大宗以翰林保举御史，例试保和殿。大宗下笔为五千言，其一条云："我朝统一久矣，朝廷用人，宜泯满汉之见。"是日旨交刑部，部议拟死，上博询廷臣，……上意解，赦归里。
>
> 乙酉岁，纯皇帝南巡，大宗迎驾。召见，问："汝何以为活？"对曰："臣世骏开旧货摊。"上曰："何谓开旧货摊？"对曰："买破铜烂铁，陈于地卖之。"上大笑，手书"买卖破铜烂铁"六大字赐之。癸巳岁，纯皇帝南巡，大宗迎驾。名上，上顾左右曰："杭世骏尚未死么？"大宗返舍，是夕卒。

"我朝统一久矣，朝廷用人，宜泯满汉之见。"由此引出的故事，钱先生说，它可以证明龚定庵所说"本朝纠虔士大夫甚密"非虚语；从中又可以看出，"以若是之朝廷，士大夫出而仕，奈何开口言政事？更奈何言气节廉耻？又奈何言人才？"

以上内容，可以说是从所谓"思想性"来评判的，而"其文绝冷隽，如泣如诉，极凄婉之致"，则应该说是从"艺术性"来肯定的了。所以，无论从哪方面看，这《杭大宗逸事状》都是一篇好文章了。

但是，文章也有缺点。钱先生指出，第一句"乾隆癸未岁"就是错的，应是"乾隆八年癸亥"。还有最后"癸巳"，也没有乾隆南巡的事，所以"返舍是夕卒"当也是误传误记。因为《汪涤源杂记》一书有记述说，乾隆是乙酉年南巡，皇帝问杭世骏，你改过吗？杭回答，我老了不能改了。皇帝又说，老了为什么不死？杭答："臣尚要歌咏太平。"皇帝只好笑笑。

记事有误，是否影响文章的质量？这或许正如九方皋相马，虽忘了马的颜色与性别，却准确地抓住了它的特征——"日行千里"一样吧。

龚自珍另有一篇文章，曰《宾宾》，其中说：

> 祖宗之兵谋，有不尽欲宾知者矣；燕私之禄，有不尽欲与宾共者矣；宿卫之武勇，有不欲受宾之节制者矣；一姓之家法，有不欲受宾之论议者矣。

用现代语来说，这"四不愿"大致就是：祖宗建国的军机大略，不愿让你们知道；皇亲国戚的优厚待遇，不想让你们分享；军队和警察的部队，不想受你们的节制；皇家的制度体制，不想让你们去议论。这里所说的你们（宾），在清朝，龚自珍指的就是汉族人、汉族官员。

以上杭世骏所说"朝廷用人，宜泯满汉之见"，正属于皇帝所谓"不欲受宾之论议者"范围之内，所以，招来屈辱和危殆也是自然的了。

竟可不看的名著

司马光《资治通鉴》之后，朱熹写了《通鉴纲目》，袁枢编了《通鉴纪事本末》。这几部书，都是一千年来的历史名著，钱宾四先生《中国史学名著》中，也都有专章介绍评说它们。

介绍一部名著，好像一般应当说这部书怎样有名，怎样怎样好，了不起；然后，适当地讲几句不足之处，就好了。但是，钱先生在《中国史学名著》之中"朱子通鉴纲目与袁枢通鉴纪事本末"一章中，对于《通鉴纪事本末》的评价是"通鉴纪事本末似乎也是一部特创书，而实是要不得，诸位治史，纪事本末竟可不看"。除了"是特创书"一语，简直是全盘否定，一无是处了。

所谓"特创"，是指对于历史书写作体裁的创新，以前有编年体、纪传体，袁枢的纪事本末，既非编年，又不是纪传。清代《四库全书提要》就说：

> 纪传之法，一事而复见数篇，宾主莫辨。编年之法，一事而隔越数卷，首尾难稽。编年、纪传贯通为一，实前古所未见。

这是对"纪事本末"体裁创新之功的肯定。

但是，宋朝时候，朱熹看了这书，就批评说，这袁枢的《通鉴纪事本末》是"错综温公之书，乃《国语》之流"。这《国语》中许多部分，如"晋文公流亡""夫差勾践吴越相争"等，都不是编年，也不是纪传，只是记事（从头记到末）。可见此例也自有《国语》等著作的先河存在，钱先生说"似乎是独创书"，或者也可看作对《四库全书提要》那句话的纠正或批评了。

虽然是有所继承，"似乎是独创书"，但这毕竟不能算书的缺点，为什么钱先生提出"竟可不看"呢？他说，这书"重变不重常，重外不重内。并亦没有制度，没有人物"。又说，章学诚早就议论过这书，他在《文史通义》中说，纪事本末这种体裁，一件事写一篇，若不"深知古今大体、天下经纶"，就不能写好。但是，袁枢其实没有这样的水平，所以，这书后来就被人视为杂史，"自属纂录之家，便观览耳"，评价是不高的。

为了说明"竟可不看"的理由，钱先生以秦汉两朝为例（钱先生举的不止这两朝，本文姑只讲此二朝的部分内容）阐释。袁书第一卷在"三家分晋"之下，列"秦并六国""豪杰亡秦"两篇。写了这样三件事的本末，就勾勒了整个战国时代和秦朝，这时期其他重要的事，就都没有写了。

> 把该重视的放轻，把可轻视的放重，这是一大颠倒……我们读此书，便会给他书中所定题目引起了我们一个不正确的历史观，把历史真看成一部"相斫书"。

对于汉朝史事的处理，也是这样。汉初的"萧规曹随""无为之治""独尊儒术"等都没有专门记，"有的只随便一提，有的连提也没提"。宣帝、元帝朝的中兴治绩没有记，倒是有一题"成帝荒淫"，记成帝的荒淫。至于东汉，汉光武帝打这里、打那里，记了好几个题目，但是此后光武、明帝、章帝之治就没有写，只见有宦官、朋党、董卓、袁绍等篡乱，"东汉许多名士，他书里反而没有"。"读他书的目录和标题，便知他实在完全不懂历史，不懂得历史里的许多事"。因为：

> 所谓的历史，并不是只有动和变和乱才算是事，在安定常态之下，更有历史大事。

钱先生还把自己的著作《秦汉史》和《纪事本末》比较：说"袁枢不写的我写了，我写的袁枢不写"。

后来还有《元史纪事本末》《明史纪事本末》，钱先生说"看他书中题目，是不是较袁书进步了些？是不是还不够我此讲之标准？"这个设问，书中没有回答。

联想到近年多见的一些讲历史的书，还有一些电视、讲坛讲的历史，虽然没有用"纪事本末"的题目。猜想也有不少使用了这种体裁，只能算是章学诚所说的"杂史"，"纂录之家，便观览耳"，也有"把该重视的放轻，把可轻视的放重，这是一大颠倒"的毛病，有会让读者引起不正确的历史观的危险。这里只是根据我自己有限的见闻事推测，但愿言之不中。

读书的多与精

从图书馆借了一本《国学大师告诉我们的人生心得》，其中谈到读书问题时介绍了王国维、蔡元培、陈寅恪、刘半农、张岱年、钱穆六位先生的"心得"。有一条"书不在多而在于精"，归在钱先生名下，但是看下来，只是说"钱先生读书不求多而求精，他小时候便从金圣叹批注的《水浒传》中悟出读书窍门，无往不胜。因此虽然他读书不一定比其他人多，但是做学问确是高屋建瓴……"等，以下就都是这书编著者的旁征博引和"点拨"了。而所征引的却并无出自钱先生著作中的任何内容。这"书不在多而在于精"，真是钱先生告诉我们的"心得"吗？

钱先生有一种著作《学龠》，其中有《朱子读书法》一篇长文，在这书《序目》中，就也说到朱子读书法，对于朱熹表示了"高山仰止，景行行止，虽不能至，心向往之。管窥蠡测，所不敢辞"的景仰之情。可见，他是很重视朱子所说的话的。那篇长文中逐段引录了许多朱夫子的原话，然后，以"今按"的方式，写出钱先生自己的心得体会和为后学所作的提示等。其中关乎这读书的多与精，朱子的语录有：

> 近日看得读书别无他法，只是除却自家私意，而逐字逐句只依圣贤所说，白直晓会，不敢妄乱添一句闲杂言语，则久久自然有得。
>
> 读书不贵多，只贵熟。
>
> 泛观博取，不若熟读而精思。
>
> 读书不要贪多，常使自家力量有余。须看得一书彻了，方再看一书。

这些，确是说的"贵乎精"，但无论朱子还是钱先生，同时也有另一方面的论述：

> 大抵今人读书不广，索理未精，乃不能致疑，而先务立说，此所以徒劳苦而少进益也。学者须是多读书，使互相发明，事事穷到极

致处。

钱先生对之有一段"今按":

> 朱子教人读书不贵多,却又怪人读书不广,朱子教人读书须白直晓会,却又怪人索理未精。此等处,大可深味。是亦朱子语之罅缝处,读者正贵由此生疑,由此透入。

> 上引诸条,可谓是朱子教人读书之第三步。学者至此,读书广,索理精,殆已达于成学之阶段矣。

从以上朱子的话和钱先生的按语看,如果说,钱先生告诉我们他的读书心得,那是绝对不会只说"书不在多而在于精"这样一句,而是由精读到博览,循序渐进,让你注意书中之"罅缝处","由此生疑,由此透入",多读书,使互相发明,事事穷到极致处的,而渐渐"达于成学之阶段"。

读一点唐诗

1971 年的一天，钱宾四先生从台湾到香港，应邀在新亚书院作了一次学术讲演，题为"事业和性情"，这篇讲稿，后来收入《中国文化丛谈》一书，作为关于"士与文化"一组文章中的一篇。

在这个讲演里，钱先生建议听讲者，读一些文艺，读一些唐诗。他说：

> 我只希望诸位每一个人能有一些文学修养。我劝诸位读一部《诗经》，读一部《陶渊明诗》。诸位一读此等，自会感觉自己人生前面有一条路，可由你向前。那时你就会觉得人生是一件大事该要学。不要说学不会，至少在你便会有了一个好学之心。《诗经》三百首或许难读，但陶诗易读。即使读《唐诗三百首》也好。这并不是要你们去做一诗家。不必讲平平仄仄，也不必讲究做诗的一切理论。只要从此懂得中国人生的一些淡与静，深与平。这样或许对诸位将来有一些无用之用。

> 在我是出于一片诚心一番真意，望诸位要能慢慢地拿我这些话，存在心中作参考。

这里提到《诗经》《陶渊明诗》《唐诗三百首》三部书。看看今天的中国，大概这在中小学阶段在课内课外或许会接触到，一般大学生或者职业青年，他们自有自己爱读的东西，不大会有许多人去读这三种诗集了吧。

一些畅销的小说，掘墓的、穿越的、宫斗的、魔幻的，哈利波特、韩流等，这些读物和陶渊明诗等有何不同？钱先生劝人读陶诗，因为其中有生活，你可以读到古人生活的平、淡、深、静，可以尚友古人，可以有一个好学之心。而现在流行的一些，由作者们的灵感、虚构、模仿甚至抄袭而成的作品，虽然一时风行，洛阳纸贵，可是带给读者的或许正是这平淡深静的反面。真是背道而驰了。

就在此 1971 年，钱先生在台湾，也有一个"学术与人才"的讲演。他又提出，这学问有博士之学和士大夫之学两种。现在大学里学的，可说是博士之学，以厕身学术圈为目的。而士大夫之学，则讲究达则兼济天下，穷则独善其身，重在自己的修养。于是，又讲到了读诗的事。

> 博士之学的对象是学问，士大夫之学的对象并不如此，是学在社会上怎样做一个人，对社会有什么贡献……讲文学，我们有经史子集四部。书分四部，学问并没有分四部。比如我们读陶渊明的诗，读杜工部的诗。陶渊明的生活比起我们今日来，或许更困苦；杜工部所处的时代，比我们也更为颠沛流离一些。如果我们多读陶诗杜诗，对我们个人德性的修养，以及人格的提高，我想会有很大的帮助。我们读韩愈、欧阳修的文章，同样对自己有帮助。

有一句老话叫开卷有益，开什么卷，是大有讲究的。钱先生这里说，读陶诗杜诗，读韩愈欧阳修会有益。有何益？"对我们个人德性的修养，以及人格的提高，我想会有很大的帮助。"这就不是读那些掘墓、宫斗、穿越、模仿、抄袭而成的作品等，所能收到的"有益"了。

钱先生"学术与人才"又讲道，我不是来提倡旧文学，希望大家做陶渊明杜工部韩愈欧阳修，我的意思是我们读读旧文学的书，应该从旧文学中产生出新文学。新文学要创造，怎样创造呢？就是在旧文学中创造出来。

"诸位倘使读书，不一定要读陶渊明杜甫，也可以读李白白乐天，也可以读苏东坡陆放翁。"又说，"与其读歌德莎士比亚，不如读韩愈杜甫。因为他们是中国人，是我们的文学，我们的传统。"

这"学术与人才"讲演的听讲人，是台湾"国军文艺工作队"，后又刊载在《青年战士报》。所以，演讲中提到"各位都是中年人，都有职务在身，要想像大学的博士班那样研究文学，没有这个精力与时间，也没有这个需要。我们读旧文学，是一种享受，一种消遣，自然而然会使我们提高境界"。又说到孔夫子十五而志于学，三十而立，四十而不惑。我们如果起步迟一点，三十而志于学，四十而立，五十而不惑，也不为迟。

> 不要一辈子做一个哲学家，或者文学家、史学家，那与社会隔得

太远了。我们中国人的学者，称为士大夫，在家庭社会国家里面亲亲切切，学用一致，这就是我们中国人的理想的人文学者。

以上两个讲演，几十年前，对香港台湾的大学生、"国军文艺工作队"讲的。对于几十年后的今天社会，我想还是可以有参考价值的吧。

曾文正公家训

钱穆先生《人生十论》自序中，讲到《曾文正公家训》和《家书》，说还是他十几岁在常州中学读书的时候，在同学那里看到一本《曾文正公家训》，感到十分喜爱。第二天一早，就去书店买来一部多册的带"家书"的《曾文正公家训》。以后读书的好习惯，如读书要有恒，从头到尾读，不要随意翻阅，不要半途而止等，也都是从这书里学来的。读这样的书，感到很亲切有味，并且由此入门，读书日多，日渐获益，日渐跑进学问中去。又说，后来自己到中学、大学教书，学生要问读书法，也介绍《曾文正公家训》《论语》等有关人生教训的书，但是往往得不到学生的认可。有的听见孔子，听见曾国藩就扫兴了，有的虽拿来翻翻看看，也就放下了。

《人生十论》是1955年在香港出版的。自序中写到的向学生介绍《曾文正公家训》，看样子还是民国年间在大陆的事。后来曾国藩被定义为镇压太平天国的刽子手，又是清朝皇帝的鹰犬，其家训家书也就在大陆绝版，而且不见于各级学校和公共图书馆了。

既称"家训""家书"，自然是以"修身、齐家"为主要内容了。略举一二以见一斑。

> 诸弟在家，总宜教子侄守勤敬。吾在外既有权势，则家中子侄最易流于骄，流于佚。二字者，败家之道也，万望诸弟刻刻留心，勿使后辈近于此二字，至要至要。（咸丰四年九月十三日，致诸弟）

> 尔幸托祖父余荫，衣食丰适，宽然无虑，遂尔酣豢佚乐，不复以读书立身为事。古人云，劳则善心生，佚则淫心生；孟子曰，生于忧患，死于安乐。吾忧尔之过于佚也。（咸丰六年十月初二日，谕纪泽）

上面说的是修身（读书），这里两条是说齐家（二信相差二年，而内容如出一辙）。"家训""家书"之有益人生，于此可见一斑矣。

君子之德风

范文正公写《严子陵先生祠堂记》时，先写了"先生之德，山高水长"，后改成"先生之风，山高水长"，这则佳话是早就知道的。人们往往以此例说明先贤对文字之不苟及精益求精。令后人叹服。

"德"字和"风"字，究竟有何区别？孔夫子说过："君子之德风，小人之德草，草上之风必偃。"君子之德，就像风那样。那"德"字改为"风"字，究竟又精在何处？

钱宾四先生《中国历史研究法》书中，有一章"如何研究历史人物"，其中也讲到这个问题。他说："在严子陵本人当时，只是抱此德，但经历久远，此德却展衍成风。故说……德字不如改为风字，更见深意。"德，本来是个人之德，在社会上、历史上展衍成风，就是巨大的精神力量，所谓"草上之风，必偃"，影响大了。《孟子》书上有讲："圣人百世之师也。伯夷、柳下惠是也。故闻伯夷之风者，顽夫廉，懦夫有立志。闻柳下惠之风者，鄙夫宽，薄夫敦。"所谓的移风易俗，就是圣人贤人之功了。

钱先生又说：为什么《孟子》只说伯夷之风、柳下惠之风，不说当时同时代的高官伊尹之风呢？"在事功上有了表现的人，反而对后世的风力少劲。因事功总不免要掺杂进时代、地位、机缘、遭遇种种条件，故而事功总不免滞在实境中，反而无风，也不能成为风。"

西汉之末，刘秀和严光是朋友。后来刘秀成为光武帝，严光还是老百姓，他改变姓名，当隐士。光武帝全国搜索，从齐地找到了他。"三请"而后至，共卧一晚而仍拒官，回到富春山中隐居，八十多岁而终。光武帝的事功，记载在历史上。而严子陵的德风，则流传在士大夫中，一百年，一千年，并影响到整个社会。故曰"先生之风，山高水长"。其中盖有深意存焉。

今人若把事业有成，功成名就，有钱有地位的人称为"成功人士"，而忽视那些伯夷、柳下惠、严光一类人物，则对社会风气，影响是不好的。

范文正公还有一联诗："劲草不为风偃去，孤桐何意凤飞来"。这里的"风"和"草"，就不是上面所引君子之德风小人之德草句里的风和草。草是劲草，是有原则的草，范文正公自许；而风是指那种世风，不好的风。所以，不是草上之风必偃而是劲草不为风偃去了。

范文正公诗中的劲草和孤桐，都有一种君子的风格，所以也很受后人称赞。钱宾四先生就很喜欢这两句，并曾几次书写（或是送人），至今他所手书墨迹，还有收藏或复制在台北、无锡的钱先生故居，作为纪念品。包括工艺品、日用品也用上了钱先生手书笔迹"劲草"字样。这"劲草"之风，自然也是君子之风，可以山高水长的了。

一大抉择——事业和性情

钱穆先生《人生十论》书中，说："可知人生当有一大抉择，究当看重事业，抑当看重性情？究应在共见处与人相争，抑在独知处自求多福？"好像给我们留了两道选择题。其句首"可知"二字，等于告诉我们说，究竟该选择什么，读了这书就可知道了。

要选择，先要明确这事业和性情两项的具体所指。事业，好像是很熟知的。教育事业、国防事业、事业精神、创业等都是常见的名词、词组，又好像都能和伟大、光荣联系得上。只是"性情"这个词虽常见，好像意思和性格差不多。但是，性格却不可能和事业并论而作为选择项。所以，这里的"性情"，看来就不能用性格来解释了。

不容易找到确切的解释，我找到了一个具体的事例。

钱穆先生在一篇文章《述清初诸儒之学风》中，列举、称述了明末清初六七位大儒，认为他们"心思气力，莫不一注于学问，以为守先待后之想。而其行己持躬，刻苦卓励，坚贞不拔之概，尤足为百世之仰慕"。在细述了他们的生活、性情、为学、治生等各方面的表现后，归纳说："此六七君子者，其生平大节，略具如是。"可见，他是把"性情"作为"生平大节"的四个方面之一来谈论的。因此它是足以与事业并论，而作为人生的一个重要选项了。

下面我们来看钱先生描述的清初君子们的性情包括哪些具体内容。

> 至言其性情，则此六七君子者，皆至诚恻怛、忠孝节义之人也。梨洲早岁，袖椎复仇。亭林守遗命，不事二姓。船山引刀自刺肢体，投贼救父。夏峰慷慨急难，有范阳三烈之称。而庐墓六年，不饮酒，不食肉，先后如一日，此岂志行薄弱者所能强伪？二曲养母终年，遂至襄阳觅父遗骨。习斋年五十走辽东，卒得父墓，皆哭泣如初丧，归而终三年之礼，哀感动天地，非孟子所谓大孝终身慕者耶！

以上就是他们几个人的性情。性情就是品格，就是修养，就是精神。或许可以这样理解吧!

应当重事业，还是应当重性情?《人生十论》中更有详细论述。这里只是举了一个具体的历史人物的评论实例，来说明性情指的是什么。

鸡蛋和母鸡

钱钟书先生写了《围城》，有读者就希望看看作者是怎样一个人。钱先生说，一个人吃了个鸡蛋觉得好，有必要非得去看看那母鸡是什么样吗？意思是说，你看你的小说，不必去看小说家的。

钱宾四先生讲《中国史学名著》之《汉书》这篇里，讲道：

> 我们批评《汉书》内容，同时就该批评到班固这个人。书的背后必该有人，读其书不问其书作者之为人，决非善读书者。诸位不要认为书写出便是。如他写了一部历史书，他便是个史学家，此固不错。但我们也得反过来看，因他是个史学家，才能写出一部历史。而且我们也不要认为每一作者之能事，尽只在他写的书上。孔子之为人，不能说专在写《春秋》。周公之为人，也不能说专在《西周书》里几篇与他有关的文章上。司马迁写下了一部《史记》，但尽有许多其他方面的，在《史记》里不能写进去。我们要根据《史记》来了解司马迁一个活活的人，若我们只读《史记》而不问司马迁其人，即是忽略了《史记》精神之某一方面，或许是很重要的一方面。

钟书先生和宾四先生说的都是书和作者关系的问题，好像说法很不相同。或者说，只管读书，何必去找作者；或者说，只读书而不问作者，就会忽略了这书精神之某一方面。是不是因为一个说的是小说，一个说的是历史书，所以说法不一呢？大概是的吧。

鸡蛋和母鸡之二

前写《鸡蛋和母鸡》一文，提出一个猜想：或许钟书先生"不问母鸡"，是说的文学作品，而宾四先生"必问作者"是讲历史著作吧。近读《晚学盲言》，发现宾四先生自己对此有一答案，我写的猜想并不正确。

> 嗣余又论及文学，谓西方重作品，可不问其作者。如莎士比亚，至今其人尚在不明不详之列，而其作品则脍炙人口。中国则唯元明以下剧曲小说之作者，如关汉卿、施耐庵乃至曹雪芹，亦可不问其人之详而仅读其作品，一如西方之例，而文学正宗，则不在此。如屈原与宋玉，陶潜与谢灵运，作品高下，定于作者。西方有了作品，即成为一作家。中国则先有作者，乃始有其作品。李杜韩柳苏黄，皆无逃此例。（《晚学盲言·人物与事业》）

这里"亦可不问其人之详而仅读其作品"，乃全同于钟书先生的"读了作品喜欢，不必去问母鸡"（非原文字句）。原来这是"一如西方之例"。上次我的猜想是不正确的了。

宾四先生此文中，又有一段论及《红楼梦》，论及曹雪芹的，也是谈的东西文化差别。附抄于此。

> 晚清王国维谓西方文学尤擅悲剧，曹雪芹《红楼梦》得其近似。此下竟尚西化，蔚成红学，至今犹然。惟曹雪芹决非教人学贾宝玉林黛玉，并谓大观园唯门前一对石狮尚保得干净。曹雪芹意，乃教人勿做大观园中人。《红楼梦》虽非中国文学正品，亦尚未脱传统，文学即人生，人生即文学。作家作品融化合一，与西方文学之仅作客观描述者大不同。而中国人生中亦尽多悲剧，如前述伯夷屈原项羽田横，岂不俱是悲剧人物。唯西方悲剧多捏造无收场，而中国悲剧则真人真事，并有完好流传。乃可喜非可悲。中西悲剧不同，亦即文化不同。今人乃多嗤中国人好做团圆想，认为乃文学卑品。夫妇好合乃为不可贵之收场。反之人情，岂果如是？

家训、家教和家风

家训，一般有书面定本，或几句格言警句，或一篇长文，甚至简直成为一整本书。家教是家庭——主要由父母教育所形成的一种教养，例如我们说，这孩子有家教，主要表现在家庭年轻一代身上。而家风，则体现在一个家庭所有人——几代人身上，代代相传，或许是不立文字，与家训有别在此。

女儿四十多快五十岁了，在美国纽约大学教数学。前不久，在微信朋友圈发了一篇《感恩节 2016（2）：11/24 感恩和大餐》，其中"感恩"部分，大致如下：

感恩节虽然吃是大事，但重要的还是要感恩。最感恩的当然是我的爸爸妈妈，和所有亲戚长辈。每个人做人的根本大概都来自父母和家庭，我甚至觉得性格脾气态度也是。从小大家和小家的亲爱和谐，父母长辈的言传身教和对我们孩子们的自由宽容宠爱，所有这些，都给我一个最健康快乐美好的童年和少年，所有这些，让我很自然地能乐观平和从容地长大，面对生活。我爸自然还给了我对书的热爱，小时候博览群书尤其中外文学。即使现在很堕落一年看不了几本书了，但我还是很感恩曾经有过那些书和那些故事。不爱文学的成长我无法想象。因为大家的好氛围，我们后辈兄弟姐妹，堂表兄弟姐妹，也有很多的亲爱，才有现在的欢聚。真好。

我也很感恩我的孩子们。我自己有最好的父母，那份感恩其实是很实在的感激父母。现在看孩子们，基本上可以说健康快乐好学，善良幽默懂事，而且绝对是 low maintenance，我只有很老实地向未知感恩了。感恩节这几天，三个大孩子，牧野多多一文，每天都去前院后院干活，把无穷多的树叶都扫干净了。多多一家走了后的周日早晨，一文去朋友家打牌，一无在家无聊，忽然说，我也去帮你扫树叶。真的都是一帮特别乖的孩子！感恩节后的周五下午，午饭后，我们扣住牧野多多一文三个大孩子，端坐餐桌，大人们喝着小酒，把他们作为中心胡乱聊天，学校朋友女朋友，一半认真一半调侃一半刺探，有趣得很，真的有孩子大了，可以聊天了的感觉。当然一文和他们两个比，还是幼稚很多，但也是日渐靠谱。孩子们离完美甚远，但足够让我看他们都心存感恩、面带笑意。

　　还要感恩朋友们。远到三十年的老朋友，近到身边的新朋友。老朋友虽然未必常有联系，但随时可以秒杀时间、空间地交流。新朋友其实也未必很新，这个小镇一住已经十一年了。我对小镇生活很慢热，这些年终于慢慢有了不同的朋友圈：有两代人大朋友小朋友都志趣相投可以一起玩的，有主要与大人交流吃喝的，有主要和大儿子有关的，主要和小儿子有关的，哈哈，反正开心热闹不断。这次感恩节正日就是在朋友家过的。一请可是八个人哦！必须献花感谢！

　　其题目是感恩，内容则或许正体现了上面所说的家教家风。其中写到的三个大孩子，牧野是博士生（大女儿的儿子），多多、一文是中学生，都是堂表兄弟，分属三个小家庭，或说是同一位祖父的孙子。一无是一文的弟弟，小学生，这一文一无就是女儿的大儿子、小儿子了。

荡口古镇花影桥

钱穆先生童年，随父母从七房桥搬到荡口古镇。他年幼爱读书，能读《三国演义》，从头读到尾，还能背。有一次，他随父亲到街上鸦片馆，那儿有些烟客，听说这个小孩会背书，就要求他当众背诵（那时，馆中客人约有十多人），并且指定了背"诸葛亮舌战群儒"这一段。童年钱先生面无惧色，当即开背，而且带表演。一会儿站这边背诸葛亮的话，一会儿又到另一边背张昭、陆逊他们的话。从头到尾，一大段背完，受到众人的称赞。童年钱先生这时或许有点喜形于色了吧。当时钱先生的父亲也没有说什么，再过一会儿，就带他回家了。

第二天，钱先生父亲上鸦片馆时，仍然带着童年钱先生同去。从家里走去，要经过一座桥。在桥上，父亲就问儿子："桥字会写吗?"童年钱先生说"会写"，父亲又问："如果把桥字的木旁换成马旁，就成什么字了?"答曰："骄傲的骄。"父亲又问："你昨天在那边有没有一点这个骄字?"童年钱先生忽闻此语，低下头，不说话了。再走一段路，就到了鸦片馆。馆中各客，见童年钱先生又来，乃又出题，要他背诸葛亮骂死王朗一段。童年钱先生这次没有背，也没有说什么。众客见他不安的样子，也不相强。这次以后，童年钱先生也不再去那里玩了。

钱先生父亲早逝，四十一岁就去世了。当时少年钱先生还在小学读书，只十二岁。以后读中学，教小学，教中学，教大学，直到八十岁时，钱先生在台湾，写《八十忆双亲》一书，记载了不少童年时在荡口的事。说"先父每晚必到街口一鸦片馆，镇中有事，多在鸦片馆解决，一夕，杨四宝挈余同去，先父亦不禁……"（杨四宝是钱先生父亲的"侍从"）

近年，荡口古镇建设，当地乡土文史达人华先生根据《八十忆双亲》所记述钱家迁居的情况，"在大场上之北另一街，一大楼，已旧，北向，余家居之。"找到了钱先生童年时住过的地方。所谓的"一大楼"，其实只是两层三开间而已。《八十忆双亲》说："余兄弟遂不上塾，余竟日阅读小说，常藏身院中一大石堆后，背墙而坐，天色暗，又每爬上屋顶读之……"这"院中"大石堆已经没有，而有一排不知什么时候建起的平房。当年钱家旧居"一大楼"房子，虽经过一百年，现在仍存（过去做过茶馆书场），不过有点破败，这次修好了，而且挂牌，开放，供人参观。成为古镇游的一个景点（旧居楼上，还陈列着一幅童年钱先生院中读书的图画）。

华先生见告，这旧居，和书上的记述完全相符，只是鸦片馆现已不存，就是前几年拆掉的。原址其实就在这旧居北面不远处，隔一条河，当年河上只有一座桥。所以，当年去鸦片馆，从家里向北出门，须左拐，一二百米就到那桥，右转上桥，下桥后继续右转，也是一二百米，就到鸦片馆了。当年钱先生随父亲过桥，讲"桥"字、"骄"字的这桥，一百多年了，仍在河上。古镇地图上，标示为"花影桥"，很艺术的一个名字。

游人参观钱先生旧居，现在门口不远处就有一桥（当年是没有的，所以必经那花影桥），在那桥上就可以看到花影桥。童年钱先生住在这旧居，走过那老桥，接受父亲的教诲。那是钱先生九岁时候的事，也就是一百多年前的事了。如果这花影桥，能够以当年在此的一段故事命名，例如叫作"教子桥"或者"去骄桥"等，虽然不如花影桥桥名之有文采，但是有故事，有"人文因素"，或许不无可取吧。

一日为师

有一句老话"一日为师，终生为父"，这句话现在或许已经过时了。不过，看一些知名人物的传记作品，他们回忆往事时，往往会提及当年的老师，会认为老师对自己一生的影响是巨大的。因此，想把这句老话改为"一日为师，终生××"，作为做教师的座右铭，作自勉用。但是，这两个字还没有想定，先看事例吧。

钱宾四先生上小学还是清末光绪年间的事。到他八十多岁的时候，还记得当年无锡果育小学几位老师的姓名和对他的教育、帮助。

体操先生为余之同族伯圭先生，乃鸿声里人，游学于上海，后始闻其乃当时之革命党人。……伯圭师又告余，汝知今天我们的皇帝不是中国人吗？余骤闻，大惊讶，云不知。归，询之先父，先父云，师言是也……余自幼即抱民族观念，同情革命民主，亦由伯圭师启之。

唱歌先生华倩朔师，名振，初字树田，荡口镇人。……倩朔师又兼任初级小学第一年之国文课，余亦在班从读，嗣升二年级，师亦随升。一日出题曰鹬蚌相争。作文课常在周末星期六土曜日之下午。星期一月曜日之晨，余初入校门，即见余上星期六所为文已贴教室外墙上，诸同学围观。余文约得四百字，师评云：此故事本在战国时，苏代以此讽喻东方诸国。惟教科书中未言明出处。今该生即能以战国事作比，可谓妙得题旨。又篇末余结语云：若鹬不啄蚌，蚌亦不钳鹬。故罪在鹬，而不在蚌。倩朔师评云：结语尤如老吏断狱。余因此文遂得升一级上课。倩朔师并奖余《太平天国野史》一部两册，乃当时春冰室主人所撰。余生平爱读史书，竟体自首至尾通读者，此书其首也。

伯圭老师的事是一年级，倩朔师的事是二年级。下面三年级：

　　升级后，国文老师改为华山先生。余撰一文，已忘其题，又得续升一级。华山师赏余一书，书名《修学篇》，上海广智书局出版，乃蒋方震百里译日本人著作。书中网罗西欧英法诸邦不经学校自修苦学而卒为名学者数十人，一一记述其苦学之情况。余自中学毕业后，未入大学，而有志苦学不倦，则受此书之影响为大。余知慕蒋百里其人，亦始此。

老师一句话，一个评语，奖一本书，所起作用都是"终生"的。老师做到这样，真是叫人羡慕不已了！可以说"一日为师，终生受益"吗？

无锡后宅小学的发现

钱穆先生在无锡后宅小学任教是 1919 年到 1922 年的事。在《师友杂忆》书中有专章记载。其中讲到一些有趣而颇有意味的教育往事。先讲到两个故事，一是关于杨锡麟的，一是关于一邹姓学生的。还讲到一个教小学生写作文的教学案例，一个自己给上海《时事新报》副刊《学灯》投稿的经过。另外，又说到病假期间筹办图书馆之事，以及邀请一位在另一个初级小学工作的鸿模小学毕业生来校共事而未成的事。

当年的后宅小学是一所初级小学，毕业学生多在本镇家长所设商店、茶肆、酒馆、猪肉铺、糖果摊等处服务，极少升学。后来钱先生因不满这种情形而辞去后宅职务，转至无锡第一高小任教。现在的后宅小学，则是一所完全小学，而且是江苏省实验小学。毕业生多能升学深造。近年（2008 年 11 月）学校为建校 100 周年，请雕塑家制作了钱穆先生坐像一尊，安放在教学楼前，并于校庆当日举行揭幕仪式及钱先生教育思想研讨会。

在这研讨会的资料中，出现了一条当年《锡报》上的新闻——《小学校之新设施》，被学校老师们称为"钱先生教育思想的又一发现"。其原文如下：

> 泰伯市后宅第一国民学校职员钱宾四，对于教授，取自动与开发主义。校中设有邮务局，所以便儿童实施通信。日前钱君特发通告，命学生答复。其通告云，请你把以下几个问题回答我：（一）你情愿吃得好些还是情愿着（穿）得好些？（二）你在家里怕的人是哪个（没有怕的人就写没有）？（三）你现有物品中最中意哪一件？（四）倘使你现在有钱，你要买一件什么东西？（五）你喜欢和谁人谈话？（六）你要问我什么，也请你写在下面（至多只好问一条）。（七）这一张纸请你在明天邮箱内寄还我（下写学生姓名）。（《锡报·市乡琐

闻》民国十年九月十一日）

　　这确可称为一发现，因为它已是八十多年以前发生而以后很少提及的事了。"自动与开发主义"，这看来是记者先生创造的名词，但是六个问题，却确实是钱先生设计的。新闻里写学校职员，其实是学校校长。《师友杂忆》里讲到的几个教育故事，都反映了钱先生对学生情形的深入了解。看这则通告，可知不只是对杨锡麟和姓邹学生是要了解的，而且要普遍地深入了解所有学生。特别是第六问你要问我什么，则恐更非今日之校长（甚至班主任）所能对学生提出的。

　　这确可称为一发现，有意义的发现。特此略作介绍。

无锡有一个怀海义庄

义庄，是一种非政府的、宗族性专用社会保险组织。曾经相当普遍地存在于中国各地城乡。后来在土地改革中，因为被定义为地主富农的剥削工具而消亡，只存在于历史典籍之中。

无锡鸿山七房桥有一个怀海义庄。当年钱穆宾四先生年幼丧父，他们兄弟四人和母亲的生活费用，就都靠这义庄提供。那时宾四先生和他的长兄声一先生都在上小学，学习费用也由义庄提供。直到声一先生师范毕业，回乡执教，义庄资助才停止。这些在宾四先生《八十忆双亲》《师友杂忆》二书中均有述及，并且他还提到声一先生常州中学一年制师范班毕业回乡后创办的又新小学，就是怀海义庄和另外两所义庄共同出资，并且就开办在怀海义庄的房子里。这是前朝光绪年间的事。

后来成立了民国政府，推翻帝制。但是民间的非政府组织仍然继续存在并正常运转。再后来声一先生早逝，留下二子二女，不久又有遗腹女诞生，一家六口，仍是由怀海义庄提供救济；同时有叔父宾四按月提供六元补助，支付声一长子伟长先生读高中的费用。事见钱伟长先生《八十自述》记载。

这义庄，对于贫苦族人生老病死，丧葬婚嫁，孩童就学等都有补助。其经费来源，多是族中殷实富户捐出的义田的收益。而受益的族人日后脱贫致富，往往也会回报义庄，捐一些田亩给义庄。所以，义庄可以一年年办下去，从清朝到民国，一百年两百年的存在和发展。当时甚至有从宋朝、明朝一直办下来到民国年间的义庄。怀海义庄就是明代始建的。

怀海义庄和全国其他各地的义庄一样，在土地改革中消亡。土地分给无地农民，房屋或留公用，或分给贫下中农。几十年过去，可谓沧海桑田。最近，政府将其视为历史文物而来修复时，发现义庄原来精美的砖雕和木雕以及花窗大都被毁，不过整体结构尚完整。另外，由于年久失修，屋面渗漏严重，门窗均已不存在，已到残破严重的程度。当年由声一先生创建的又新小学，则还存留一块声一先生手书的木制校牌，成为仅存的宝贵文物。

现在修复后的怀海义庄，为面阔五开间、进深两进、两侧两庑的建筑布局，是典型的江南传统建筑。建筑总体格局及主构架、门楼和墙体基本保持原有的风貌。其中第二进，布置为"院士阁"，陈列有当年深受义庄帮助，后来学业有成，成为院士的宾四先生、伟长先生和另外四位鸿声里钱氏族人中院士的照片和事迹介绍等。第一进和两侧两庑，则有这个义庄的历史介绍。还有一间被布置成小学校教室，以纪念当年声一先生在此办学的历史，同时也可以说明当时义庄的一种功能。

义庄过去的社会保险功能，现在不存在了。修复的怀海义庄，作为一个旅游景点而发挥新的作用。据景点解说员介绍，前来参观游览的，以中小学和附近省市高校师生为多，也有团队游客游览附近其他景点而顺路前来的。近日还有台北一家广告公司为拍摄钱穆宾四先生的纪录片而来取景的。

汪校长和钱先生

汪校长是钱穆先生任教苏州中学时的校长，钱穆先生《师友杂忆》这样介绍汪校长"校长汪懋祖典存，苏州人，留学美国归，曾一度为北平师范大学校长，转来苏中"。汪先生到苏中，聘请了当时正在无锡第三师范学校的沈颖若、胡达人诸先生来苏中，而钱先生也是这时由胡达人先生介绍，同来苏中的。钱先生说"国民革命军北伐成功，定都南京，学校改组，余遂离三师，转赴苏中任教"。这一段似乎只是叙述，没有谈及双方的关系等。

钱先生来苏中后，"任其最高班之国文课，并为全校国文课之主任教师，又为所任最高班之班主任"。在这三项工作中，《师友杂忆》中讲了作班主任时经历的一件事，与校长有关，并"自此余与典存过从益密"。可见此事之重要。

事情由政府欠发学校经费，学校因而发不出教师工资引起。苏中有的老师就请假不来上课，钱先生仍每天上课，班上的学生就向钱先生提出，过去也有这样的事，我们敬重的老师多是请假的，这次也这样。可是，您却仍来上课，我们不理解了。钱先生对他们说，这是暂时的事，你们不要管，还是学业为重。学生们听了，走了，可是过几天又来了。他们告诉老师，我们决定罢课，到南京去找政府，为老师索取工资。钱先生对他们说，这是老师、学校与政府的事，你们不要管，还是安心上课为好。力劝他们不要罢课，不要去南京。可是无效，学生还是罢课，去南京了。钱先生回忆说：

> 至期，果罢课。余亦归乡间，上书校长，引咎辞去班主任职，待罢课期满，余再返校。典存亲来余室，力恳勿辞班主任职。并言诸生去京返校，已面加斥责，诸生皆表示此后必诚心听训诲，不敢再有违抗。明日，余乃召班上诸生，面加谕导，诸生皆表悔悟，恳余仍任其

班主任，并言以后每事必先来请示。自此余与典存过从益密，学校风气亦逐有改变，与初来时迥别。

这"过从益密"，今天读起来真是令人艳羡。而且，汪校长和钱先生过从甚密的故事，《师友杂忆》中还有更甚的事例记述。

那是钱先生到苏中后的第二年，这年顾颉刚先生从广州中山大学转到北平燕京大学，途中到了苏州，在苏中结识了钱先生，并读到了钱先生部分著作，他就向广州中山大学做了推荐，让他们聘请钱先生去任教。中山大学果然很快给钱先生发来了聘请的电报。钱先生在回忆录中说：

> 余持电面呈典存校长。典存曰，君往大学任教，乃迟早事。我明年亦当离去，君能再留一年与我同进退否。

就汪校长这样一句话，钱先生就回信辞掉了中山大学的聘请，继续在苏州中学任教一年。到下一年，才又由顾先生推荐到北平燕京大学教历史。

中学教师忽然收到大学的聘约，就可以获得大学的讲席了。这应当也算人生中一件大事了。钱先生因汪校长一句话挽留，就在中学多教了一年。这或许足以说明他们相知之深了吧。在《师友杂忆》书中，钱先生谈到汪校长的段落还有几处，同样的可见他们友谊之一斑。其一是胡适之先生来苏州中学演讲，钱先生已坐台下前排，"典存偕适之进会场，见余即招至台上，三人同坐"。一是"典存亦曾为余续婚事欲介绍典存夫人北京女师大同学（未谐）"。以上是在苏州中学的事。

然后就是抗战中在云南"典存夫妇亦在昆明，余亦曾与一面，然余自蒙自宜良，方一意撰《国史大纲》极少去昆明。"胜利后，在苏州"典存夫妇亦自滇东归，其家在苏州中学附近一大院落，平房一排四五间，地极僻静，乃典存在离苏中校长任时所建。时典存已病，余常去问候"。在汪校长床边，"每相语移时"。讲的是汪校长正在病床上构思写作的一书"有关文辞文学之教学方面者"。

> 典存所罹乃胃病。余在成都时亦患十二指肠溃疡，几不起。方谓典存病亦不久可愈，乃不意在三十七年之冬，典存遽不治，时余在无锡江南大学，竟未克亲临其丧。

二人在苏州中学共事凡三年。友情乃持续二十年，汪校长去世后，直到钱先生晚年，仍记忆犹新。今人读之，如在眼前。

　　语云：二人同心，其利断金；盖非指一时一事之同心也。近日《团结报》有文《民国大师爱荐举》，讲到了顾颉刚先生荐钱穆先生去燕京大学的事，但是没有言及之前的中山大学，不能不说有点遗憾。更有甚者，连苏州中学也没谈到，却说钱先生由一所乡村学校到了燕京大学，就只能算是一个错误了。民国大师，除了爱荐举以外，值得我们今天的人仰望的事迹、心情、风尚……其实真是很多很多。

"那"字试释

钱宾四先生有两首诗，如下：

　太平山夜宿晨闻满山猿啼甚悲
　　险嶝纡千折，客舍依磊岢。
　　白昼黄雾塞，深宵拥火坐。
　　清晨梦未醒，猿啼悲则那。
　　　双溪闲吟之十五
　　朝曦受亏蔽，幸有晚霞多。
　　斯园因地辟，所遇意则那。

这二诗写在不同地点，不同时间。最后都有"则那"二字。这个"那"，显然不是"这个、那个"的"那"，也不会是"哪能、哪会"的"哪"。应当有别的词义。

第一首写客舍闻猿声，有甚悲之感，结句猿啼悲则那，对照《辞源》"那"字条十一个义项，这"那"字，或应是"奈何的合音"。或许是吧。梦还没醒，就满耳是猿的悲鸣，奈何奈何。

"双溪闲吟"是说素书楼前的小园。早上太阳光会受到亏蔽，所幸晚霞很好。这是因为这个园的地理环境造成的，所遇意则那，这最后一句，"那"会是"奈何"的合音吗？从这首诗和整个组诗意境看，都不会是。末句"所遇意则那"，应当是比较高兴比较满意才对。《辞源》十一个义项中有一个是"安闲貌"，还有一个是"美好"。小园虽然早上阳光受蔽，可是晚霞很多很好。这园虽受先天条件限制，不过安于所遇，意态则是很安闲的（或许很美好？）。

《辞源》所引几个例句：

"王在在镐，有那其居。"《小雅·鱼藻》（安闲貌）

"牛则有皮，犀兕尚多，弃甲则那？"《左传·宣二年》（奈何的合音）

　　"那作商人妇，愁水复愁风。"李白《长干行之二》（奈何的合音）

　　"使富都那竖赞焉，而使长鬣之士相焉，臣不知其美也。"《国语·楚上》（美好）

天下无不是的父母

钱穆先生《晚学盲言》中有一篇《中国文化传统与人权》，虽是讲人权的，但是对修身与齐家治国的关系，大儒和名臣的关系等方面，也有极为深入浅出的论述。

> 《大学》八条目在修身齐家治国平天下之前，尚有格物致知诚意正心四条目。物字古义，乃射者所立之位。射有不得，则反求之己，此之谓格物。射不中的，非目的不当，亦非射者之地位不当，乃射艺有不当。家不齐，非家人之不当；国不治，亦非国人之不当；天下不平，亦非天下人之不当；乃齐之治之平之者之自身之道有不当。过不在人而在己，不能以己志不得归罪他人。此尤中国人尊尚人权之大义所在。

钱先生把"家不齐，非家人之不当；国不治，亦非国人之不当"等看作"中国人尊尚人权之大义所在"。据此，当政府官员遇到百姓的群体事件，他不应当以为是百姓之不当，应知道这事件不能归罪于他们；这才是他值得称道的地方，才是他修身齐家功夫的表现。

> 故格物斯能致知，必先知有此规矩不能逾越，乃能反而求诸己，求方法上之改进，而一切正当知识遂从而产生。故孝子不能先求改造父母，天下无不是的父母，即父母而善尽我孝，此之谓人道。

这里举的是齐家之例。"天下无不是的父母"，以前我在写关于父慈子孝和天伦之乐等文字时，引用过这句话，受到过读友的质疑。有人主张，有父慈乃有子孝，如若父母不慈，自无要求子女孝的权利。

我认为，对"天下无不是的父母"，可以有两种解释。一种是，父母不会错，就像过去人们说皇帝金口玉言一样。这种说法显然不能令人信服，于是就说，这是封建社会的标准，现在不适用了。另一种解释，人非圣贤，孰能无过。父母也是人，也有过。"天下无不是的父母"，是说做子女的不能和父母计较是非，而要"即父母而善尽我孝"。这里的"即"，不可理解为"就是"，而应理解为"就"，也就是说，应当根据父母的情况来很好地尽自己的孝，而不是根据父母的情况而可以让自己的孝打折扣。《论语》里有"其父攘羊"的极端例子，即使是父亲偷人家的羊，儿子也不必去揭发他（或许可以劝告他）。所以说，"故孝子不能先求改造父母"。

父不慈而子孝，有舜，有闵子骞。也就是说，对于这样的孝子，他们本不会觉得父亲有什么不是，只是因为父亲就是父亲，就必得去孝，而且是情感上有此要求，而不是用理智来逼迫自己这样做。

"树欲静而风不止"。这句话有一段时间被广泛应用于描写阶级斗争的文字，却被忘了原来是说"子欲养而亲不待"的。希望不赞成"天下无不是的父母"的人，不要忘了"子欲养而亲不待"这句话。

母亲的诗

在过去很长时间里，知道母亲是一个好妈妈，好校长，后来得病在家，又经历"文化大革命"，二三十年间，又是一位坚强的老人。却从来不知道，妈妈年轻时，还曾是一名文学青年。母亲姓张，名一贯。最近，在电子数据库中，搜检到当年她在江苏省立第二女子师范读书时，甚至还在小学读书时，发表的诗文与画作。发现的作品共有七件——一画、三文、三诗，三件发表在校刊上，或许可以说是作业练习。另外，还有投寄发表在校外的、上海的刊物《少年》与《知新》上的诗文。这总可以称得上是文艺青年了吧。

《杂诗》一首和另外两首小诗，一起发表在 1923 年的一期《知新》上。那时候，新诗还在"尝试"阶段，文艺青年写的多数还是五言、七言的古体诗、近体诗。这三首也是。下面就是《杂诗》全文。

沪上甫来黎黄陂，大盗窃国入京畿。

人民元首竟堪逐，共和政治自此非。

愧有电文报章载，裁兵宪制天下欺。

项城走卒无良者，阿瞒后裔已可知。

爪牙满布防人讨，更谋结党多树私。

世有军人不识丁，总统不识实所稀。

中国总统却如此，故尔友邦莫不奇。

军人素称爱国者，耶徒玉祥洛阳吴。

今忽大变所怀志，低首下心把曹扶。

军人扶曹岂足责，沽身议员实可诛。

仅为区区五千元，不惜猪仔被人呼。

一己名誉固丧尽，中华国体焉有余。

且看孙文定粤局，北连奉张浙合卢。

义旗共举来征伐，大好山河仍还吾。

1923年，作者是二十多岁的女学生。这是一首时事诗，写的是民国元年到十二年这段时间的当代史。即使现在的中学生，历史课本上有这一段记载，可能也不一定能认得出这诗中提及的当时民国军政人物姓名吧：袁世凯、黎元洪、曹锟、冯玉祥、吴佩孚、孙中山、张作霖、卢永祥等。即使知道这些人、这些事，可能也就靠从课本上学到的一些知识。这首诗，对当时不可一世的军政当局人物，有的讥刺批判，有的寄以厚望，最后结以"大好河山仍归吾"，表明了自己的立场身份和感情。这充分证明，作者非但是文艺青年，还是革命青年。

再看看另外两首诗。

赋得山中一夜雨

一夜萧萧意，泉声入远湾。

如何千点雨，不隔万重山。

毓秀苍松色，含滋翠柏颜。

红尘从此净，白水自相环。

处处烟云密，潺潺壑谷间。

四围成画本，抚景老僧闲。

竹

幽人乐与竹盘桓，暑日闲来我亦欢。

暂借古人诗一句，森森竹里复生寒。

《知新》1923年第6卷第1期

那首《杂诗》饱含青年的热情和时代气息，这两首竹和雨，比较悠闲，透出传统的诗情画意。《青春之歌》里塑造了林道静和余永泽两个对立的形象，那是20世纪30年代的事，而在1923年一个文艺青年的身上，却可以兼备这两种气质！

母亲1923年还是在校学生，1926年毕业做小学教师，还要过几年才结婚，然后有了大哥和我，还依次有了我的弟弟妹妹们。1923年之前，她在刊物上发表的诗文，现在我们找到六篇，那这以后的好几年里，会不会还有其他诗和文章写出来，且还隐藏在什么地方？母亲姓张，名一贯。

　　母亲写这首诗时 22 岁。现在我的外孙已 23 岁了，他在美国上的大学，毕业后工作过一年，又考回到学校读研究生了。但是，如果拿这几首诗给他看，恐怕连读明白也做不到。而且，他们这些青年所关心、所喜爱的东西，自然也和外祖奶奶那时的青年大相径庭了。时代在进步，但是遗漏掉的东西或许也太多。

《楼廊闲话》的启示

台北素书楼楼上有一廊,钱宾四先生夫妇当年在此楼廊"坐而论道",后来钱夫人胡美琦女士陆续撰成"楼廊闲话"二十五篇,逐月连载于《中华日报》副刊。最后汇而成书出版,已是 1979 年夏天的事了。

2004 年,素书楼文教基金会在台北重印此书,有后记说:

> 虽为二十五年前旧作,而于两岸教育现象社会文化百态,仍具深远的提醒作用。尤其难得者,近七年来钱师母仆仆风尘,推动中学生国学夏令营及教师中华文化研修会,不仅将书中意见起而实行,且将钱先生撰述理论,著之天下。太史公自序言,我欲载之空言,不如见之于行事之深切著明也。钱师母之行,予人启示深矣。

2012 年 1 月,这书又在北京九州出版社重印,其提醒作用,自然仍是很明显的了。姑举一例以明之。

"但问耕耘,莫问收获"这是旧时常说的话,其实也就是农业社会人们所认同的真理。而等工商业发展了,人们的想法就有奋斗、进取、有事业心,会要求无限地向上发展,而不会"莫问收获"了。认为人定可以胜天,人可以战胜命运。两种想法何者为胜?书里有一篇《功夫与命运》,论说到这个问题。

> 农业社会的人生观只问耕耘不问收获,只求尽其在我下功夫,而把另一半交给了命运。命运一半要靠天,好像人生一半悬空不实,但实际这命运是可预知,可以自己把握的。工商社会的人生观认为,只要下功夫就可以全然把握自己将来的命运。换言之,认为人力可以战胜命运,所以要奋斗,要进取要无限向前的发展,而结果却往往被命运所主宰。人生如此,社会也一样。工商社会不断要求改变现状,必将使生活在这样社会中的人变得无从下功夫。功夫与命运转成两截,一成功便该变,则人无成功可言。工商社会,便是如此。

　　我们仍需相信和依靠那主宰我们的命运，我们也仍然下我们的功夫。不能说只要下功夫，便能自己主宰命运。读此一篇，可有一篇的启示。

西山钱宾四先生之墓

西山，是太湖风景带中重要一环。有山有水，名胜古迹多多。还有一处海内外学界共仰的人文景观——无锡钱穆先生之墓。

钱先生是无锡人，青年时期曾在苏州做中学教师。后来到大学任教，著作多多。20世纪中期在香港办学，白手起家，他和友人创办的新亚书院发展壮大，成为香港著名书院，后来在此基础上，与其他两所书院一起，组成了香港中文大学。后来先生回到台湾，成为"中央研究院"院士，在素书楼继续教书育人，著作不已。1990年逝世后，1992年归葬大陆，墓地选在苏州洞庭西山，秉常村的一座山上。这是一座花果山，遍植果树茶树，偶有几处石坡，不宜种植，点缀在果木园中。钱先生墓，就建造在半山这样一个石坡上。

初建时候，只是在石坡上除掉杂草，从山下运来一些泥土，种几棵树，堆一个小坟包。外面用当地山上石块贴面，成为一个本色的黄褐色小坟包。另外，在坟的侧后方，造了一个凉亭，可供扫墓的人和往来的农民休息。

当时，西山和外面联通的大桥还没有建，出入都要靠船，交通可以说不很方便。但是台湾、香港学界人士来西山"谒墓"的人不少，还有来自海外的华人学者。还有大陆的故旧和青年学子来此凭吊瞻仰。有一种舆论说，这个墓有些太简陋，和墓主人的身份不相称。

几年以后，台北素书楼文教基金会和大陆有关团体，联合举办教师研习班和中学生国学夏令营，每年一次。钱先生的著作在大陆也更多出版，直到九州出版社出版《钱穆全集》。另外，多种钱先生的传记也不断面世。这样，知道钱先生的人和知道钱先生墓在西山的人更多了。钱先生家人，台湾的钱太太胡美琦女士和大陆的钱先生子女，又把西山的墓重修了一次，小小坟包，外面又加了泥土，变大了，而且周围贴了花岗石板，还在墓前修了一片石板铺的场地，围以石柱栏杆，这样，扫墓的人可以有站立行礼祭拜的地方。还按台湾风俗，在墓侧造了一个小小的土地神庙。这个墓的照片，在一些网上有流传，还有被报刊刊载的。网上有一个"钱穆吧"，上面还载有路线图，从哪里开始登山，何处要转弯，都有标志性照片或建筑物，或大树什么的。

2012 年，钱太太胡美琦女士在台北去世，春天的时候也回到苏州，和钱先生葬在一起。原来的墓周围有石板，顶上是泥土青草。钱太太灵骨罐，就葬在这层泥土中（原来的小石坟外面），然后，泥土外面又贴上石板，整个墓都有花岗石板包起来了。墓前的竖碑，原来是钱先生一个人名字，现在，另加一块小的卧式碑，是钱太太的，这个墓就是他们夫妇合葬墓了。

钱先生的子女，又在这墓侧后方，加了一块对他们生母张一贯女士的追思碑。这碑文，上海钱镠王研究会《吴越钱氏》第九期（2012 年 12 月）有载，兹转录于下。

> 先父钱宾四先生，一九九〇年在台北去世。遵先父遗愿，一九九二年一月归葬于此。 先母张一贯女士，给予我们生命，抚育我们成长，毕生辛劳，一九七八年去世，安葬于苏州凤凰公墓永安墓区。 继母胡美琦女士于一九五六年与先父结为夫妇，陪伴照顾只身客居港台之先父数十年，一九八九年与先父在台湾创办素书楼文教基金会。先父去世后，全心投入先父全集及小丛书之整理出版工作，为完成先父遗愿，不辞辛劳奔走两岸三地，戮力弘扬中华传统文化，壬辰年三月初五去世，永伴先父于地下。 愿父亲、母亲、继母安息。

到这个墓去，公交车 69 路到镇夏或者秉常村这两个站之一，都可以进村上山。自己驾车去，公路上也只能到这两个地方，然后找小路进村停车，再问路（当地人都知道这个墓的）。这镇夏，和西山著名的景点梅园（林屋洞）很近的。

近日《人民日报》海外版有一篇题为《素书楼外月初寒》的文章说，钱穆先生骨灰撒入太湖，无据。

第四部分

感子故意长

《论语》：「子曰：『饭疏食饮水，曲肱而枕之，乐亦在其中矣。不义而富且贵，于我如浮云。』」又有「贤哉回也！一箪食，一瓢饮，在陋巷，人不堪其忧，回也不改其乐。贤哉回也！」

到宋朝，周濂溪给程颐、程颢出了一道思考题，要他们寻「孔颜乐处」，这一时成为宋儒讨论的核心内容。

《论语》里的快乐

《于丹论语心得》的封面上，就揭示了"《论语》的真谛，就是告诉大家，怎么样才能过上我们心灵所需要的那种快乐的生活"。

《论语》里关于快乐的名句，恐怕无过于"回也不改其乐"这句了。《雍也》："贤哉回也！一箪食，一瓢饮，在陋巷，人不堪其忧，回也不改其乐。贤哉回也！"《述而》："饭疏食、饮水，曲肱而枕之，乐亦在其中矣。"这两句《于丹论语心得》里都有引录，并且附加了许多中外寓言故事等，告诉我们说，真正的贤者不被物质生活所累，始终保持心境的恬淡和安宁。高境界的人，不仅安于贫贱，不谄媚求人，而且内心有一种清亮的欢乐，是一个内心快乐富足，彬彬有礼的君子。还有要宽容，不要端起架子、板着面孔说话，承认现实生活中的不足，通过自己的努力去弥补；心态不同，生活质量也就不同了。如此等等。

但是，"回也不改其乐"，是颜渊自己本来有他的快乐，而不因环境而改变。他的快乐在哪里？《于丹论语心得》好像只告诉了我们他怎样能做到"不改"，而没有回答"其乐"是什么这个问题。宋朝时候，周濂溪先生曾给程明道、程伊川留过一道思考题，叫"寻孔颜乐处"，他们是因饭食，因居室，因什么而乐的呢？这道题，据说对二程夫子起了很大的作用，后人甚至说"此语一针见血，实宋明理学生命大动脉所在"（钱穆《孔子与论语》之"孔子之心学"篇）。

程子的回答是："非乐疏食饮水。虽疏食饮水，不能改其乐。""颜子之乐，非乐箪瓢陋巷，不以贫窭累其心，而改其所乐也。"无论程朱陆王，无论孟子荀子，他们都认为，所乐在心而不在外界事物。宋明理学，宗旨在此。

今人论乐，常分物质方面和精神方面言之。"承认现实生活中的不足，通过自己的努力去弥补；心态不同，生活质量也就不同了。"恐怕主要也是讲的物质方面的事。而也正有人，因努力去弥补而误入歧途，这是不能不特加注意的。孔夫子所说的乐，恐不在此物质方面。"学而时习之，不亦说乎？有朋自远方来，不亦乐乎？人不知而不愠，不亦君子乎？"以上三者，就都是孔夫子自言其心境之快乐处。孟夫子也讲过人生乐事。他说的三乐是"父母俱存，兄弟无故"，"仰不愧于天，俯不怍于人"，"得天下英才而乐育之"（《孟子·尽心上》）。这物质方面的乐，好像都不在论列之中。孔颜乐处，应到精神方面找。

精神方面的乐事，也还可分为二，一是精神上的享受，一是精神上的进取。江上之清风，山间之明月，一些重物质的人是不能欣赏的；而对苏东坡、王摩诘他们，则是很好的享受，也就是极大的乐事了。但是，更"高级"的乐，则是孔颜圣贤的"学而不厌，诲人不倦"了。可惜的是，《于丹论语心得》讲《论语》里的快乐，对此没有好好讲。

有精神上进取的快乐，生活上房子小一点，饭食差一点，是会被忽略，而不改其乐的。今人有句话，叫"金钱不是万能的，但没有金钱是万万不能的"。相信这话的人，是不能忍受房子小一点，饭食差一点的困苦的，他们把这归结到"没有金钱"一类里，而力图改变，使自己晋升到"有钱"一族。只有钱多，才有乐。对这样的人，《论语》会被认为是过时的经典，老黄历，而不能用来指导现实生活的。反过来，他们还会把安于陋室、疏食的行为看作不思进取。"古之学者为己，今之学者为人"，为人是要被人知道，为己则是要自己学有所得。这为人，往往会使自己失去安宁，患得患失，就不可能做到人不知而不愠。为己的学者，则可以从"吾日三省吾身"，从"学而时习之"中得到快乐。

有人批评《于丹论语心得》，说她只讲《论语》的积极方面，而没有批评其不足（《百家讲坛现象的思考》，《文汇读书周报》2008年1月4日3版）。窃以为，批评不足不是其的任务，不能以此来指责作者。要说《于丹论语心得》的不足，或许应说，其心得表面化了点，读者虽易听易懂，也还未能深入，《论语》里积极的一面，还远未介绍给读者。即以《论语》里的快乐为例，《论语》第一章"学而时习之，不亦说乎？有朋自远方来，不亦乐乎？人不知而不愠，不亦君子乎"，应当是很重要的内容，而于丹没有深入讨论，只用其他寓言故事来解释，窃以为，就有些浅，浮浅；就有些不深，不够深入。

薄责于人

　　美国总统访华，在清华大学对大学生发表演讲，当时讲台后面有"自强不息，厚德载物"八个大字，电视直播时全看得见。后来演讲和回答问题结束，清华王校长讲了一段话，说这八个字出自《易经》，现选为清华校训。另外还讲到另一句名言"躬自厚而薄责于人"，说是《论语》里的古训。

　　这句话出自《论语·卫灵公》，原文是"子曰：躬自厚而薄责于人，则远怨矣"。译为现代汉语，大致是：对自身督责严，对人督责轻，便可避免内心的怨望。

　　躬自厚而薄责于人，这原则既适用于人际关系，如师生间、同学间、家人亲友间，也适用于国际关系，如中美关系、印巴关系、巴以关系。矛盾产生，一般双方都有责任。如果不怪自己，专怪别人，自己心里就觉得怨，怨对方，同时对方也一样会怨你。这样不仅无助于问题的解决，甚至还会扩大矛盾。反过来责己严，责人宽，结果就会不一样，不会有这么多怨尤，问题也比较好解决了。

　　躬自厚而薄责于人，这种思想行为不会是天生的，而是要靠修养来获得的。例如公交车上人很挤，一个人的脚被人踩了，这个人反应快，立刻说：你瞎眼了吗？对方或许正想道歉，听了这话也就反唇相讥：你怕挤怎么不去打的？如果再你来我往多说几句，矛盾就可能升级，"远怨"就无希望。如果一方说对不起，另一方说没关系，躬自厚而薄责于人，就可以远怨，大事化小，小事化了了。

　　师生关系也如此，如果一次考试成绩不理想，老师怪学生笨，不用功，学生怪老师讲课不清楚，改作业不认真，则"怨"又近了。如果双方躬自厚而薄责于人，情况当然就大不同了。所以就是以上所说的两件事，也往往不是每次发生都能得到顺利化解的。可见孔夫子的名言，还有待我们努力去体会去实践。

　　清华王校长讲到这躬自厚而薄责于人，看来是既针对国际关系，也针对人际关系的吧。而我们实际生活中接触较多的则是人际关系，所以，本文讲的也就以此为主了。

失人与失言

《论语·卫灵公》篇有一则：

> 子曰：可与言而不与之言，失人。不可与之言而与之言，失言。知者不失人，亦不失言。

钱穆先生《论语新解》，对之有一段白话试译：

> 可和他言而我不言，则失了人。不可和他言我和他言了，则失了言。唯有知者，能不失人，亦不失言。

对照原文和译文，好像是译文增添了"唯有……能……"这一层意思，是原文里没有的。或者是原文有此意思，但是省略了这些词语。这既不失人又不失言，的确是很难很难的，不是"知者"，肯定做不到的。

人在日常生活中，那些"不可与之言"的人，总是碰得到的。亲戚朋友、同学、同事中都会有。完全不和他说话，不向他提意见，恐怕有些失人；真和他讲些什么，一言不合，又会不欢而散，就是失言了。可见，不失人亦不失言是很不容易的。不过，这平民百姓之间、亲友熟人之间，即使偶犯几次失言或者失人，问题还是不太大的。

历史上卞和氏献璧，两次受刑，第三次才终于成功。这前两次，都可以说是失言肇祸；如果第三次不坚持，则又失人了。综观全局，这和氏献璧，应当可以说是"知者"的成功了。

20世纪40年代抗战胜利，南京谈判，政协会议。那时候，钱穆先生出版了一本《政学私言》，梁漱溟先生当时对钱先生说，这好像是在对政协会议进言呀。钱先生说不是的，书生论政只负言责，若要求必从，就像是不耕自己的田，去耕别人的田，"必两失之"。钱先生又劝梁先生说，你要做文化研究，来倡导后学，这是一重大事，应当现在就开始，不能等谈判成功，要等还不知等到什么时候，或者还等不到呢。梁先生不很同意，说是现在国共两党对立，不让他们结合，国家还有什么希望。钱先生说，你让他们结合，也不能靠父母之命、媒妁之言，要他们"自由恋爱"才行。梁先生说，知其不可而为之，大任所在，我亦何辞。两个人没有取得一致的意见（这一段谈话，见钱先生《师友杂忆》，不过这里不是原文引用）。或许这段历史，也和《论语》这章失言失人有关系吧。

不迁怒不贰过

前人修身自律，有一很好的格言：不迁怒，不贰过。那时候，连小学生都知道这一格言（民国初年及以后）。今天，初中毕业的学生，恐怕也有不少没听说过这个，甚至不懂这六个字是什么意思吧。

不迁怒，就是说遇到不高兴的事，不去无端责怪别人。举个例子，一个小孩儿刚学走路，不当心跌倒了，大哭不止。于是，大人、老人就来劝慰，指着门坎说，都是你不好，绊跌了宝宝，该打该打。并且真打了门坎几下，小孩儿就不哭了。据说这种哄小孩儿的方法，称为转移注意中心，心理学上有的。但是，从修身的角度看，这不是不迁怒，恰恰是迁怒。之后，小孩儿上幼儿园、小学，直到上中学，老师和家长都没有教过他"不迁怒"，他是很难自动获得这种品德的。

1957年反"右"，现在的结论是扩大化，把不该定为右派的人打成右派了。其中，有的说是反党反社会主义，其实只不过是对本单位的领导提了些具体意见。领导不高兴了，就说你反对我，就是反党，就是反社会主义。于是，提意见的人就被扩大到右派另册里去了。大人、老人让小孩儿迁怒到门坎，门坎不过被假打几下，受得起。可是，无端被扩大成"右派"，受的罪就大了。可见这修身自律，对于治国平天下关系之大。任何负领导责任的人，应当先学会不迁怒。

不贰过，是说犯了错当改，改过后不再犯同样或类似的错。小偷被判刑，刑满释放后，又偷，二进宫；明星吸毒，处理后不久，又犯事被举报查获。所谓累犯，就是贰过。以上两例是个人之过，受到惩罚，又重蹈覆辙。大而言之，一个国家，也有贰过、不贰过之分。

以第二次世界大战来说，主要的战败国德国和日本，都受到了惩罚。几十年过去，两个国家表现不一，也是大家可以看见的。

古人说修身齐家治国平天下，修身为本。小孩儿不要落后在起跑线，小时候就要学不迁怒，不贰过。小时候没学，现在要补学。已经是大人了，已经担任领导了，应当看一看，这一条"能持否"，不够的话，还是应当补救的。

孔夫子说：少者怀之

孔夫子和几个学生在一起，他让学生各自讲一讲自己的志向。学生们讲过后，请老师也讲一下。孔子说："老者安之，朋友信之，少者怀之。"

这"少者怀之"，历来有两种解释。一说是心里要想着孩子（"之"代少者），另一说是孩子会想着你（"之"代孔子本人）。其实也只有你想着他，他才会想着你，两种解释并无多大出入。

近读报上一老作家的回忆，说她儿子考上大学的时候，家里生活不富裕，买了几块糖送人，第一想到的是送儿子小学一年级时的女老师。她和儿子都记得，当年一次赛跑，儿子最后一个跑到终点，是老师过来拉着他的手，赞许他尽了努力，跑到了终点。——当年老师心里有孩子，十几年几十年后孩子和他的家长心里还会有老师。这位女老师称得上是做到了孔子说的"少者怀之"了。

另一件事和这相反。外孙到校外参加一次数学考试，成绩在他所在班级同去考试的十人中名列第二，比上一次同类考试时的第十（并因此被老师要求写保证书保证努力）应说是有了大进步。但回到学校，老师对他说的却是一句俗语——瞎猫逮了个死耗子。老师心里，这孩子就是个第九、第十的料，怎么就得了第二？只好用这俗语来解释了。猜想，将来有一天这孩子考上大学，家长就未必会送糖给这位老师了。

孔夫子是万世师表，老师们应向他学习，以"少者怀之"为自己的志向。

孔夫子的自信力

孔子的一生，其实很坎坷。少也贱，故多能鄙事。年过三十，开始在家收徒设教。后又逢乱，而去鲁至齐，不久又回鲁国。自齐返鲁到他出仕，还有将近二十年的时间，仍是教育生涯，生事甚困而不改其乐。到五十一岁才在鲁国为官。先做中都宰，后做到司空、大司寇，好像升迁很快，可是因堕三都等而又离开鲁国，在外十四年（孟子说的"孔子为鲁司寇，不用"而去），历卫、匡、蒲、宋、陈、蔡诸地。十几年中，只在卫国做过几年官，其他时间，避难、绝粮、失散等事也多有发生。晚年归国，仍以教育为事，"为之不厌，诲人不倦"，直到去世。

虽然常常不被人理解，他也会说人"不知而不愠，不亦君子乎"，会说"古之学者为己，今之学者为人"，会说"道不行，乘桴浮于海"。同时还完成了正乐和作《春秋》两件大事。晚年还会说"四十而不惑，五十而知天命，六十而耳顺，七十而从心所欲不逾矩"。可见他的人格自信力是非凡的。非但平日如此，在危难之中，如"畏于匡"时，孔子还是同样的自信，真可说是"吾道一以贯之"的了。

> 子畏于匡。曰：文王既没，文不在兹乎？天之将丧斯文也，后死者不得与于斯文也；天之未丧斯文也，匡人其如予何？（《论语·子罕》）

关于孔子"畏于匡"，《史记·孔子世家》记载有两次。一次是孔子"去卫过匡"，在匡地时，因为"阳虎尝暴匡人"，而"孔子状类阳虎"，"匡人于是遂止孔子……拘焉五日"。"匡人拘孔子益急，弟子惧"，所以，孔子发出了"天之将丧斯文也……天之未丧斯文也"的感叹。第二次，是孔子"去陈过蒲"，经过蒲地时，正赶上公叔戌以蒲地叛，不让孔子离去。这蒲与匡，两地甚近，都在长垣县西南，所以，当时以"私车五乘从孔子行"的孔子弟子公良孺就说："吾昔从夫子遇难于匡，今又遇难于此，命也已。吾与夫子再罹难，宁斗而死。"于是，与蒲人发生了比较严重的冲突，"斗甚疾。蒲人惧……出孔子东门。孔子遂适卫"。

钱宾四先生《孔子传》考据说，《史记》所记孔子的这两次被围，实际只是一次，即第二次的蒲地冲突。因为如果仅仅是孔子长得像阳虎，解释一下就可以过去，不至于被拘留五天，实是因为在蒲地遭到公叔戍叛乱，引起围困和反围困的"私斗"。在私斗激烈、胜负未分时，孔子感叹说，文王死后，斯文不再，除非老天要后世人都没有文化，老天不会这样，那匡人又能拿我怎样？

不管是《史记》的两次，还是《孔子传》所说的一次，反正结果，匡人真的没能把孔子怎么样。

匡人没能把孔子怎么样，后来秦始皇直到清代、太平天国也都没能拿他怎么样。近百年内打倒孔家店、批林批孔，比以前的"打击"力度和广度更重更大了，但是老天还是没有想丧斯文。孔夫子早不在了，还有人信孔夫子，他的自信力也部分地传到他们那里，所以孔夫子还是打不倒批不了。教师们还把自己的节日定在孔夫子生日那一天。

人焉廋哉

在诚品买到《似水华年》,一本关于九如巷张家家庭刊物《水》的书。

第一篇读的是允和先生写她爸爸的一篇,就遇到本文题目所写的"人焉廋哉"。这个成语出现在允和先生记述她爸讲过的一则苏东坡的故事中。东坡先生的朋友佛印,常随东坡等文友一起吃喝。那天东坡先生和几个朋友一起坐船去游湖饮酒,没有告诉佛印(但是他也知道了)。船上喝酒行令,苏东坡第一,说:"浮云散开,明月出来。天何言哉,天何言哉!"以下的人要按此句式,各说四句。第二人说:"浮萍拨开,游鱼出来。得其所哉,得其所哉!"轮到第三人还没说完,突然佛印从船板下面出来,抢着说:"船板掀开,佛印出来。人焉廋哉,人焉廋哉!"你们骗不了我,我也来了。佛印就这样又一次参加了船上的宴会。

这个"廋"字现在不大用,恐怕一般的小字典也不会收。可是新星出版社这本《似水华年》上,却把佛印说的后两句印成"人焉度哉,人焉度哉"!字形虽相近,却让人看不懂了。要知道"人焉廋哉"的出处,才能判断这是印错字了。

人焉廋哉这句话,出自《论语·为政》:"子曰:视其所以,观其所由,察其所安,人焉廋哉?人焉廋哉?"钱宾四先生的《论语新解》,对此章有个白话试译:"要观察他因何去做这一事,再观察他如何去做,再观察他做此事时心情如何,安与不安。如此般观察,那人再向何处藏匿呀!如此般观察,那人再向何处藏匿呀!"

佛印说的酒令中的这句"人焉廋哉,人焉廋哉",是说我把你们看得清清楚楚,你们想骗过我,没那么容易,我佛印就在这里了。于是皆大欢喜,一起喝酒行令,一起畅游西湖。这则苏东坡的故事,当年张老先生可以讲给年幼的女儿听，允和先生可以把它写下来告诉我们，可是"人焉廋哉"却错成了"人焉度哉"。这一个字的差错，正反映了我们现在社会的文字文化水平上的缺陷，是不是？

无后为大与不孝有五

旧时有句话："不孝有三，无后为大。"人们往往以为，这是"孔孟之道"，是"封建思想"，对计划生育很不利，重男轻女等。其实，孔夫子在《论语》中，并没说过这句话。

此语出自《孟子·离娄上》。原文是：

> 不孝有三，无后为大。舜不告而娶，为无后也，君子以为犹告也。

孟子这里说"不孝有三"，并没有具体列举是哪三样不孝，而只是说了舜的具体情况，说他结婚没有事先禀告父母，为的是怕没有子孙，因为传说舜的父亲无德，若事先禀告了，妻就会娶不成。因此，在君子看来，这是为了祖宗的子嗣，为了避免无后，不告也可以算是告了。《十三经注疏》在"无后为大"下面，补充注出了不孝的三事：

> 于礼有不孝者三事，谓阿意曲从，陷亲不义，一不孝也；家贫亲老，不为禄仕，二不孝也；不娶无子，绝先祖祀，三不孝也。三者之中，无后为大。

在《孟子·离娄下》中，还有关于"不孝有五"的表述：

> 世俗所谓不孝者五：惰其四支，不顾父母之养，一不孝也；博弈好饮酒，不顾父母之养，二不孝也；好货财，私妻子，不顾父母之养，三不孝也；从耳目之欲，以为父母戮，四不孝也；好勇斗狠，以危父母，五不孝也。

以上五条，前三个都是"不顾父母之养"，用现在的话说，就是没有去尽赡养父母的责任：或者是懒惰，或者是好赌贪杯，或者是自己住楼房，让父母住车库之类的。还有两条则像是旧时讣闻里常用的"不自陨灭，祸延显考"，自己做了坏事，让父母受牵连入罪，真是很大的不孝了。总之，五条中根本没有提到"无后"就算不孝的，更不用说是最大的不孝了。

不孝有五，是孟子针对人们对于当时一个叫匡章的人的评价而说的。匡章的父母都不在了，但是没有葬在一起，特别是母亲，没有葬在墓地，而是葬在马棚里。不仅如此，匡章还把妻子、儿子都赶走，不跟他们一起生活。所以，外面许多人以为匡章不孝，看见孟子与匡章交友，还很"礼貌之"，便去问孟子出于什么原因。孟子说，这一般人所说的五条不孝，匡章一条也没犯。他的母亲是被父亲杀了葬在那里的，所以没有改葬。如果改葬，有违父亲意愿，是对不起父亲；但是不改葬，又对不起母亲。他心里不安，不能安心过平常人的正常生活，所以才"出妻屏子，不敢自安逸"。他自以为，若不这样，就更不对了。所以孟子说，这不是不孝，反而是值得礼敬的。后来，齐威王派匡章领兵去抵御秦的进攻，匡章获胜，立了大功。齐威王得知他不改葬母亲的苦衷，替他作主改葬了。匡章在齐国声位俱隆，人们再也不说他不孝了。

回到"不孝有三"上来，《十三经注疏》注出的三条，前两条其实也跟上述五不孝的意思相近。

由今看来，这"无后"一条，我们可以把它视作过时，不必多加考虑。而孟子讲的"五不孝"与那"三不孝"中的另两条，则没有过时。生活好了，不可以只顾妻、子，不顾父母；做官了，也要清廉奉公，不可贪赃枉法，陷父母于不义。古为今用，我们不能因为那一条过时的"无后为大"，反倒忽略甚至遗忘了孟子的谆谆遗训。

校风谈

苏州有两所中学的校门口，都用大字标语牌写着学校的校风，路人一旁走过，也一眼就看得见的。一曰：先忧后乐。一曰：团结守纪勤学求实。

两所学校各有一个故事，都与"校风"有关。一所学校的校长，在某年的教师节前，收到一家工厂的赞助款三千元，说是给教师节的祝贺，原是可发给教师们作节日慰问金的。但此时，学校的劳动技术课正缺一台打字机，校长征得教师们同意之后，就用这笔慰问金转作教学经费，买了打字机。不是借用，而算作教师们对劳动技术课的支持。另一所学校，在八字校风的大字牌竖立起来的第三天，有教育局组织的教学常规管理检查团来校检查。学校为了提高合格率、优秀率、升学率等，平时每天都是八节课（星期天例外，只上四节），课表上都排得满满的。但这却是不合检查要求的。于是各班都换发课表，每天六节课，还有课外活动什么的。班主任拿到教室，将新课表覆盖在原课表上，并说明新课表只用这两天。看来，"求实"二字的作用，仅在于教育学生作业不要抄袭，考试不要夹带而已，校长和教师是不受限制的。

有句老话叫"中学为体，西学为用"。似乎"先忧后乐"等是属于体的范畴，是做人的一种指导思想；"求实"也可以成为"体"，但像这所学校这样的做法，看来也不过是把它当作了一时之"用"，用以解决具体问题的一种手段而已。

学校是培养人的地方，校训、校风不但要解决学校内的具体问题，最好能让学校师生用上一辈子，成为他们的"体"才好。

钱宾四先生在香港办学时，曾对新亚书院的校训"诚明"做过解释。"诚"字是属于德性行为方面的，"明"字是属于知识了解方面的。诚是一项实事，一项真理。明是一番知识，一番了解。我们采用此二字作校训，正是反映了我们要把"为学"与"做人"视为同一事的办学精神。

　　记得某一年的高考，语文作文题出了"森林与气候的关系"，气候不好的地方（例如沙漠），森林不容易生长，但那儿却正十分需要森林，所以，有志之士不辞辛苦不畏艰难，造林治沙，改变环境。社会风气与校风校训的关系也略同于此。不好的社会风气会影响校风，良好的校风也会有助于社会风气的改进。愿先忧后乐的校风能对社会风气作出好的贡献，愿求实的校风也能由"用"变成"体"。

关于校训

在报上读到一篇关于校训的文章，这文章肯定和赞扬了一所学校的四字校训——"我在乎你"。但是，我却不看好这一另类的校训。

所谓校训，似乎应是校方要求于师生的东西。例如过去许多小学都用"好好学习，天天向上"作为校训，到现在有的学校则用"先天下之忧而忧，后天下之乐而乐"为校训。其共同点是：一，校训是训，有教育性；二，须长期努力，有历时性；三，有确定意义，有明确性。而"我在乎你"，其"我"和"你"都不明确，可以有不同的理解。如果把"我"理解为学生，"你"理解为祖国，则"我在乎你"有点相当于"爱祖国"；如果把你理解为名和利，则不具有教育意义，反而有"腐蚀"的意思了。原文引用了这所学校校长的解释，也有多种意义，虽然没有在乎名与利这样消极的、负能量的意思。多种意义就有不确定性，由于不确定性，就只能是"另类"的校训，不能算真正的校训了。

"先天下之忧而忧，后天下之乐而乐"，这是取法乎上的校训，属于最高级的要求。不能完全做到时，或还可以"仅得其中"。同时，和这高级要求一起，还可辅以一些二级要求（例如"以某某为荣，以某某为耻"）、三级要求等。而"我在乎你"，也不具备类此的包容性。

见到一所小学的校训，四句十六字，写在教学楼外墙上："学会做人，学会读书，学会劳动，学会健康"。我想，这"学会"二字，要求高了。如果改为"努力学"三字，或者只用一个"学"字，或好一些。

又曾见一所小学，有两个校训，一个写在学校正面墙上"知行结合重实求新"。一个写在另一边的侧门上，和"百年老校"写在一起："宁朴勿华"（这个像是老校的老校训了）。比较起来，我却觉得，对小学生来说，还是这个老的校训要比新的好一些。

上述报纸上的原文曾提出，如果列举一些学校的校训而加以研究，应当是一件有意义的事。我很赞同这一意见。本文只"研究"了三四个校训，也算是回应这提议吧。

校园照片的故事

　　苏州一所名校有位老师，她因"美中重点高中教师项目交流计划"而去美国一年，在一所学校任教，教的科目有中文、历史等。包括高中初中小学和幼儿园各个学段。出国之前，学校给了一个校园照片的幻灯片集，让她带去作交流用。有一次她在一个初中班上课时，向美国的学生展示了这个幻灯片集，学生们很感兴趣。学校的美国老师知道此事，对她提出一个建议：在其他班级使用时，先不要说是什么地方，让孩子们猜一下。

　　按照这个建议，在下一次的一个班级展示这幻灯片后，学生们猜的答案有很多：图书馆、购物中心、博物馆，甚至外交部、总统府都有。当老师说明这就是我在中国教书的中学后，学生们一脸疑惑，一个孩子大声提问："这是一所学校？学校里怎么没有人？"老师一时也不大好回答。

　　后来这位老师看到一本这所美国学校的年刊，这也是学校对外的宣传材料，也可以是个人珍藏的纪念品。在这年刊上，当年所有老师都有照片，连她这样短期任教的外国老师的照片也有，并附有文字说明。学生活动的照片也很多，这些照片上所有人的姓名，都会出现在文字说明中。即使是站在不显著位置，甚至是只出现背影的人，也有姓名在说明文字中。这时，她又想起学生问的"怎么没有人"的问题。觉得自己学校的宣传材料上没有人真是一个问题。

　　这位老师回国以后，过了几年，写过一篇文章，说到这事。她说，近年来，我们学校注意到了这一点，向外宣传交流用的画册里，学生们活动的图片有了，多了，人们可以从中看到孩子们快乐的笑脸。她又说："以人为本，真是个很重要的问题。真正把人放在重要的位置是不容易的。小小的照片，就反映了不同的观念。"

　　这位老师的文章，发表在一本教育散文集《落叶有声》中。这本书的作者都是苏州各校的校长与教师。这位去美国交流的老师是董启梅，她的文章很长，标题是"体验另一种文化与教育"，这里这个照片的故事，只是其中的一例而已。

生日事件

　　一名高三学生过生日请同学吃饭和娱乐，花了一千元。报纸评论说：这些钱父母要苦干两个月才能挣到，孩子这么铺张，是父母自找的，因为他们从小惯孩子，最后不免自吞苦果。

　　过生日要请同学吃饭，不是父母教孩子的，也不是可以无师自通的。这是学生在学校里学得的。就拿报纸上这一例来说，父母只读过小学，即使上到初中，也是很早以前的事了。在已是高三学生的儿子面前，他们的发言权是很微弱的。"养不教，父之过"。父母已经把子女送到学校，而且一级一级升上去，子女文化水平已经比父母高了。这时我们不能再用"养不教"来责备父母了。于是我想到了下一句"教不严，师之惰"。这样的事，老师应当有责任。

　　过生日要请饭，在学校里肯定不会是个别事例，否则这位同学也不会这样去做，而且父母已经对他表示这样太花钱了，而他仍然坚持要这样做。饭也请了，钱也花了。老师却不知道，或是知道而并不以为奇。即使是现在记者知道了，写文章报道出来，并给予批评性评论，老师或者还是没有知道，或者也还是知道了而没有动作，没有表态，认为这是校外发生的事，不属于学校的工作范围吧。

　　我对老师的批评，不限于现在高中三年级的老师，高一高二的老师也有责任，初中和小学老师也有责任。如果有一年，有一位老师，对学生说要关心自己的父母，体谅他们挣钱之不易，从小要养成节俭的美德，并且这一教育有了成效，那么高三时这事也可能就不会发生了。但是，有的幼儿园的孩子过生日就会让家长买一个大大的蛋糕带到幼儿园去（确有其事，不是我捏造的）。这和现在发生的事应当也是有关系的，有因果关系。

　　记者是怎么知道的？或许是家长反映的。为什么家长不去报告老师而去告诉记者？这个问题值得做老师的去思考。事情发生在别的学校，我们学校有没有类似的事，会不会发生类似的事，教师们也可以想一想。教育的责任重大，涉及的方面广泛：要让学生成绩好，升学率高；要让他们别到网吧去废寝忘食，流连忘返；还要让他们别因打架犯了伤害罪、杀人罪；过生日别让父母为难，别让记者当成反面典型等。所以，教师是光荣的、伟大的，是不容易做好的。可是，你若做好了，学生和家长会一辈子感谢你。

老幼和幸福

　　中国有句名言："老吾老以及人之老，幼吾幼以及人之幼"。现在要用白话文来表达，应当怎么说？有人逃避了难点，译为："像对自己家老人一样去对待别人家老人，像对自己家孩子一样去对待别人家孩子。"如果这家人对老人和孩子都很好，则大意还没多大的出入；如果这家人不孝父母，虐待儿童，则译文和原文意思就大相径庭了。"老吾老"三字中前一个老，应当有敬重、怜惜、孝顺、赡养等内容，做到这三点，也不是一件容易的事。等做到了，然后才是"以及人之老"。先要对自己家老人好，再对别人家老人照此办理。而"幼吾幼"则也当是先做到爱护、关心、教育自己家的孩子，再推己及人，照此办理。有的人，连第一步"老吾老""幼吾幼"也没做到合标准，自然不能"以及人之老"和"人之幼"了。

　　这是一个语文水平问题，还是一个思想修养问题？恐怕是兼而有之。自从白话文取代了文言文，有些用文言文记载流传的传统思想、传统美德，在不知不觉中也起了变化。其实白话文还没有完全代替文言文的能力。即如现在提到的两句古训，要用白话文表达，就有些难。

　　有一个白话词语叫"幸福"。词是常见的，真要解释什么是幸福，则又有一点难。例如"幸福家庭"，或指老人健康，孩子聪明，夫妻恩爱，家人和睦，事业成功……苏州这里有一口号"古巷新貌　幸福社区"，街头巷尾有这样的大字，报纸电视上也常可见到。"幸福社区"应当怎样去建设呢？或许当干部的，会得到上面下达的具体指标和具体指示；可是若从字面去理解，恐怕高中生大学生也未必能看懂、能想通、能解释清楚吧。"家家有本难念的经"，幸福家庭已不易求，幸福社区，更是不易了。

教师的人格影响

在《苏州教育》第五五期上，读到一篇关于育人之道的论文，文章提出教师的身教作用，有一节是"从单纯说教转化为人格影响"，文中说：教师要敬业爱生，忠诚于教育事业，尊重信任学生，要有持久乐观稳定的教育情绪。还讲到教育方法要循循善诱，不可简单粗暴，自身要不断学习进取，要有积极强烈的责任心等。

我很赞成"人格影响"这个提法。要补充的是，这人格，除了与教师工作本身有关的如上所述各个方面外，还有不少似与教育工作无关，但是对学生同样有影响的内容，这正是有的教师所容易忽略的——他可以是一个"好教师"，但是走在马路上闯红灯，上公共汽车不排队，在车上不给老人让座，还乱扔垃圾，业余时间喜欢打麻将，打扑克……所有这些，对学生，也都有可能产生"人格影响"的。

以上或是小的，老师对社会现象的看法，对国际问题的态度，对报纸电视的意见，虽然不一定在课堂上表现出来，但也是学生们能够观察到能够感受到的，这又是会有"人格影响"的。

人格这个概念外延很广，内涵很深。提倡素质教育，首先教师要提高素质。举个反例：学校评职称，有的评上了高级教师，有的没评上，其实这与学生无关。但是许多学生还是全知道了，除了知道谁评上，谁没评上，还会知道谁对谁有什么意见，谁说谁不行——有评上的说没评上的不行，也有没评上的说评上的不行，还有评上的说其他评上的不行的，以及谁是凭什么关系评上的。

古语说，己欲立而立人，己欲达而达人。其实也可以反过来说，你要立人，必先立己。以其昏昏，不能使人昭昭。讲智育时我们说，要给人一杯水，自己至少要有一桶水。德育也一样，要提高学生的素质，自己一定要有很好的素质。所以说"从单纯说教转化为人格影响"决不只是一个方法或者教育态度的转化。《中庸》上说，修身、齐家、治国、平天下，一切要从修身做起。做教师，也是这个道理，自己的修身是最重要的。好的人格产生好的影响，不够好的人格就会产生不够好的影响。

著名教育家钱穆先生年轻时在无锡教小学，那还是民国初年的事。有一次，他给他的小学生们讲到一篇课文，是吸烟的害处，而钱先生自己也是吸烟的，讲完此课，钱先生意识到要言行一致才对学生有说服力，于是决定随即把烟戒了。当年小学校里年龄较大的学生，也有吸烟的，钱先生的行为给了学生一个很好的榜样。到晚年写《师友杂忆》这本回忆录时，他还记得这件事，把它写了进去。另一件事，是他在无锡省立第三师范学校教书时的事，《师友杂忆》里没写，但三师校刊上则有记录。当时学生们反对帝国主义列强侵略中国，成立了一个"国服同志会"，大家不穿西服，不戴洋帽，并向别人宣传。钱先生和一些老师都参加了这个同志会，一样地不穿西服不戴洋帽，钱先生并在会中担任宣传部的工作。

晚年，钱先生在香港办学，在新亚书院的《学规》里，写有一条："你应该转移自己目光，不要仅注意一门门的课程，应该先注意一个个的师长"。这也是讲的教师的"人格影响"吧。

关心下一代

有位老同学，退休多年了，还在"关心下一代协会"发挥余热，偶尔闲谈说起来，他说，这个协会，其实也有关心老一代的成分在内。有些老年人习惯于工作、贡献，退休以后，总想发挥余热，有这样一个地方，他们稍微安心一些。

"习惯"两字，很有意义。有的人，是习惯于工作和贡献，需要有一个地方去发挥余热；有的人，是习惯于关心下一代，却不一定要到中学、小学里去作报告、讲故事，他会在公交车上劝告小乘客守秩序，给老人让座，或者不要乱扔垃圾。

好像今人关心下一代，重集体不重个体。关心者要建立组织，有计划、有领导地去关心；被关心的少年儿童，也往往是集体地受教育、受熏陶，比如听老红军、老干部、老工人、老劳模的报告。关心下一代，是一项事业、一项工作；为什么不是一种生活、一种习惯呢？

冰心先生年轻时候，到国外留学，她写了《寄小读者》。这在当时，或许也可以说是她的一项事业一项工作，或许更可以说是她的生活的一部分，一种生活一种习惯。不是一定要到老了退休了，才去参与关心下一代。

钱穆先生在《人生十论》序言中，记述了他十五岁那年买书的一段佳话：先是他在同学那里见到一本《曾文正公家训》，觉得好，第二天一大早，就到书店去寻书买书。他买到了心爱的书，书店老板又夸他小小年纪，就看这样的正经书，真好呀；又问他读什么学校，吃早饭了吗？还留他一起吃早餐，谈了许多话。并让他常来书店，可以买，还可以借，不会要你高价。以后，钱先生就真的常去这家书店，店老板也常常给他推荐书，还允许欠账，几年中，钱先生在那里买了不少好书、廉价书。

或许可以说，这位书店老板很会做生意，请小孩吃一次早点，迎来两三年的一位常客。但是或许更确切地说，这位店家除了懂得把顾客当上帝以外，更有对青少年的真关心和爱护（那时还没有"关心下一代"的提法）；有这个心，就有这个习惯性的行事方式。这种人，不需要参加关心下一代的协会，在日常生活和日常接触里，不知不觉中就会表现出对青少年（个体）的关爱来。那十五岁的小顾客，在常州中学连续两三年买书看书；六七十年后，还记得当年这位书店主人，说他当年成了我的一位极信任的课外读书指导员。应当说，这也不会是因为书店主人会做生意，而应当是因为他身上的古道仁心。现在这样待人处事的不多见，甚至描述也感觉词汇不够了。

关心下一代，以个体对个体，或许比上大课作报告讲故事来得更具体、更切实。关心下一代，不限于老红军、老党员、老干部、老劳模、老教师，大家都可以做，都应当做。关心的表现也不限于讲革命历史，讲斗争历史，形式可以多样，随时随地，我可以做，你也可以做。

偶然的感想，随手写下，不成文，但也不是姑妄言之。

"人民教育家"培养问题

报载，江苏省 2009 年起组织实施"江苏人民教育家"培养工程。准备分四批选拔培养 200 名教师，今年是第二批。苏州市第一批有四人被选为培养对象，今年第二批又有六人进入培训队伍。报纸的通栏标题是"他们是未来的江苏教育家"。同时刊出十位老师的照片、简介、入选理由。例如提到"所教学生成绩优异""一大批学生考取国内外著名高校""晚上经常备课、批改作业到深夜，每周还要值两次夜班，无暇顾及家庭"，等等。

"入选理由"等于是说他是一位优秀教师，有被培养成"江苏教育家"的基本条件。事实上，这十位老师都是"小学某学科中学高级教师""中学某学科教授级高级教师"，都是高级教师中的佼佼者。计划是五年培训，成为江苏教育家。有一篇报道还说，培训中有考核，不及格的可以淘汰。

这教师职称的评定，有专门的机构负责，执行多年，不同意见也是有的，甚至有极端的意见主张废除中小学教师职称。现在培养江苏人民教育家由省教育厅选拔、培训、考核，最后审定。希望能够成功。但是，看看报上登的入选条件，有人不免又有怀疑："每周还要值两次夜班，无暇顾及家庭"这个也算入选条件吗？

如果人民教育家能够培养成功，依此类推，多培养一些人民企业家、人民金融家、人民政治家等，人民共和国不是就可以长治久安，四海升平了吗？

设想应当是好的。实践的和理论的许多问题是很复杂的。好的愿望不一定会带来好的结果。再说由政府、由领导命名的"某某家"，也不是一定能为人民所接受、所承认的。我很担心。

院士的老师

　　严耕望先生是著名历史学家，台湾地区"中研院"院士。抗战期间，他在就读武汉大学时，觉得学校教授阵容较弱，曾和几位同学一起，向校长建议，请设法约聘吕思勉先生、陈登原先生、钱宾四先生等名师来校任教。校长接受建议，去请了三位先生。吕先生、陈先生因故没有能来，钱先生因为已受他校聘请，也只能来武大讲学一个月。

　　钱先生来到武汉大学时，严先生已经是四年级，快毕业了，而且钱先生在武大只有一个月时间，严先生遂利用课余时间，拿着自己的部分论文底稿请钱先生批阅指导。钱先生肯定了论文的这部分内容，并提出了补充修改的意见，最后还对严先生提出"或许可以到齐鲁研究所任助理研究员"的想法。

　　严先生在武大听了钱先生一个月课，毕业后，到钱先生所在的齐鲁研究所跟钱先生学习了两年，以后又随钱先生到华西大学学习一年，"日夕追随先生问学三年"，此后，严先生回家离开了四川。后来他们各自有自己的工作，而师生友情、问学切磋关系长存，直到钱先生去世。

　　严先生写过一篇纪念文《从师问学六十年》，其主要内容就是对与钱先生相处的回忆。但是从1941年3月嘉定武汉大学算起，到1990年钱先生去世，一共五十年。严先生所说六十年，还包括对自己小学里的、中学里的老师的回忆。

　　严先生是历史学大家，而他写到的第一位小学老师冯溶生先生，是一位算术老师，是严先生上小学高年级时的老师。时在1928—1929年。严先生回忆，先生"擅于讲书，使我对于算术发生浓厚兴趣，不断地看课外书，找习题做，尤喜四则难题。当时学校课本，每课练习题远比现今为少，只有四五题，但难度大得多。我感到习题愈难，愈有兴趣，因为难题才好转弯抹角的思考，设法得到正确的答案，增加成就感"。因为小学数学好，"所以我在中学一直以数学见长"。严先生后来"弃理习文，但研究问题能深入，能精细，不敢一步虚浮。这种作风，大都得之于少年时代的数学训练。这是溶生先生之赐！"以上是严先生七十多岁时所写六十多年前的老师。自己终生的成就，离不开当年小学老师之赐（严先生那时或许没有上幼儿园，否则的话，也可能会想到幼儿园老师的）！

第二位"李师则纲是桐城人，在我就读的安庆高级中学教本国史，也在安徽大学兼课。……其时已在商务印书馆出版了《史学通论》《始祖的诞生与图腾》两书"。严先生回忆中讲到老师在纪念周上讲演的"历史演变的因数"，"使我慢慢投身到史学研究的行列中"。还有回忆到当时同学好友童长庆，他也是受李老师影响，"高中三年中，我由于李先生的引导与长庆的联系，看了不少社会科学书籍，也略涉一点唯物史观的理论。对于我后来的史学观念，影响也极大！"严先生上大学后，仍和这李老师经常联系。后来李老师在安徽学院，邀严先生也去那边任教，严先生才出川回家（后来交通受阻未果）。

《从师问学六十年》这篇长文，主要内容是回忆钱宾四先生。但是开头部分先写了这两位小学老师、中学老师，篇幅或许"微不足道"，只有一两页（全文五十页许），但是意义是重大的，不可或缺的。院士也是从小学生中学生大学生过来的！

关于冯老师李老师，严先生还说到，1946年（抗战胜利后了），他回安徽家中，还看到冯先生教他时候他做的数学作业，被罗岭初中保存着"供同学做范本"。到台湾去后和大陆没有联系，有次到香港还见到过李先生1956年写的关于考古发掘的文章，后来又在同乡会听说李先生已于"文化大革命"期间或稍前被诬陷，以莫须有罪名遭到清算，屈辱而终！思之慨然！

一生若想过得有意义

当地报纸有个"党报热线微博"专栏，选发读者的微博，某天选发《一生若想过得有意义可以这样做》一文，说有三条："第一在一个领域里做到极致，像陈景润搞数学，袁隆平种水稻；第二让生命尽可能经历更多，如徐霞客游走山水，马可波罗行走天下；第三扩充人脉，珍惜时间。"

举的几个例子中的人物，他们的人生的确是有意义的，很有意义的。但是，一生若想过得有意义，真的自古华山一条路，或是此三条路吗？古人说，不朽有三，立德、立功、立言。这立功立言，好像要有突出表现、重大成就。而立德不朽，则往往可以不显山不露水，没突出表现，也没有重大成就，甚至谈不上有什么表现。然而，他们的生活却同样有意义，甚至更有意义。

一位女教师，教了几年书，好像没有突出的成绩，甚至还不是正式教师，只是临时代课老师。可是有一天，忽然几名学生面临危险，这位老师该出手时就出手，从车轮前面把学生救出，而自己却严重受伤。这位老师的生活是不是有意义？或许会有人赞不绝口，也有人会认为不值。这就不是上面这条微博所能概括的了。

《史记》上讲到孔夫子的学生，有这样一句："七十子之徒，仲尼独荐颜渊为好学，然回也屡空，糟糠不厌，而卒蚤夭。"这颜渊的生活是否有意义？司马迁写这一句有什么用意？这一句是写在《伯夷叔齐列传》（《史记》所有列传中的第一篇）中，用来做例子，用来推崇伯夷叔齐的伟大的。颜渊、伯夷、叔齐……还有历史上许多伟大人物，就是这样没有重大成就，没有丰功伟绩的。当时他们的生活，不是没有意义，而是极有意义，当时就有意义，几百年几千年过去，他们的历史意义仍然十分重大。

　　除了历史人物，现实生活中，没有重大成就，没有丰功伟绩的普通人，他们的生活，也不是全没有意义，而是极有可能就有重大的意义，不一定只有这三条路可走。

"父亲"与"儿子"之间

季羡林先生去世以后，他的儿子写了一本书——《我的父亲季羡林》，这本书我还没看过，只在报纸上读到一段"我和父亲季羡林的恩怨"。其中说父亲遗弃了他，而且是很无理、很粗暴地遗弃了他。是因为儿子对母亲尽孝而动怒的。父亲儿子十三年不相往来之后，父亲让儿子去医院见面，以后就好像是"复为父子如初"了。

"是什么意见能在他心里筑成我们父子之间的所谓大恩大怨、大仇大恨，而竟至不能克制终于于发作呢"；"还赠我'身败名裂，众叛亲离'八个字"；"我给父亲写了一封信——解释了我某些行动的原因并为之辩护，也针对有些人的作为说了八个字：冠冕堂皇，男盗女娼。我说这话完全不是针对父亲而是另有所指"；"从远处讲，我们对父亲的意见，无非是觉得他对家里人太吝啬、太小气、太冷淡。他在外面显得越慷慨、越大方、越热情，我们的这种感觉就越明显"；"我有心养你的老，也一直是这样干的，累死累活地干了几十年了"。

钱穆先生说，读中国历史，应当有一种温情和敬意在心中。我认为，一个儿子在写他的父亲、谈他的父亲时，心中也应当有一种温情和敬意。可是季羡林先生的儿子在写这本关于他父亲的书时，是没有这种温情和敬意的，反倒有怨，有很深的怨。所以，他笔下的事实，也会因而不客观，不能令人信服了。

有人问孔夫子，说我们那里有人偷东西，他儿子出来揭发他，这可以说是正直吧？孔子回答说，我们那边正直的人不这样，他们父亲会为儿子隐瞒，儿子会为父亲隐瞒。孟子他也曾设计过一个父亲犯罪儿子怎么办的"范例"。他说假如舜的父亲杀人，法官皋陶要绳之以法，舜如果让皋陶去执法，就不孝了；如果让皋陶别去执法，舜就是不忠。忠孝不能两全时，孟子提供了一个办法：舜可以放弃地位，背着父亲逃到北海之滨，还可以快乐地过日子。

曾子还说过，如果父亲打儿子，儿子应当怎么办？他说，如果是小打，就挨着。如果是大打，就逃吧。不是怕自己被打死，而是如果打死打伤，就会陷父亲于不义。

以上是中国传统社会儒家的一种行为准则。在现在的中国，虽不能当金科玉律，应当也有参考价值吧。季先生父子的"恩怨"，既然在最后已经"复为父子如初"，重建了亲情。父亲去世后，儿子这本书，其实是不必写、不应写的了。我这样以为。

父子天伦

父子关系，自古以来，被列为五伦中的"天伦"，是一种与生俱来的人际关系。当然，"父子天伦"关系，现在来说，应该也包括了父女、母子、母女等亲子关系在内。近期中央电视台热播的公益广告里，就有两则是宣传这父子关系的。一个广告叫 Family，父亲母亲我爱你；另一个从母亲带儿子学步开始，十年十年过去，直到母亲垂老，字幕上说"常回家看看"为止。配合近来《老年人权益保护法》的宣传，两个都是很好的广告。

有些"坑爹"的子女，连法律也抛之脑后，要和他们讲孝敬父母，恐怕不现实。如果他们犯法坐牢，自然不能"常回家看看"，或许反而要老父老母去看看他们了。这种情况姑且认为是"小概率事件"，暂不讨论。

且从台湾龙应台先生《目送》书中说到的母子关系说起吧。这书中有一篇文章题目是《母亲节》，讲了以下这样一件事情。母亲节这一天，龙先生收到儿子安德烈的电邮。这个电邮，没有专门写给龙先生的话，是一个"我很无聊"网的网址链接，点开来是《与母亲的典型对话》一文。说的是儿子去看望妈妈，妈妈在厨房做鱼，儿子说我不爱吃鱼。妈妈说，是鲔鱼，加了芹菜，很健康，文明国家多吃鱼，长寿的人多吃鱼，等等。儿子的回答都是一句"我不爱吃鱼"，"我不吃鱼"等。妈妈让他尝了一口，他还是回答"真的不爱吃鱼！"（以上对话共有一页半三十多行）。然后，两人就去外面餐厅找吃的了。去找吃的，妈妈让儿子多穿一点，儿子说不用多穿，你来我往，又是十来行对话。结果也没有多穿。餐厅人多排队，没有吃成。然后，妈妈说"还是去那家海鲜馆子吧"（她忘了儿子不吃鱼？）。龙先生在文章结尾问："这个电邮，是安德烈给我的母亲节礼物吧？"没有答复，没有评论。

这样的母子关系，是不是小概率事件？恐怕就不仅不是，还有一定的代表性。

扬之水先生《〈读书〉十年》一书中，写到一段父女关系，是她刚到《读书》编辑部时，听领导老沈讲的家事：

> 唯有一个放心不下的，是小女儿沈双。父女二人倒是脾气秉性十分投合，老沈也曾在女儿心里占过一个中心的位置。但曾几何时，这个地位已经濒临危机了。那是沈双从美国回来以后，逢到晚间，老沈再欲与爱女作长谈，听到的却是恭敬的婉拒了：爸爸，你早点睡觉吧！

这位沈双小姐和龙先生的公子，倒是很有异曲同工之妙呀。

扬之水先生有儿子小航，《〈读书〉十年》中屡有言及。其 1987 年末有一则提及"小航常常提出这样的问题：要是有一天你老死了怎么办？说完便声泪俱下。今日临睡前，又复如是。我说你愿意我老得不能动了可还是不死吗？他一边哭一边说，那你就不老，也不死，永远像现在这样。"多可爱的小航！次年五月，又一则称：

> 晚间与小航对坐读书。忽然想到，十年之后，四十四岁的我与十八岁的小航，还能够对话吗？谈什么？谈人生，谈学问，抑或疏离而无言？恐怕后者的可能性更大些。

大概是扬先生想到了龙先生和沈先生的前车之鉴了吧。

安德烈长期在欧洲（也不是中国籍），沈双也是由美国归来。欧美文化里的父子关系本来就与中国伦理不尽相同，甚至南辕北辙。但是，中国古代就有"父子不责善"的传统，家教也贵在身教示范。孔夫子对儿子孔鲤，也只有在他趋而过庭时，略微讲几句，就留下了"庭训"这个专门名词。多说恐怕不仅无益，还极有可能成为后来"疏离而无言"的原因。

但是现在不是孔夫子那时候了。父母对子女前途的焦虑程度空前提高，"责善"之高度和严酷也是远胜前贤。扬之水先生三十四岁时的"杞人之忧"，现在看来或许更可忧。从中央台热播的两则公益广告，或许也可看出此中消息之一二吧。这正像人们见到社会舆论集中提出廉洁奉公，就会联想到必是贪赃违法有点严重差不多。至少可见两代人之间的关系不大合乎理想，需要调整。这样说不致大错吧。

不过，两则公益广告的重点宣教对象，好像是子女。你们不要忘了父母之恩，须念"树欲静而风不止，子欲养而亲不待"的古人言，不要到时候悔之莫及啊。那么，对于三四十岁的父母（往上还可以推到五十岁的父母，或者兼及某些比较年轻的爷爷奶奶），有没有什么忠告，让他们可以对"代沟"现象的产生，做一些预防工作呢？

龙应台先生在《目送》一书中，就有过一句忠告：

> 有些路啊，只能一个人走。我慢慢地，慢慢地了解到，所谓父女母子一场，只不过意味着，你和他的缘分就是今世不断地在目送他的背影渐行渐远。

中国还有一句老话，叫"儿孙自有儿孙福"，这是告诫父辈祖辈的，让他们悠着点，不要操心太过。事实上，有些操心太过、做法太过的父母，不但应当担心十年后的结果，就是眼前，或许还应想一想是否已经在揠苗助长了呢。如果有，就不是助他而是相反了。沈先生、龙先生对他们的子女，没有做错什么。但是儿子女儿好像对老爸老妈不是那么的亲、顺，还谈不上孝与不孝，这不是谁的错造成的。龙先生说"缘分就是"这样。若使年轻的父母错做了揠苗助长的事，将来自食苦果，那可真是悔之莫及，冤也没地方诉了。这或许也可以做一个公益广告，广而告之。

扬先生的小航，今年三十多了吧。扬先生当年的杞人之忧，也和小航当年担心的"你老死了怎么办"一样，后来都太平无事了吧。愿天下父母，都不老也不死，和他们的子女都没有"疏离而无言"的情形产生，至少在他们八十岁、九十岁之前能这样吧。

感子故意长

　　当年杜甫和老朋友卫八处士，几十年不见面了，这天卫八处士把杜甫请到家里一起吃饭话旧，杜甫很开心，就写了一首诗：

　　　　人生不相见，动如参与商。今夕复何夕，共此灯烛光。
　　　　少壮能几时，鬓发各已苍。访旧半为鬼，惊呼热中肠。
　　　　焉知二十载，重上君子堂。昔别君未婚，儿女忽成行。
　　　　怡然敬父执，问我来何方。问答乃未已，儿女罗酒浆。
　　　　夜雨剪春韭，新炊间黄粱。主称会面难，一举累十觞。
　　　　十觞亦不醉，感子故意长。明日隔山岳，世事两茫茫。

　　这首诗一直流传到现在。杜甫的高兴之情，经过一千多年，还在感染、感动着读到这首诗的中国读书人的心。

　　今天年初一，接到一位老朋友打来的电话，又有一对老朋友夫妻送我一盒鸡蛋。我也一样的很高兴，可是不会写诗，就写"散文"吧。

　　上午打电话过来的，是我早年教过的一个学生，姓华。就在几个月前，她的一个同学打电话给我，说想要找这位华同学，问我有没有她的联系方法，但是我没有，已经多年没有联系了。后来，我还问了当年的其他同学，也没有问到。忽然就来电话了，她怕我听不出是谁，一上来就自报姓名，我就告诉她，孙同学在找你呢。她说，孙同学厉害，居然通过公安局，在连云港找到了她。她也因此知道了我的近况和电话号码，才打电话过来的。华同学说，苏州家里的老房子拆迁了（那老房子我去过多次的），搬到火车站那边了，母亲年纪大了，现在住护理院。她家五姐妹（我也是认得好几个的），最小的妹妹，前几年不幸病故了，现在苏州只有一个妹妹在，等等。说了一会儿，她说言归正传，给你拜年了。一连讲了好几句那种"群发短信"一类的话，虽然大同小异，可是这不是"群发"，却是直拨过来的电话。于是我说："谢谢你，谢谢你。"没有料到引起她大笑，说道："谢谢我？应当我谢谢你才对。当年考取大学，全是你的帮助，这是我永远不会忘记的。"接着，连说了几句："谢谢你，老师！"

但是，说起当年考大学，那是 1960 年，全班同学除了两位"政审不合格"没被录取外，全部都考取了。不同的是按政审条件，有的考取北大、南大，有的考取 1958 年兴办的师专、工专而已，而她考取的是南京工学院。我虽做过他们两年多班主任，教数学，要说有帮助的话，也只是职务贡献，只有这里不足、那里不够的遗憾，哪有值得永记不忘的地方！然后，我们又说了些当年同学的情形。最后，她说："妈妈、妹妹在苏州，我还是要回来看她们的，那时一定去看老师和师母。"电话十多分钟，这 1957 年到 1960 年间的事，有的想起来很温暖，有的却也不堪回首啊。

下午，我去超市买了点东西，返回时走在人行道上，刚进小区，忽然大路上穿过来一个人，手提一大盒鸡蛋，喊我老师，就往我手里送。抬头一看，大路上停着他的送货车。他妻子还在驾驶室笑着招呼我呢。这对夫妇，也是十多年近二十年的老朋友了。

那时我们刚退休，带了几年小外孙，等外孙 6 岁离开苏州到父母那里上小学去后，真开始了两个人的"空巢"生活。空下来就喜欢四处走走，在城乡接合部的农村，见到他们的养鸡场，就做了不速之客，进去参观，受到热情接待。一来二去，就成了朋友。那时他的养鸡场，鸡散养在两间房里面，四处走来走去的，地上有喂食和喂水的容器。母鸡生蛋则跳到墙边的蛋窝去生。旁边另有一间是自制饲料的车间，主人介绍说，我这鸡饲料，没有激素，鸡蛋的味道，也不同一般。只是卖起来还是和普通鸡场的一样，散装称重，卖不起价钱。要想法子注册商标，通过认证，卖盒装的，进超市等。后来，一样一样，他果然都做到了。今天年初一，也正是开车来超市送货，巧遇。

这个城乡接合部的养鸡场，我们常常去买鸡买蛋。他们第二个儿子，比我们外孙小几岁，外孙小时候的衣服，有的留在家里的，也给他们送去过几次。后来村里征地，养鸡场搬迁，远了，就没有再去过，也好几年了。可是，在超市里见到他们送去的鸡蛋，品种也不止一种，我们也常买的。有次在农产品展销会，也见到他们的摊位，还获赠展销的鸡蛋。今天获赠的是"礼盒装散养土鸡蛋"，有农业部农产品质量安全中心认证的无公害农产品证书。盒子上还有宣传标语"保障动物福利　放鸡回归自然"等字样；宣传图片上的鸡，也已经不是在房间里走来走去，而是在林下草地上活动。真是今非昔比了。

　　夫妇二人，虽然多年不见，可是不显老，反而显得年轻了。虽比不上中央二套《生财有道》节目里的养殖大户，可也同样的生财有道啊，真为老朋友高兴。我外孙大学快毕业了，他家小儿子，今天没来得及问，他们匆匆开车走了。有机会真想再去参观参观他们现在的鸡场。

　　感子故意长。想法和杜甫略同，但是文笔就差得不可以道里计了。

《庄子》里的坐忘

颜渊对孔子说，我进步了。孔子问怎样进步，他说，忘礼乐了。孔子肯定了他的进步，但是说还不够。第二次颜渊又说进步了，孔子再问怎样进步，他答说忘仁义，孔子仍是肯定了他的进步，仍说还不够。第三次颜渊说我又进步了，孔子问他怎样进步，他说我达到了坐忘的境界。

> 何谓坐忘？颜回曰：堕肢体，黜聪明，离形去知，同于大通，此谓坐忘。仲尼曰：同则无好也，化则无常也，而果其贤乎！丘也请从而后也。

这是《庄子·大宗师》里记述的一段故事，说颜回的进步，从忘礼乐、忘仁义一步一步进步到坐忘，才得到了老师的最终肯定。

但是，庄子的意思，未必能够得到孔子和颜子的同意。这个故事只是庄子编出来说明他的思想、他的观点的。不管这是庄子、孔子、颜子谁的思想，对于我们今天的人，不是要先来判断究竟是精华还是糟粕，而是要看有没有学习的价值，有没有可以启发思考的作用。

对于物质财富过度的追求，应当说是不好的。对于意识形态问题，过分的强调或许也是不好的。还有人和人之间的恩怨、不同意见，有的也应当忘掉一些为好。"同则无好，化则无常"。这两句话，前人有注，说是"无私心，无滞理"，能做到这样，自然是进步了。所以，庄子说，孔夫子也赞成了。

钱宾四先生说过："然则处衰世具深识，必将有会于蒙叟之言，宁不然耶！"又说："曾涤生曾欲体庄用墨，亦孟子禹稷颜回同道之义耳。"后来他在香港，也曾劝过已经从新亚书院毕业到美国留学的余英时先生读《庄子》。这两千年的古籍，对于今天还是有用的吧。

庄子和死人头的对话

　　庄子在到楚国去的路上，见到一个死人头，已经只剩下骨头，没有皮肉了。庄子用马鞭拨拨这个头骨，问他说：你怎么会变成这样？是你贪生失理而变成这样？是你有亡国的事或者受到刀斧的刑罚而致死的吗？是你自己做了恶事，怕给父母家人带来耻辱而自尽的吗？或者你是贫病交加冻饿而死的？抑或就是年纪大了寿命到了而死的？庄子没有得到回答，他把这人头带回去，放在床边，睡到半夜，忽然，人头到梦中来回答他的问题了。

　　那人头说：听你白天所说，就像一个辩论家。其实你说的那些话，都是活人现世之所累，死人就不用想这些了。也许你愿意听听死人的说法吧？庄子回答说：好啊！人头就说：人死了，上面就没有君上，下面也没有下属，不用起早睡晚，不用春耕秋收，自由自在。便是人间的国君帝皇，也比不上我的快乐呀。庄子不相信，反问说：如果我请天帝归还你失去的骨肉肌肤，让你重新生活在人间，而且让你和父母妻子儿女邻里朋友重聚，那你愿意不愿意？那人头回答说："吾安能弃南面王乐而复为人间之劳乎！"我怎么会放弃现在的比国君帝皇更多的快乐，而再去接受人间的劳累呢？

　　以上故事记载在《庄子》外篇《至乐》中。和那著名的"庄子丧妻，鼓盆而歌"的故事在一起。这一篇开篇即问："天下有至乐无有哉？"回答是："富贵寿善"，不足言乐；"身安厚味美服好色音声"，也不足言乐。所以，"至乐无乐"。

　　虽然是故事形式，其实是有思想的。三则故事的思想是一致的。研究庄子的思想，是一门专门的学问，需要上大学，考研究生，认真学习钻研。现实中，活着虽然快乐，但是，想想最后在医院和死神斗争，几个月，几百天甚至更长，自己痛苦，家人悲哀，那么这最后的撒手人寰，其实真也有一些解脱的意思。对逝者对生人，都是解脱。逝者已去，如果生人还不解脱，岂不是使逝者也难以瞑目吗？让逝者安息，生者继续自己的生活，并且谋求生者的乐趣——富、贵、寿、善，身安、厚味、美服、好色、音声，都可在其中。

抱残守阙

今之中小学生，学习词语和成语时，往往会被提醒，要注意区分这些词语的感情色彩，是褒义还是贬义的。有一个成语"抱残守阙"，很久以来，通常就被认为带有贬义，若说某人抱残守缺，不是一句好话。

钱穆先生在《中国史学名著》书中，谈到一个问题："你说中国是一套专制政治，我说不是。这当然仅是抱残守阙，然而这个残和阙，还须有人抱和守。"钱先生自认就是有这个"抱"和"守"责任的人。与那些把中国几千年历史看作一团糟、一团漆黑的历史学家、文学家、革命家等，有些泾渭分明、壁垒森严的样子。

抱残守阙，为什么会被认为很有贬义？是因为人们认为这"残"和"阙"的主体，本是没有价值的，而且又残阙了，更没有抱和守的必要了。你还抱，还守，显得太落后于时代，太保守，或者是太花岗石脑袋了。然而如果认为这已经残和阙了的正是国之瑰宝，你能弃之如敝屣，不屑一顾，掉首竟去吗？钱先生一贯主张，中国人读中国历史，当抱一种温情和敬意，不能以批判为能事。这自然会被人认为抱残守阙、冥顽不灵。而他，钱先生也自然会当仁不让、坚持不懈地抱残守阙、冥顽不灵下去了。

如果是国土沦丧，金瓯残阙，人们自然会拼命地去保去守；如果是国宝重器，甚或即使是片纸只字、碎瓦残器，人们也会视同拱璧，保之守之。而对几千年的传统文化、文明历史，却又会视同粪土，认为一文不值，并以抱残守阙、冥顽不灵来讽刺懂得珍惜的人，其蔽也明矣！

万里长城，经过几百年几千年，残了阙了，又修了补了，现在是世界文化遗产，重点保护文物，这是"物质文化遗产"。还有非物质文化遗产，列入遗产目录，有了传承人来抱残守阙。但是，这时一般就不用这个成语，而用继承发扬这样的词汇来代替。

"向钱看"的宣言

常听见人说这么一句话："金钱不是万能的，但没有金钱是万万不能的。"听转述人口气，多是赞成这话，认为确是至理名言，很正确而且不会变。但是，笔者愿提出不同意见。

"金钱不是万能的"，这句话对。"没有金钱是万万不能的"，这句话也对。但将这两句话放在一起，中间用"但"连接起来，正确便可能转向谬误了。

根据语言规律，"但字句"的重点是后半部分，是主要意思、中心思想之所在，而前一句，不过是作为陪衬反衬而存在的。现在，前后两句都是讲的金钱，就掩盖了一个明显的逻辑关系："金钱不是万能的"，此处的"金钱"二字，应该是指很多很多的钱，不是一般数目和意义上的钱。而"没有金钱是万万不能的"，这句话正确的前提是"没有"，"没有"的彻底性，所以这里的金钱，是指很少的、最低限度的金钱，如维持个人最低生活水平，须几百元钱，却并非一定要几千元几万元钱。两句话捆绑在一起，容易造成错误印象：有"有钱""无钱"两种选择，既然无钱不行，我必选有钱。这样第一句话"金钱不是万能的"就可有可无，其作用只是误导听者说者，使之认为"金钱"不是指"小钱"而是指"大钱"。

所以，"金钱不是万能的，但没有金钱是万万不能的"这句"名言"的主旨，就是说，人不能不去追求金钱。所以，你我他追求金钱是合情合理的。简而言之，这句话就是"向钱看"的宣言，就是"向钱看"的"理论支柱"。

"没有金钱是万万不能的"，而在有了基本限度的金钱以后，一个人是否要考虑一些其他什么，例如考虑"没有精神……是万万不能的"这样的问题呢？这句"名言"的信奉者、传播者，会不会去注意和思考这样的问题？

　　笔者姓钱名行，有一次上网查找自己的"作品"，输入"钱行"二字，在搜索引擎上找，一下子出来上千条，眼花缭乱。却无意中发现一首七律，似与本文论题有关，如下：

　　　　天教多难困诗人，何必为钱行屈伸。

　　　　毕竟青山难挡日，本来为富不施仁。

　　　　一身以外铜臭远，十步之涯芳草邻。

　　　　我劝诸公重抖擞，且娱诗酒乐安贫。

诗出当代宁波诗人童志豪诗集《半青集》之《"三人行"，咏重九诗会》。这里的"诗酒乐安贫"，也是要一点金钱的，但是若为更多的、太多的金钱去"行屈伸"，诗人就认为无此必要了。这位诗人对金钱的态度，似与上引名言是对立的。

　　由此可见，应当牢记的是"金钱不是万能的"，至于"没有金钱是万万不能的"，由于你我并不是"一无所有"，大钱没有，小钱还是有的，此话就可以不必放在心上，放在嘴边了。所以，此"名言"，后一句即"但"字及以下可删却，留下"金钱不是万能的"即可。

　　以上管见，愿就正于有识者。

象牙越变越短

非洲公象本来有很长的象牙，这是它们自身不可或缺的一种重要器官。可是在世人眼里，象牙是一种珍贵的原材料，可以加工成高级工艺品，所以猎象人往往找牙长得最长的公象开枪。如果没有猎人，长牙公象是象群中的强者，可以获得优先的繁殖后代权。这样一代一代相传繁衍，长牙基因会得到加强，长牙象会越来越多。然而猎人喜欢猎杀长牙象，结果反而留下短牙的象在繁殖后代，于是象群中长牙象日趋减少，从总体来看，象牙就越来越短了。

中国古代有门阀制度，有的世族大家世泽绵长，一代一代人才辈出，青出于蓝；后来，科举取士，学而优则仕，平民高中，得以出仕为官，精神与教养得以传与后代，整个社会也还是人才济济。再后来，天下穷人得解放，被压迫被剥削阶层的孩子有了享受教育的权利，打破了世代受穷的困境，所以叫翻身得解放。但是，与此同时，"地富反坏右"被认为反动的和坏的，被打倒，他们的亲属子女也被列入另册。

在历代运动中，往往这些"学而优"的人一旦不能符合时代潮流，也会被打击，且往往打击面太宽，造成许多冤假错案，不仅当事人蒙冤，而且祸延子孙，旁及亲友。这不正与长牙象自身难保，何论传种接代，象牙从此越来越短，有其可比的一面吗？

有一个著名的问题："为什么中国人得不了诺贝尔科学奖？"说不定也与这长牙象现象有点可比性。十年树木，百年树人。一百年，无论从血缘继承或从学术师承看，都需三代以上才能完成。

两个小学生与美国总统

八月六日，女儿带着两个外孙，从纽约搭飞机回上海，转高铁回苏州家中，途中转机需等待，遂以聊天遣时，小外孙一无（一年级学生）问妈妈，你知道美国总统有几位是在任期中间去世的吗？妈妈想了一下，回答了三个：林肯、罗斯福、肯尼迪。一无说，还有。但是，妈妈没有再想出来了。一无就给她画了一张图表，列出了七位总统名姓，任总统时间（某年至某年），死因（有被枪杀，有心脏病，有脑病，就分别画了枪、心和脑来表示，并另外注明图形所代表的意义）。另外，还在有些人名下注上 A、AA、F 等字母，注明字母代表这位总统好、很好和我喜欢。妈妈很意外，当时就把这图用微信提前发到了家里。但是，因为上面的文字都是英文，外公外婆看了，略知大意而已。

到了家中后，我就让女儿解释解释，知道了上面所写的大意。

总统肯尼迪名下，外孙画了一把枪，还注上了 F 这个字母。原来这是他喜欢的总统。这时，我正和女儿两个人在说话。我说，在《钱宾四先生全集》上，有一篇文章介绍过肯尼迪所写的一本书，认为与中国传统所说"徒德不足以为政，徒法不足以自行"的思想有相通之处，当时得过普利策奖。女儿说，她不知道全集上有这篇文章，也不知道肯尼迪总统有这本书。问问一无吧，看他知道不知道。

一无正和哥哥一文在玩小电脑，一听问肯尼迪得奖的名著，两人同时说出了书名 *Frofile of Courage*，而且说，这是讲几位美国名人的书。女儿转述解释说，书名大意是"有勇气的人"吧。我知道这书的中文译名为《当仁不让》，当时就想过，不知英文原书名是怎样，现在一听这个原书名，用中国成语"当仁不让"来翻译，好像的确有点信达雅的。

五十多年前，这本书就有了中文译本，并且钱穆先生还为之写了书评，推荐给国人。但是，直到今天，这书的中国读者还不会很多吧。

今天从美国回中国探望外公外婆的两个小孩，或许没有真读过这本书，但是至少知道有这样一本书，知道书中写的是几位美国先贤的事。当然我们不能希望中国小学生会知道美国总统的事，知道他们的著作；联系现状，猜想中国中小学生，对于现任中国领导人的姓名是会知道的，若问近五十年、近一百年（或更长时段）的历任国家领导人及其事迹，则恐怕能说出五人、七人姓名的不多见。中美两国中小学生的兴趣不同，知识面不同，或许与家庭教育、学校教育都有关。

将军与士兵

有一句西方格言："不想当将军的士兵，不是一个好士兵。"据传是当年法国拿破仑的名言。现在流传中国，常被引用于书刊报章，影视荧屏。中国自古流传到今的格言中也有"志当存高远"，"取法乎上，仅得其中"等。对比起来，是大体略同，还是"差之毫厘，谬以千里"呢？

中国古训中的"取法""立志"等语，似乎都是从品德、修身方面讲，而不是从军衔、职级上来看的。这西方格言中的"不想当将军……"，有时会被引用者推演变成"不想当院士……""不想当总裁……"等；这里作为人生目标的总裁、院士，其实正和将军一样，不是很多人都能做到的。中国前贤虽然有说"人人都可以成为尧舜"，则不是指人人都可以做到尧舜的帝王地位，而是指人人都可以在人格上、道德上达到尧舜的境界。这里边，中西方两条格言的差别，应当说是很明显的。

《钱宾四先生全集》中有一篇《复某生》，原是给军中人士的一封书信，后来发表在刊物上，又收入了全集的《中国文化丛谈》中。在此文中，钱先生引用了古人陆象山的名言"宇宙内事莫非己分内事，己分内事莫非宇宙内事"，并解释说：

> 吾人际此身世，更不能不有此了悟，然此亦只是我侪个人自身之日常探究学问则然。小之为自己之受用，大之为学业与事业之成就；惟后之二者，其事不尽在我，故学者不贵于此有所期必，只一意为当下自己受用；而事业与学业是在外者，待其自至而已。

这几句话中"不尽在我""有所期必""自己受用""待其自至"四语，好像正可借来反思"不想当将军的士兵，不是一个好士兵"这句的问题。

你当连长就好好当连长，然而能否升到营长，却"不尽在我"，不是你自己所可以决定的。因而如果"于此有所期必"，就患得患失，反而不好了。"自己受用"则是相当于问心无愧的样子，自己尽力，做到最好，就无愧于天，无怍于地；而学业事业的成就，都这样不能"有所期必"，而要"待其自至"——实至自然名归。想当将军，还是从当好连长，甚至是当好排长、士兵认真做去，应当知道做好连长，是"己分内事"，却也莫非"宇宙内事"，有其重大意义的。

至于有些人，为了想当将军，竟然以贿求之，这本来是不值得一提的。但是，这至少从另一角度说明"想当将军"和"一个好士兵"之间，并没有必然的联系。那些不择手段不走正道想当将军的人，即使后来真的弄到了将军的军衔，他们根本从来就不是一个好士兵。正好相反，想当将军的人，应当从做一个好士兵做起，然后才可以当排长——也可能没有当排长就退伍了，当连长——也可能没有当连长就转业了……最后，不用行贿买官，不用歪门邪道，会有一些"幸运儿"成为将军。而那些退伍了的，转业了的，或者没有转业一直当军官而没有成将军的，他们如果一贯地坚持"当一个好士兵"的初志，矢志不移地努力，他们的一生也和那些真正的将军一样，是幸福的、光荣的一生。幸福在自己，光荣还是外在的。

以上讨论的是将军和士兵，如果转而看看学校里的情形，那么，初中生把目标放在重点高中，高中生则瞄准一流大学，这样的目标取向，是和"想当将军"比较相近，还是和"取法乎上"比较相近？如果不是"有所期必"，学生有这样的想往，自然是可以理解的。如果学校或家长要用"不想考一流大学的学生不是好学生"来要求学生，就错了。这"重点高中"和"一流大学"，或许比当将军稍微容易一些，现实一些，但是，"不可期必"，都不能把它们当作必须争取到的目标。不把它们作为必须达到的目标，则还可以有望"待其自至"，即尽自己的努力，在初中和高中阶段好好学习，就真也可能考上一流大学。从教育者老师方面来讲，似乎不应当高悬此"重点"和"一流"来作为激励学生努力的目标，而把考大学分成考取本科二类、本科一类、一流大学三个"层次"，要学生分别确保，争取力拼等，恐怕也是不妥的。

高中生，就应当在德育、智育、体育、美育等诸方面全面发展，做一个合格的、优秀的中学生，应当将此视为"己分内事"，也就是"宇宙内事"。至于其他，就"待其自至"好了。

"造福一方"与"泽被东南"

旧时，一个地方大员离任进京或回家时，当地人会送匾，或造一纪念牌坊，上面写"泽被东南"或"民不能忘"这样的字。今天不少中、高级公务员，那些县、市、省级主政官员，有一句常挂在口头的话——"为官一任，造福一方"。"一方"与"东南"，意思好像差不多；这"造福"与"泽被"，是否也相似呢？

"泽"或有二意，"福泽"和"德泽"。如是前者，则与造福相近，都偏重于物质方面，例如造一座桥，建一家厂，修一个飞机场等。如是后者，则着重于精神方面，指他是一位清官，一位廉官，给后人，给后任，留下好榜样。"民不能忘"则与这比较相近。

造福一方，领导人主要起组织作用，或是他思想解放，提出好主意，或除掉一大害、一大弊等。而完成此业绩的主力，还是当地民众，领导人只是领导而已。而要做到"民不能忘"，则要靠他的人格力量。这里面当是很有差别的。

举一全国的例子，当年平反冤假错案，是胡耀邦主持的，做这事要一种人格力量，大家不但看到这工作的成果，也看到了他的人格力量。后来虽然胡耀邦辞职、逝世，至今还是"民不能忘"。比较起来，造一大建筑，或十大建筑，或可说造福一方，但是人们未必纪念他到如此程度。

明朝有个地方官，在苏州当知府，把苏州胥江上一座大石桥拆下，搬到江西分宜重建，算是送给严嵩的礼物。后来严嵩倒台，家产抄没，这桥则还在分宜城外大江上。有诗人写诗说，这苏州知府，倒是在分宜造福一方了（这位清代诗人写诗时，苏州胥门外还是靠渡船过江）。这故事告诉我们，造福一方的事情，很可能福了这方，却害了那方。也有可能，有的事看似是福，实际有害，如破坏环境等。这些都是想要"造福一方"的官员应当注意的。

为官一任，要造福一方是好的。为人一世，则应留一好印象给后人。这恐怕主要不在业绩，而在品德。过去三年一任——"三年清知府，十万雪花银"，现在五年一任，要是能做到离任十年、二十年，当地人还没忘记你这个市长、县长，那你所想的"造福一方"，可算是做到了。甚至可说已超过了。

至于把"造福一方"，理解为做出几件政绩、几个工程给世人看，这就更等而下之了，首先考虑的是自己，而不是一方百姓，这就极可能造福不成反为害了。

清明节扫墓

20 世纪五六十年代，我在中学教书，清明节扫墓，乃是教师工作的一部分。带领学生，集体前往烈士陵园，举行一个仪式，由一位全校代表或几位班级和团支部代表致词。在此之前，有一些准备工作，或自己扎花圈，或做小白花等。除了这样的集体扫墓之外，当时社会上，家庭扫墓好像是没有的。我自己父母健在，祖坟又本不在苏州，所以，好像没有给自己亲人扫墓的经历。

1970 年后，我一家下放苏北农村，教书的地点改在盐城县的一个小城镇中学里，中学在乡镇的最南边，北边是街市，南边就是乡村。清明节仍是到烈士墓上去祭扫，不过因为本公社没有烈士墓，全校师生要排好队，步行半个小时以上，跨过一条大河，到一个叫作燕子角的地方，才有烈士埋忠骨的墓，到那里去祭拜先烈。

现在回想起来，扫墓几十年，大致只知道他们是革命烈士，知道或是为了抗日打鬼子，或是为了推翻反动政权，或是在抗美援朝中他们才牺牲的，却不知道这些烈士的具体姓名与事迹。在苏北，列队去扫墓的路上，倒是往往可以看到许多当地人在田头，在河边，各自为自家先人添坟，在坟堆顶上加上一锹土，像一个土帽子。这倒是千百年来的习俗，或称文化遗产。

近年来，自己已经退休，不再参加集体扫墓，而开始给自己家逝世的亲人扫墓了。今年一共去了五次四个地方，有父亲的墓，母亲的、岳父母的、哥嫂的墓，还有受出国的表妹委托，替她祭扫她母亲的墓。因为子女不在身边，结伴去扫墓的都是我们兄妹、夫妻等平辈的老人。

据说要把清明节定为非物质文化遗产，这几千年的祭扫风俗、文化遗产，已经散失了不少。即使在老年人心中有记忆的祭扫仪轨、扫墓仪式，到今天的青年人这里，又要减少许多。近读钱穆先生《晚学盲言》，在《历史上之新与旧》一则中，偶然看到如下一段，记述了一百年前无锡人在清明节所做的事，恐怕今天的无锡人不会有多少能够这样做的了。那段话是这样的：

> 无锡东南乡，有泰伯逃来荆蛮后之故居，称曰皇山。实一土丘，距余生处四五华里。东汉梁鸿孟光夫妇，亦来隐，故其山又称鸿山。无锡南门外一水，则称梁溪，泰伯距今逾三千年，梁鸿亦近两千年，两人皆无详传史迹，而环此小丘十里内外之乡民，则无不知吴泰伯与梁鸿，清明佳节亦无不来此膜拜。中国古人之所谓立德不朽，有如此。而全国各地类此之名胜古迹又何限。此见历史文化传统，即民族大生命之所在，亦即全国人心所在，岂不真实而有据乎。

苏州也有泰伯庙，也有梁鸿孟光隐居过的地方。泰伯庙正在修复中。苏州还有范文正公祖墓等历史纪念地。

清明祭扫革命烈士墓，可以说是有几十年的传统了。中国历史几千年，立德不朽的先贤在清明节得到纪念和膜拜的传统，也应一直延续下去。

祭祀新知

每年上坟祭祀，在墓前备一些供品，清明无非是青团、酱汁肉、果品等三五色。叩拜或鞠躬行礼后，在墓前墓后除掉一些杂草、垃圾，或者几个人在那里谈谈各种往事与当下。然后，到一炷香烧完时，就收拾供品，告辞回家。今年清明上坟，除了苏州、北京来的几家人，还来了一位台北客人秦教授，一起上坟。到我们准备收拾供品时，秦教授说，要问一下先人有没有吃好，他们吃好了才可以收。她说这是"我妈妈教的"。用两块"珓"投掷于地，所谓"掷珓"也，珓是用两块蚌壳或形似蚌壳的竹木片做成，如果掷地后的结果一正一反，就表示吃好了。如果两个全正或全反，就是说还没吃好。没有"珓"的话，可以用两个硬币代替。于是就试行。两次没有好，第三次才吃好了。于是才开始撤供品等。

秦教授从台北来，但是她虽出生在台湾，父母还是"外省人"，是从大陆过去的。她教我们的"新知"是她妈妈教的，其实还是从大陆带过去的旧俗。只是我们大陆多年的破旧立新，使许多旧传统中断了多年。近来逐渐恢复，清明扫墓，却又人满车堵，居然成为一个社会问题。

古人说"祭如在"，祭品放在那儿，就是想先人真过来享用的，临走问一下才撤下，是十分合理合情的。这个旧俗值得作为新知来学习。"礼失求诸野"，想上了年纪的农村老人或许还保留着这个旧俗，并非所有旧的东西都是应该被"破"掉的。

最高荣誉

　　退教协会发来一张表，有一栏要求填"最高荣誉"。据说是要填"省劳模"、"市先进"、"校优秀"之类。考虑一下就填了一个"无"。并非没有得过市里或校内的奖状，只是事过境迁，也记不清何时何事何称号，而且这"最高"，也只是发证单位的高低，不是自己荣誉感的高下。拿一张奖状所得的荣誉感，在感觉上恐怕还不及做了一件自己满意的事——甚至只是上了一节自己以为不错的课——来得高，当时如此，几十年后回忆更是如此。

　　最高荣誉不该来自上级机关，而应当——至少我感觉如此——来自学生和家长。"文化大革命"时，我进了牛棚，一般人见了多不大打招呼，可学生，有的学生，见面还以老师相称。在下放苏北多年后，仍有老三届校友想方设法来信谈"心里话"，讲对形势前途的看法等。如要以最高荣誉为题作文，恐怕奖状什么的是轮不上的，能写的正还是这些小事。

　　早年，我做一个初三班级的副班主任，一名好学生忽然思想不通，不愿报名继续升学了。班主任做了几天工作，没有找到原因，因而解决不了问题，于是任务落到副班主任肩头。由于平日关系较好，知道她的脾气，就明白这事由保送升学没有轮到她而起，所以，就在校园内小路上散步谈话，不一会，谈笑间"灰飞烟灭"，把问题解决了，班主任大为惊奇，直说"佩服"。

　　1980年从下放地回苏州，回学校，遇见一初中新生的家长，就是六七届高中毕业的校友。久别重见，他居然还记得当年他刚一进高中时，我作为班主任讲的一席话，虽只是许多话中的一段，但能让当年的学生记得这么多年，这班主任也算没有白当了。

　　"最高荣誉"可能有两种解释，一是上级的肯定——而且要有书面证明；一是个人的感觉、体会。这后一种虽是口说无凭，却是真情实感的。填表，只能取前者，所以我填了一个"无"字。但如果是退休教师互相交流，或者向在职教师特别是青年教师讲讲经验，则后者似更有意义。

这就是祖国?

　　报纸上读到一首诗《这就是祖国》。是这样的:
　　　　捧着九百六十万平方公里土地上的
　　　　任何一方泥土
　　　　都十分亲切,亲切得让我
　　　　穿透时空,看见
　　　　许多在枪林弹雨中倒下的先辈
　　　　他们的身上流淌着黄河长江
　　　　我有理由相信,并且
　　　　浅显地理解
　　　　这就是
　　　　祖国。
　　诗不长,感情充沛。我也有理由相信诗人的真诚。同时觉得,"这就是祖国"这个理解是太浅显了一点。所以想提议,诗题最好改为"我心中的祖国",免得有的读者误认为祖国就只有这样一点内涵。

　　有一位领导人前不久说过,"不要为五十年的政治而丢掉五千年的文化"。而这首诗里的祖国,虽不止五十年,但是,如果只看见"枪林弹雨中倒下的先辈",那也不过一二百年的斗争吧。唐诗宋词,司马迁司马光,都不在其中,更不用说孔子孟子了。我们的祖国是一个文明古国,不是枪林弹雨中倒下的先辈所能够完全概括的!

　　当然,一首诗不可能包罗万象。一把泥土,的确能引起祖国的联想。不过既然只是说说自己的感受,就最好不要用"这就是祖国"这样的题目,所以,我想提议改为"我心中的祖国",这样的话,或许还不失为一首好诗。

　　枪林弹雨中倒下的先辈,他们安卧的墓园,他们受难的监狱刑场,现在多被辟为"爱国主义教育基地"。但是"这就是祖国"这个问题，不能只靠这些基地来解决。我们小学里、中学里、大学里的语文、外语、历史、地理、数学、物理、化学、音乐、图画、体育，所有各种课程，无不与这个问题有关，学校本身，就是一个最重要的"爱国主义教育基地"。如果只注意考试，只注意升学，而忘记了这一点，是十分可惜的。十分可惜。

　　还有，旅游观光，游山玩水，也不一定非得红色旅游才能启发爱国心。西湖、太湖也是祖国，天平山、灵岩山也是祖国。

《廊桥遗梦》和《韩玉娘》

《廊桥遗梦》里的弗朗西斯卡，可以说是一个农妇吧。在丈夫和子女都不在家的时候，偶然地遇到了摄影师罗伯特·金凯，然后相亲相爱。四天以后，丈夫和子女要回家，摄影师也将离开。弗朗西斯卡怎么办？她说，从我自己看，我会跟他走，浪迹天涯，开始新的生活；从丈夫子女看，我要留下来，等他们回来，继续原来的生活。

中国有句古话叫"发乎情，止乎礼义"。四天热烈的激动的爱情，可以用"发乎情"来描述。送走摄影师，留在家里等待丈夫和子女，她说是为了家庭，如果我走了，他们不只是失去了一个亲人，而且还会为乡村舆论所不容。"止乎礼义"，这礼义，其实不是法律，而正是社会舆论的共识。弗朗西斯卡和罗伯特·金凯，止乎礼义了。

止乎礼义了，但是情未了。虽然一次离别，永远离别。他们没有再相见，可是都没有相忘，可以用中国一句古诗来概括："海内存知己，天涯若比邻。"这样几十年。直到先后去世。罗伯特·金凯让遗嘱执行人把遗物送到弗朗西斯卡家，把骨灰送到他们相识相爱的廊桥那儿。弗朗西斯卡保存了这些遗物多年，最后留给了子女，并告诉了他们这段历史。自己的骨灰也让子女送到那桥边，而没有和多年前逝去的丈夫合葬。

这情和礼义的故事，中国过去著名的有王宝钏，有韩玉娘。这两个人的故事，不是写成小说，而是编成戏剧，常演不衰。韩玉娘和丈夫，只在新婚时才相识，而且是在双方都不自由的情况下，韩玉娘就鼓励丈夫要逃回自己的国家，并因此而受到新的惩处。她的丈夫知道了她的真心，按她的嘱咐，逃回了故国，为国效力。几十年后，中国收回了失地，做了官的丈夫找回了韩玉娘。破镜重圆。可惜的是韩玉娘老病，不久就去世了。这出京剧曾是梅兰芳先生常演的名剧，近闻有新编本由梅派传人在北京献演。那老本子，曾受钱穆先生赞许，不知道这新本子会有怎样的推陈出新了。

也说起跑线

起跑线是一个运动名词，原用于竞走和赛跑，现在借用于人生。

田径教练都知道，在起跑线上起跑之前，一般需要一个准备活动。家长们往往担心孩子不要输在起跑线上，而有时会忽略这在起跑线上起跑之前的准备。古代的家长或许反倒没有这个毛病。

孔夫子有一段"行有余力则以学文"的语录，说的或许就是学文之前的准备。他这样说：

> 子曰："弟子入则孝，出则弟，谨而信，汎爱众而亲仁。行有余力，则以学文。"

大意是，孔子说："弟子在家要讲孝，出外要讲悌，言行要谨慎，要诚实可信，要广泛地爱众人，而亲近其中有仁德的人。这样做了还有余力和闲暇，再去学习文献知识。"

小孩子先要学做人的基本道理，懂得一些了，有余力，这时才可以学文。用现在的话说，开始起跑。现在小学生上学，往往是祖父母接送，书包老人背，公交车上有人让座时，小孩先坐（老人暂站）。这当然和学校书包太重也有关系，但是肯定也和没有"入则孝，出则弟"的教育有关。有的孩子学文可以学得很好，高人一等，年纪很小就上大学少年班。一般人眼里，可谓没有输在起跑线了。甚至可以说，起跑时领先一步，以后步步领先，光明大道，平坦宽广，更使人们相信，不能输在起跑线上。

可是，运动员可以专业训练，跑得越来越快。小学生、中学生、大学生恐怕不能照此办理。小小少年就上了科技大学少年班，清华大学少年班，以后又当研究生，得学位。就这样一路顺风了吗？也不一定。人们反对科举制度，往往反问，历代科举，这么些状元，真正对历史有贡献的有多少？其实当年少年班的少年才俊，现在也都人到中年，四十不惑。按年龄是到四十了，而要不惑，也非易事。网上见过一个调查，起跑早不一定比起跑晚优越多少。民间调查是有困难的，高等学校和教育部，不知道有没有这方面的总结材料。

　　小孩子（弟子）先要学做人的基本道理，懂得一些了，有余力，这时就可以学文，开始起跑了。愿父母们不要忽略了对于孩子起跑之前的这些准备，这或是人生更重要的课程。

有心和无心

　　《聊斋》第一篇是一个考城隍的故事，相当于当今招收公务员的考试吧。阎王请来十多位主考官，又派办事员去请来两名考生。一名考生宋先生写的作文里有警句云："有心为善，虽善不赏；无心为恶，虽恶不罚。"十几位主考都很欣赏，他就考取了河南某地的城隍。只是他提出，家有老母没人奉养，请求等她寿终之后再来供职。阎王查出他妈妈还有九年阳寿，考官中的关帝提出给他九年假期，先让另一考生代理，到时候再让他来上任。后来真的九年后老母仙逝，宋先生才离开尘世，到河南上任去了。

　　宋先生考取阴间的公务员，凭的是警句"有心为善，虽善不赏；无心为恶，虽恶不罚"。这条原则，大概在阳间也曾流行多年，所以古书上就有"论心不论迹"的说法。有心孝父母，但是家贫，只能以粗茶淡饭供养，无害于他是孝子。在家里是这样，出仕做官也差不多。这是一个道德问题。而赏罚却不是道德而是制度法律的问题了。

　　所谓有心为善，就是带有功利心为邀赏而去做善事，如果能"不赏"，就可以减少今日所谓的"政绩工程"了。这是当年宋先生和各位考官的想法，想来也是蒲松龄老先生的想法吧。

　　今日报载"（全国）百强县17个是国贫县"。那些国贫县的上级地方领导人，往往把"进入百强县"作为考核指标，而已经列入百强县的县级负责人，则又把"进位争先"，如从第九十位升到第八十八位之类，作为自己的任务。当然，如果真正努力去做，也许符合所说"有心为善"；但是有的地方所为，还比这个等而下之，他们花公款到评比百强县的所谓"研究所""论坛"上去发表署名文章，宣传自己如何"善"，如何有"政绩"等。每篇文章的收费往往是几千到几万元不等。这种行为，对于研究所方面和对于县官方面，其实是已经接近"有心为恶"了。

大象和犀牛

非洲某地，有一个大象保护区。十多年前，象太多了，有点象满为患。当时研究，认为选择、捕杀一些，是有益无害的。于是猎杀了一些成年象，而保护了它们的后裔，幼年象。这一批幼年象，被迁移他处，设置了一个新的大象保护区。在那里，这一群幼年象生活得很好，和当地其他动物也相安无事，这样过了十多年。

人们认为，当年的猎杀成年象迁移幼年象，对于二地的生态环境都有好处，是成功之举。

可是随着幼年象的成长，忽然发生怪事，许多犀牛被大象攻杀，死得很惨。而且不是偶然事件，是连续发生。观看录像，那些长大了的公象遇到犀牛，先做出来像是求偶的动作，犀牛不配合，后来大象就用长牙刺杀犀牛。另外，还发生公象追杀保护区附近当地人的事件。

保护区请来多位专家，做详细调查研究。他们跟踪观察，追溯历史，分析研究，最后认为，十多年前猎杀成年象，给当年幼象造成深刻印象和创伤，到十多年后发作起来；且这又和它们没有经过长辈的调教有关。现在的补救措施，专家们建议，从老保护区，迁移一些老年象过去，做那群少年象的领袖。现在的技术，把大象麻醉，再搬运过去，都是容易做到的。

保护区接受专家指导，搬了几头老年公象过去，果然控制了事态，犀牛被害的事就不再发生了。

电视台纪录片频道播出《自然界的谜案》，讲述了这样的故事。

除了自然界，人类社会中，一些当年认为合理的大措施，十年几十年后发现竟是大错事的，也应当有一些专家来追溯历史，分析研究，做出补救方案。不应当将错就错，一错再错。我们在电视里看见，明朝改建前代修筑的灵渠，就是一件失败的事，后来又重新恢复原样，才复原了水利，控制了水害。这是一样的道理。

古诗里的一件离婚案

上山采蘼芜，下山逢故夫。

长跪问故夫，新人复何如。

新人虽言好，未若故人姝。

颜色类相似，手爪不相如。

新人从门入，旧人从阁去。

新人工织缣，故人工织素。

织缣日一匹，织素五丈余。

将缣来比素，新人不如故。

这是汉朝时候留下来的一首古诗。那时候，或许还没有离婚的说法，只有休妻。这诗被称为写弃妇的诗。丈夫不要这妻子，把她休弃，另娶新人。旧人从山上下来，正好碰见前夫。夫妻关系虽已不存在，还不是仇人相见的样子。诗中接着记载了他们的谈话。

前妻很自然要问新人怎么样，前夫没有就事论事，说怎样怎样，而说了新人和旧人的比较。他举的例子是"手爪"，即劳动技能与经济效益，但结论却是一般的、全面的，"新人不如故"，这"不如"，不仅是"一匹"和"五丈"的比较，而是总的比较。

前些日子，读过几篇关于再婚心理的文章，这第一次婚姻，无论时间长短，给双方心理都会留下深刻的印象、深远的影响，不会因离异或一方死亡而消失而淡化。有人说再婚不容易圆满，当与这一点有关，这汉代诗歌里的故夫，他心里深深地感受到"新人不如故"，他的新的婚姻生活是不容易圆满的，这新人、故人和前夫，三个人都陷入了不幸。看来是前夫有错——诗中没有细说。如果是感情破裂而离婚，再婚后用比较法得到新人比旧人好的结论，那这再婚就比较容易圆满了。

丧偶再婚，也可能会有两种比较结果，第一次婚姻特别幸福的家庭，一方不幸去世而重新组织新家庭，这新成员就必须有与逝去的人竞争的实力和思想，才有可能重建一个幸福家庭。还有，这不但牵涉夫妇双方，还有子女包括媳妇女婿等人在内。对他们说来，除了一个比较以外——这新人将被与他们的亲生父或母比较，还会有利益的考虑，观念上的顾虑等因素夹杂在内，这些都是再婚人双方必须考虑并解决好的。所以说，再婚不容易圆满，不是完全没根据的。但不容易却不等于不可能，所以，我们不能劝别人不要考虑再婚，只能劝他们这样做的时候，要有面对以上种种矛盾的勇气，要有解决这些问题的具体办法……

　　祝他们成功，祝他们幸福。

唐先生

20 世纪 50 年代初,开始到中学教书,我是二十岁,教研组长唐先生大概有四十多岁或五十岁光景。听说在民国时期,他是做税务工作的,曾在某城市做税务局长,不久前,才转到本校教数学,当数学教研组组长的。旧时有语,三年清知府,十万雪花银。税务局长虽不是知府,应当也是所谓肥缺;不过几十年共事,我看见唐先生家境并不富裕,可见那老话,也并不是百分之百对的。

大概也是时代不同了,唐先生看上去没有局长的架子,倒很有学者的风度。教书是认真的,空下来有三个爱好:一是下棋,一是篮球,一是做数学题。下棋,他在校内是基本无敌手的,校外有一些棋友,家里有一些棋谱。有一次,他听说一名同学父亲在香港,就委托代买一种内地不易买到的棋谱。等到买来,才发现香港书价比大陆高得多,一部棋谱的价钱竟超过他的支付能力,只好商量分期支付才解决。篮球,是每天早上练投篮。那时教师多住校,早上有好多人一起玩篮球,教工篮球队里,大概他是最年长的一位。做数学题,除了教学上需要的以外,当时有一种数学杂志叫《数学通报》,每一期会发布五六个题目,下一期或隔一期,会公布答案,并公布寄去正确答案的读者名单。唐先生就喜欢解这些题。我常常看到解题名单中有他的名字,有时各题全解了,有时是解了几个,没解全。苏州各中学,只有几位数学老师有此爱好,不多。后来,我也受唐先生影响,解题寄去。有时我的名字也会和他并列出现在杂志上。这事,学校领导大概不会知道,就是同校老师,看《数学通报》的人也不多,即使看,也是看几篇文章,未必看解题,更不会注意解答后面的名单。不过唐先生会看到我的名字,我会看到他的名字,这是肯定的。那时,我是希望每一期能解出一个或两个;他,我想,会希望全部解出,特别不希望出现某个题会被我解出而他没解出,这实际上好像有一种竞争的意思在内。上面说过学校领导大概不会知道，学校同人不知道，只有苏州其他中学几位有此爱好的数学老师，或许会知道。

说到竞争，还有一个背景。在"阶级斗争为纲"的时代，不久，这教研组长就由我当了。当然我知道，在数学教学研究上，我是及不上他的。学校同人也都知道，为什么组长是我而不是他，绝不是业务能力问题，这也是大家知道的。总算还好，肃反、镇反、反"右"等，唐先生没有什么事。后来"大跃进"，学校里大炼钢铁，而且以钢为纲，一片兴旺景象。这时候，唐先生发表了一句名言"敲泥炭敲不出原子弹"，意思当然是说学校应当上课，不能尽搞这些。但是因为太不合时宜，触犯了阶级斗争这一纲，终于引来了大批判——当时名称大概是拔白旗树红旗。这个时候，我虽超龄，还是共青团员，党的助手，唐先生被批判，我则是积极的批判者之一。很对不起唐先生。后来大概七千人大会以后，要对这些被错批的人道歉，我们几个青年积极分子曾要求去向他道歉，答复是统一由党支部负责，由书记道歉。于是，个人就也没去当面道歉。

这以后，我也教高中，或和他在同一年级任课，或在前后年级任课，多数是同在高三上课。每次高考后，他常对我说，这次的题型，其实我都和学生研讨过，就是考试结果，总是有会有不会。对照我自己，题型我研究得较少，我比较多注意基本功的训练，而结果，也是有会有不会。不过那几年，虽然有会有不会，平均成绩还是不错，有时在市里还比较靠前。

很快就到了1966年。这次是我比他先倒霉，名列学校被打倒的第四位，前两位是走资派，后两位是黑干将；唐先生倒做了很长时间的逍遥派，一直到1970年。我是1969年冬天，被主动要求下放农村接受贫下中农再教育的。在苏北我收到学校慰问信，这慰问信同时是报捷喜报，说是学校挖出一个潜伏很深的阶级敌人，就是唐先生。我在苏北十年后回到苏州，回到原校，唐先生已经不在那儿，是退休了。后来就是去世了。

古人说，不朽有三，曰立功立言立德。我们做教师的，或许很难不朽，很难永远活在人们心中。但是，十年二十年或更多年的不朽，则或许是可能的。像唐先生，他教书几十年，所教代数、几何、三角，各种题型，或许被当年学生忘得差不多了。不过他的音容笑貌，他的认真精神，他对学生的关心等，则或不会很快被学生遗忘。前些年学校两次校庆——一百周年和一百一十周年，返校的校友提及唐先生的就很多很多。那句名言"敲泥炭敲不出原子弹"，则应当会在人们心中留下更深更久的印象。如果当时这句话不是被批判，而是被从善如流地接受，如果当年不是把唐先生的教研组长换成我，如果当年能请唐先生当个教导主任或是教学副校长，唐先生就更不朽了。唐先生不幸，其实也是学生、学校、社会、国家的不幸。当年我批判过唐先生，我没有向他道歉，写这段文字，不知能不能代替欠他的那个道歉。

我本来保存过多年的多本《数学通报》，后来，在 1966 年动乱中散失了。这也算是一件小小的憾事。

黄恭仪老师和他的学生

黄恭仪老师是一位老教师，在校长和许多老师眼里，他是一个特殊人物。他可以不按教导处的规定，写那些有教育目标、有教学目的的备课教案，可以不一题一题、一行一行地批改作业——只在一整页上打一个大钩。他也不积极参加历次"政治运动"。他本来在上海交通大学做教授，因事和交大的领导闹翻，愤而辞职，来到苏州一所私立中学教书，后来学校被政府接收，改成公立。

因为大家知道他和陆定一是同学，陆曾邀他去北京任课，他以老母在堂为由而没有去，大概也是因为有陆定一和他从交大辞职的事，所以，校方对他也是破格地宽容，不少事都不强求。

在老师中间，黄老师也没什么朋友，差不多独来独往、独善其身的样子；或者就是不知不愠的样子吧。我初教高中课时，请求他允许我随堂听课，他同意了，我也听了不少，当时就觉得他的教法与众不同。

在学生眼中，黄老师是一位受欢迎的教师。虽然有人会对他的"奇装异服"表示印象深刻，说是天冷时候他穿三层不同长度的衣服，最长的在最里面，外面短一点，最外面的最短，老师中只此一人，但是对他独特的教法都是赞不绝口。

第一是上课只用粉笔不用黑板擦，每堂课写一黑板，一节课从左上角开始，大字一行一行写到右下角，写不下了，这堂课的内容也正好完了。而时间则只过去一半，余下的时间正好够做作业，所以课后就没有做作业的负担了。

有一位同学说，我是进中学时就决意学写作的，所以，数学不是强项（其实就是弱项），听数学课往往会走神什么的，所以成绩也上不去，只有黄老师教的三角不会这样，他讲得十分生动有趣，所有的学生都会被吸引住，所以我也学得不错。

由于年龄关系，"文化大革命"前，黄老师就退休了，没有怎么遭此劫难。有一学生是 1963 年毕业的，在 2011 年初，他给我讲述了一段关于黄老师后来的事，可以说使我十分震惊，只是静听，没有再详细追问，他答应回去再写下来。这里先把我听到的学生所述，转录于下。

1963 年毕业后，有的人上了大学，有的人后来下乡，讲述人则在一家工厂上班，结婚，生儿子，到孩子开始上学的年龄时，有一天，他在自己工厂的门口遇见了黄老师。本来是他很敬重的老师，就上去招呼了一声，没有料到的是黄老师竟也同时叫出了他的名姓，这完全出乎他的意料（几十年后我听到，也是同样的意外）。后来，问明了老师的住处，休息日就去老师家探望。老师的母亲已经去世多年，老师终身未婚，和哥哥住一起（这哥哥也是单身），而这时哥哥也已去世，老师就一个人。从此，讲述人差不多每周或隔周去看望老师，帮老师做些事，和老师说说话等。黄老师也很欢迎，并且跟他讲了不少自己的往事。老师的父亲是开刻字店的，老师的女朋友则是富家女。女朋友的父亲就不同意这件婚事，黄老师在国外留学时，就把女儿嫁出去了。

那时候，每家每户生火做饭都是烧煤球，煤球是凭票定点供应的。这位讲述人就每月去帮老师买煤球，买来之后要一个一个码起来，他就带了儿子一起去帮忙。黄老师也很喜欢这小孩，说会编一英文教材帮他学英语（此事有没有实现未曾问及）。日子久了，黄老师曾提出，让这孩子做我孙子吧。讲述人说，这孩子的妈妈正好也姓黄，让他给黄老师做孙子也是很顺的。他并问了自己的妈妈，老太太也不反对。这期间，老师曾到他家和全家人见面，在他家里吃饭，以后又在西园寺请他们全家一起吃饭，照过一张全家福照片。最后，两家计议把现住的住房退租合并，另找一处房子租住在一起。正在找房子中，已经看了几个地方，正好厂里一段时间特别忙，加班，有两三个星期他没去看老师。后来再去，一进门就发现不对了。

邻居告诉说，老师一个人在家跌了一跤，没人知道，就不治身亡了。

大家找你没有找到，他有一个堂弟，来此把后事料理了。这位堂弟过去帮丁默邨做事，后来被定为反革命分子，当时在一所中学任职。

老师在的时候，说起过有一部著作《投资数学》，并且说过希望有机会再出去讲讲的事。

但是老师去世后，这个稿本就不知所终了。

那位堂弟倒对人说过，老先生去世没有留下什么钱、存款等，也没有什么值钱的东西，只见到一些旧讲义——想来不被他重视，当废纸处理了吧。

那天是年初四，六三届的老同学聚会，二十来人在一个茶馆里，我和讲述人在一个角落里，听他讲到这里。完了。两个人沉默久之，不能平静。

现在想想，如果意外没有发生，老师和讲述人两家合并的事得以实现，则结果是会不一样了。

但是，即使这个计划没有实现，这对父子在老师家出现的这几年，也确实给黄老师的晚年增加了不少亮色和温暖。今天讲起来，也仍能给听到的人一点温暖吧。

高考话旧

之一

我 1952 年开始到中学教书，教的是初中。学校是有高中的，每年也都有毕业生参加高考。当时我印象中，记得他们 90% 以上都是能考取的，倒是初中生毕业考高中，往往有许多人考不取。记得 20 世纪 50 年代中期以前，就有许多考不上高中的初中生，去新疆参加生产建设兵团，还有不少去内地进一些技工学校等。到 1958、1959 两届高考，其中有些考生就是我教过他们初中、高一数学的。印象中仍是近乎全能考取，进入大学的。

1960 届的高考，我教的一个毕业班，从高一到高三，都是我做班主任的，这也是我第一次教高三毕业班，还负责指导本班毕业生填写高考志愿。要指导他们，我则先接受校方的指导，校方的指导十分具体，其实是先备下一份名单，名单上将高校的名字与学生的名字一一对应排列。如某某大学对应某某同学，某某大学对应某某同学，全部意向性地安排好了。另有一点点机动：有几所学校后面没有学生名字。对班主任的要求是，照此安排指导学生，但是不向全班公开，要个别指导，并且不要说是校方意见，只说是班主任的意见。

校方透露，这与政审有关，因为大学各个学校、系科、专业有机密、绝密、普通等不同级别，不是什么人都可以考的。所以，校方提供这个名单，让班主任参考执行。班主任对这个指导其实是颇为难的，但是，勉为其难，我也按要求做下去了。后来流行"理解要执行，不理解也要执行"，当时并没有这样说，但是差不多就是这样的情形。我在其中只发挥了一点点主动性。那机动的学校名单中有清华、北大二校，我班上有两名优等生，原来被配伍的学校很不理想，我就指导他们报了这北大和清华，事先也取得了校方同意。其他我看很不合适的名单，我也都"执行"下去了。心存不理解，也知道学生肯定也不理解，但就这样贯彻下去了。

后来发榜，基本上照名单录取了。有两人没有录取，估计是政审根本不合格，校方不好明说，让他们考一下，不取就可以说你自己没有考好。而我让考北大、清华的两个同学，北大的录取了，清华的没有录取，仍考入一所不很理想的新办大专。

这件事很对不起同学。这样做也只有这一届，到第二年，我仍做毕业班班主任，指导学生填高考志愿，就没有这样的预设名单了。

几十年前旧事，保密期大概也满了。我孤陋寡闻，好像谈高考历史的，这一年的这个现象，还没有见到有人谈论过。

文中讲到没有考取的两位，近来没有联系了。那两位我指导考北大、清华的，则前几年不幸在退休以后先后病逝。愿他们安息。

之二

20世纪70年代，高考中断多年后重新开始，那一年，考生人数特别多，所以规定了先要参加预考，通过后才能正式报考。

那时我在苏北，教中学。是过去的初级中学，后来把初中放到小学里去办，原来的初中用来办高中。教师当然不够。我们一批苏州下放过来，在农村接受"再教育"的中学教师，就被找来到中学教书。由于数学教师比较多，语文教师少。我在乡下初中里就教语文了，所以到高中仍教语文也好几年了。这次高考，调集中学教师监考阅卷，我就在语文组，改了语文考卷。

预考以后，休息几天。要正式高考了。这次省里重视，又有苏州老师组队来苏北支援。这数学组就有苏州来的老师做组长。组长是苏州中学数学组的组长。当年我在苏州时是相熟的，他也知道我在20世纪60年代教过多年的高中数学，而且是所在中学的数学组组长。于是，调教师时把我列入了数学组。

预考改语文试卷，正式考改数学试卷，也算一个奇遇。可能全省也不会有几个人有这种经历，甚至或许只此一家了吧。

改完卷，等发榜。考试分预考和正式考试，不料后来发榜也分两次。第一次发榜取了一部分，有的去了大学，有的去了中专，还有许多没有取。后来全国范围又录取一次（没有再考），而且人数很多。许多上一次没有取的考生，这次又取了大学（第一次取的考生，有的只去了中专），而且包括很有名的大学。有人说他们运气好，第一批取在中专的运气差一点了。其实这一年考上了的人运气都不错的。

这次高考后，回学校我又改教数学，再过两年，就回苏州原来的学校了。

之三

我的两个女儿参加高考，都在三十多年前了。大女儿考的那一次，我正教着高二毕业班（当时高中两年就毕业）。要送自己的学生去考场，所以，不能送女儿了。所幸我校考生和她在同一考点考试，在考场虽没有见到她，却遇到他们学校送考的老师，她的班主任，同是教数学的，也算认识。所以，对她在校和考前的、考时的情形都有所了解。最后，女儿顺利考上北大，我自己的学生也有如愿考上南京大学、上海外国语大学（当时称上海外国语学院）的，当然也有没有考上的。第二个女儿考大学，我不教毕业班，不送考了。但被教育局叫去参加一个出试题的工作，为保密，要住在那里，而且不能外出，不能打电话等，所以又没有去送考，而且音讯全无，知道他们考完，也不知道具体情形。不过也不担心，那年她中学有保送名额，班主任推荐她上天津大学，可以保送免考。但是，她没有接受，情愿自己考，把这名额让出了。既然她有自信，我也就不担心。最后，也的确是不必担心，考上了清华。

20 世纪 80 年代的这两次女儿高考送考，就这样都没有送成。

微信家书一则

自从女儿上大学，先北京后美国，后来毕业、就业、结婚、生子，我们都是空巢家庭、二人世界，不过两个女儿家书是不断的。先是信封信纸，后来电子邮件，再后来手机微信，还有视频聊天等。逢到节日，也有借家书代礼物的。下面一则，是今年春天从美国发来的电子邮件，也曾被我转发在网上，是夸女儿夸外孙的，也是夸自己的吧。

五月十一日

总算期末考试的先期事情忙完，想起来，今天是爸爸的生日，想起来，说要翻译给爸妈看的一无的诗，忙得忘记翻了。

于是，赶紧拿出来翻译了，借花献佛，祝爸爸生日快乐！只需要改变一个称谓。再祝妈妈快乐！这是一个字也不需要改。

我的爸爸妈妈肯定是最棒的爸爸妈妈，没有疑问的：慈爱、宽容、幽默。慈爱和宽容，不只是对我们，也是对几乎所有的人，他们的学生、同事、邻居，素昧平生的陌生人……

从小，我们看到他们认真工作，爱读书、爱学习、爱唱歌，淡泊乐观。要知道，他们的年代，他们的境遇，"淡泊乐观"不是现在轻飘飘、故作潇洒用用的。

从小，我们从来没有觉得父母带我们会很辛苦，是什么大事。好像，他们工作第一，有空的时候，我们就出去走一下午路，去一趟五七干校，去一趟书店，随便干点什么，都一样开心。回苏州后，工作更忙了，姐姐回家给我做晚饭。我们念书学习，绝对和父母没有关系的事情，他们管他们学生的念书学习。开家长会，老师问我爸妈：你们两个女儿学习这么好，你们介绍介绍经验？他们会说：我们不管的。

好像，自自然然的，我们就长大了。

　　我希望，我的孩子，也会这么自自然然地长大。

　　我觉得，做家长的本领，应该也是可以遗传的。得到真传的姐姐和我，也应该是比较酷的妈妈。我从来不会想，或者对孩子说，带你们是多么不容易的事情，我多累多辛苦。事实也没有。孩子一天天长大，是自然的过程，没有什么。虽然，我现在身在美国，或者说现在这个时代，我不可能真的完全不管孩子，应该比父母当年，多管很多。但肯定，孩子不觉得我很管他们。只是他们正好喜欢的事情，引导点拨一下而已。他们有什么不乐意，有什么要求，都会直言。

　　每年的母亲节，都和爸爸生日很近。我每次都会一起想到他们，感恩我有多么的幸运。今天，借着一无的诗，酸一把。

　　下面，请看我翻的小一无的大作：

　　《母亲节快乐》

　　世上所有的酷妈都不能与你相比

　　也许这是因为你还是个老师

　　也许这只是因为

　　你本就是最棒的妈妈！

　　今天是母亲节，就坐着歇会儿吧

　　或者，你就读着我的诗，一边吃着零食

　　后一个选择应该更好

　　我保证，你肯定会非常享受！

　　虽然我可能会疯过头

　　没事，你肯定会笑翻天！

　　你若不开心，坏了，我欠你的，

　　满意了吧？

　　别不好意思，

　　你就

　　开怀大笑吧！

　　家书是女儿写给父亲的，诗是外孙写给女儿、他的妈妈的。家丑不可外扬，但是家书不属家丑，应当不妨外扬吧。对于信中的这几句话：

　　我觉得，做家长的本领，应该也是可以遗传的。得到真传的姐姐和我，也应该是比较酷的妈妈。

　　我以为，其实完全可以夸大、扩充它的使用范围，中国人的文化基因，完全也是可以遗传的。

宣统二年生人

年初一上午，去护理院看老太太。三个人去，一个人在家做中饭。

一间房住两位老太太，三人到，都站在床边，接着又来三位客人。一对夫妇和他们的儿子。小青年很文雅，说是在上高中二年级。妈妈四十多岁，四十多年前我去看老太太时见过她。她妈妈是一位小学老师，白天上学校，就把小孩放老太太家，请老太太照管。后来当年的小孩长大，也做了小学教师，又成了我们的邻居。现在这位高中生，小时候还到我家借过我外孙留在家中的儿童读物。他们三人我们三人，于是老太太拿出食物，让我分给大家吃。一盒稻香村的桃酥，六人每人一个，又分给同房间那位九十多岁的老人两个，还剩了几个。还有两包也是稻香村的年糕，则叫我带回家去，给没来的人吃了。

人多了，老太太就"演讲"起来。她说我是宣统二年生人。今年一百多岁，是这护理院年纪最大的人了。今天年初一，下午有领导来，要让我参加开会，大概又要我唱歌了。他们好像拿我开心，总让我背英文字母、唱歌。

那一家人中的女教师，此时拿出一个红包，送老太太。老太太同时拿出一百元，送他们的儿子。女教师告诉我们说，以前我给她，她就收下了。近几年，说一百岁以后，每月有三百元敬老金，就不收我钱，或者收了又给小孩了。说着说着，护工送中饭来了。我们六个人，就先后告辞，让老太太吃饭了。

逝去的老太太是一百零五岁的寿星了。在老年公寓里是完全能自己生活的，内衣内裤都自己洗，还会上楼顶阳台上晾衣收衣。后来住过几次医院，小辈不放心，才转来护理院。但是仍能起床，能下楼，有人接送时还能外出参加聚餐，到庙里烧香等。直到今年，才因为两次中风，先是一边手足不灵，接着又是另一边也不听使唤，一直只能睡不能起，吃饭喝水也要人帮助了。但是思维能力还好，没有昏迷不醒过。

后来失去吞咽能力只能吃流体食物，她还提出要吃黄鳝汤、鲫鱼汤，都吃到了，又说生日面还没有吃，应当是十二月某日，但是做了过去，也还是只能喝汤，面条咽不下去。她还提出两样东西，粽子和黄松糕，说吃过了可以去了。两天汤一天面，第四天的粽子仍只是尝尝味道，不能下咽了。每天护理院仍有其他流体食物喂食。黄松糕没有来得及尝，12月14日，终于走完了人生道路。

三

孺人（在佛寺做超度法会时莲位上的称呼）出生于清末1910年10月（旧历），到2014年12月，整整一百零四年过去了。从晚清进入民国、北平政府、南京政府，然后中华人民共和国。少年时上私塾，又上教会小学，没有毕业就停学了。据说年轻时是美女，人称（苏州）"钱万里桥一只鼎"，简称"桥鼎"。后来不幸得天花，医生已经回绝，说你们料理后事吧。幸得家中兄长，自己试拟药方救治，得以转危为安。但是，留有麻脸的后遗症。

民国年间，法警的社会地位、经济地位都是很低的。孺人婚后生活比较清贫，而且生活在南京，离开了家乡和亲人。夫妇二人也没有生育子女，直到南京政府失败，前往广州，留在南京的法警就失业了。

20世纪50年代，他们的生活就靠孺人做做小生意维持，一直到合作化、集体化社会主义高潮。孺人经营的旧货生意成立了集体组织，她也取得集体所有制职工的身份。但是，好景不长，20世纪60年代初，"大跃进"之后的"困难时期"，就下岗——当时没有这个名词，叫做退养——就退养了。此前法警已经去世，一个人退养，有退养金，但是很低的，只能维持最低生活。后来，苏州兄长去劝她回苏州退养，可以和亲人互相照顾，这时去南京看到她家，真是一个徒有四壁的家。除了一两个箱子，一张床，没有其他的家具了。

四

14日去世；15日各处办了各项手续，死亡证称死亡原因是脑梗，也是原因之一吧；16日最终告别，取得骨灰后就去墓地，入土为安。那个公墓有好几位先过去的亲戚在，称为永安墓区。墓位是早些年定好的。晚上是所谓的豆腐饭。一桌。由于平日她的朋友都是老人，亲戚也就是这么几个人在苏州，没有外人，只有一个将要加入这个亲戚队伍的年轻人，只听说过有这样一位老长辈，最后也来沾一点喜气，并且见见这么多长辈亲戚。17日在佛寺参加了一次集体的超度法会，看上去有几十户丧家。前后一个多小时，庄严肃穆，也有点足以寄托哀思。

喜丧主题至此完，然后补讣闻。

有一俗例，要买一些寿星碗送人。由各家分告、分送。我们家负责送老邻居及两家住过的老年公寓护理院方面的朋友。老邻居中有一位女老师，她的两个女儿小时候都由老太太孺人帮着带过几年，以后关系也好。去年过年时，那大女儿还带着儿子一起去看望老太太（差不多每年都去），女老师自己更是，还有她家的其他人也经常念叨和看望老太太。老人没有什么留给他们，就送一只碗吧。这一处就送了五只碗。

古稀读父

——关于《思亲补读录》的采访

编辑手记：

　　1949 年前后，大批知名学者移居台湾。对一般人而言，这是一次地理意义上的"离乡"或政治意义上的"站队"，在一代知识分子那里，却意味着一种"文化漂移"。这一群体，当时如何进退，本应是有意味的话题，却囿于研究视野、史料缺乏与消息隔绝等原因，一直鲜有记述。

　　钱行，著名历史学家钱穆的次子，自 1980 年起，潜心阅读钱穆著作，又于 70 岁高龄，在互联网上以"毕明迩"之名，发表关于钱穆的文章。这些文章日前结集为《思亲补读录：走近父亲钱穆》，由九州出版社出版。不同于同类追忆父辈生平往事的作品，书中鲜有记述生活细节的文章，更多以读者的身份，去阅读钱穆作品，然后记下点滴感受。

　　钱行生于 1932 年。在钱行出生前一年，钱穆受聘于北大，至 1937 年，随校南迁至昆明任西南联大教授。这六年间，钱穆在学术上发力甚健，1939 年，其经典之作《国史大纲》问世。同年，钱穆自昆明东归探母，与妻儿择居苏州耦园。一年之后，钱穆又匆匆离家，辗转任教于武汉、重庆、成都、昆明等地，及至 1948 年，执教无锡江南大学，旋又南下赴香港办学。1949 年，鼎革易辙，钱穆与家人从此海天相隔，音讯茫茫。再次相见，已是 1980 年。

　　钱穆逝后，台湾组织编辑钱穆先生全集，钱行参加了遗稿整理工作，发现《读史随劄》书稿就写在从沦陷区家中寄出的家信背面，才知道原来自己小时候曾写信给父亲。而在此之前，因为在父亲身旁的光阴寥寥，加之幼时不记事，钱行对父亲的记忆只是"我们走过书房时，总怕弄出声音打扰他"之类只鳞片羽。1990 年，钱穆离世之后，钱行发愿读父亲的书，"三年无改于父之道"，以尽"最后的孝心"。

第一财经日报：原先书名的副题是"走近钱穆先生"，而非"走近父亲钱穆"。当时，有意隐去"钱穆之子"的身份，是出于怎样的考虑？

钱行："走近钱穆先生"这个标题，是当初集结以网名"毕明迩"发布的读书笔记时提出的。当时有出版公司希望用"你所不知道的钱穆"为书名，以钱穆儿子的名义出版，我为避免太过商业化而不赞成，想用毕明迩署名和"走近钱穆先生"为书名。当时应是比较自然的，也不能算有意隐去父子关系，只是不想突出这一点而已。后来书的内容变动，就改为现在的名字了。

日报：是如何开始读父亲的书的？刚开始的时候，比较大的阅读障碍是什么？

钱行：开始读父亲的书，大概是 1980 年前后，也就是我将近 50 岁的时候。父亲在《讲堂遗录·经学大要》第十四讲中说过一段"题外话"，大意是，今天你们来听我讲演，但是带了许多"别人"来，就听不进我的话。我在读父亲的书时，其实就是这样的情形。从 1949 年到 1980 年，我读了许多东西，脑子里已经有了"许多人"。

我在书里写过一则关于双人单艇渡大洋的体育新闻，选手平日在陆地上惯了，生理上不适应海上颠簸，待赛程结束回到陆地，又站立不稳、行走困难。生理上的习惯如此，心理上想必也一样。读惯了雄文四卷和红宝书，思想上的惯性还是会存在，会起作用的。这是个此消彼长的过程。

日报：你年幼时，父亲在子女的读书方面有过哪些教导或提示？

钱行：好像印象不深了。那时候，教育孩子都是母亲。只有后来在江南大学时，我哥跟父亲上学，接受耳提面命较多。后来我读到父亲写的《三年之艾》，当年他不赞成大学生放弃学业去延安，用这个故事教育他们。江南大学时，我哥跟着左派学生闹学潮，父亲也是用这样的道理劝他的，这个我哥和我说起过，当时他的体会很深。

日报：钱穆先生留下很多富有启示意义的读书方法，比如强调"通人之学"；强调"读全书，不可割裂破碎"等。在研读父亲著作的过程中，哪些方法对你助益最大？

钱行：读书的第一要义是明白做人的道理。至于我现在读书，其实也只能选看得懂的读一点而已。

日报：读父亲著作的过程中，会不会有一种不断反观自己的意识？

钱行：从 1949 年到"文化大革命"的几十年，讲的是对知识分子的思想改造。不叫阅读，都叫学习，叫改造。直到现在，有的单位仍沿用那些办法组织学习（和活动），和读书其实根本不是一回事。

日报：对于父亲一生心境上的变化，有哪些重要感悟？

钱行：父亲的一些诗文和几副对联可看出他心境上的一些变化。"有忧有乐依世运，不知不愠在我心"，这是父亲早年写过的一副对联，许多人因世运而有忧乐，然而这个"不知不愠在我心"就不很容易做到。另外几副是在台湾素书楼居住时，逢过年在家写的："新春来旧雨，小坐话中兴"；"淡饭粗茶长向孔颜守乐处；清风和气每于夷惠得真情"，这一联在父亲，应是身体力行的多年经验，修身齐家达到的现实境界；"飞越欧亚廿七天相依亲情应犹在；海峡两岸四十年阻隔伦理有若无"，这是 1989 年春节的春联。"飞越欧亚廿七天相依"是说的前一年女儿钱易从荷兰飞抵台湾探亲的事。"亲情应犹在""伦理有若无"这是当年许多家庭经历过的。

日报：钱穆先生重视探求中华传统文化的内在价值，他认为"我民族国家之前途，仍将于我先民文化所贻自身内部获其生机"。在你看来，钱先生在"中华传统文化与现代化的关系"这一问题上提出的方法和思路是什么？

钱行：现在的问题好像是，许多人只知有现代化而不问传统文化的价值。父亲《晚学盲言》宇宙天地自然之部，有一节《自然与人文》，其中以台湾曾文水库为例，说，水利可以灌溉，可以发电，可以作风景观赏。"因有不得已而于此三者间必有废，则当先废发电，最后终不得废灌溉。"接下去又作发挥："故使今日人类，在其人群大道中遇不得已而必求有所废，则必废其最后起即今人所谓进步者，即自然科学是已。如杀人利器原子弹，人类当可废，而刀斧之属之为日常工具者不可废。大城市中五十层以上之高楼大厦当可废，而穷乡僻壤间之草屋则不可废。科学人生物质享受可废，德性道义基本人生不可废。若谓人类有进步，其实只在原有旧的古老的上面进了一些子。若谓人类有退步，则后来所增进的那一些子应可退，而在今人所目为落后的未进步前的许多的古老，反而不能退。"

父亲这舍新取旧，舍科学文化物质享受存德性道义基本人生，看来会遇到许多人的批评。孟夫子说，弃鱼而取熊掌可也。但是究竟何者为鱼何者为熊掌，却十分可能会有不同见解。我相信这句："在今人所目为落后的未进步前的许多的古老，反而不能退。"

日报："做一个现代中国的士"应是钱穆先生的理想。你如何理解父亲所说的"现代中国的士"，其中对中国知识分子的作为和担当提出了哪些要求？

钱行：这个问题有点大了。一方面是以天下为己任，另一方面，没有你用武之地的时候，也要人不知而不愠，耐得住守得住。

　　　　　　　　　　《第一财经日报》记者　苏娅　2012年2月15日

编后记

1

读父亲的文，是近十几年的事情。2002 年，七十岁的父亲，在天涯"闲闲书话"开了博客，题名"苟日记"，庶几真正做到了"苟日新，日日新，又日新"。十多年来，不说是每天有文章贴出，隔三岔五地更新，却是真实无误的。内容方面，以读祖父书的心得笔记为中心，另外，苏州史地人物掌故，诗文鉴赏词语辨析，中小学教育问题等，也都是他关心的话题。随读随感，随笔而写，看似散杂，却都可以看到祖父学术思想的影响与映照。积少成多，集腋成裘，2011 年，我选择其中读祖父书的内容，为他先期编辑出版了《思亲补读录》一书。今年，又把这几年新写的篇什，以及 2011 年未收入上书的其他方面内容，收拢合为此编，取名为《七里山塘风》。它似乎是一个老苏州的文史杂谈，其实其精神宗旨却是与《思亲补读录》一脉相承的。所以，作者自己说，是上书的续集。

父亲是祖父书的忠实读者和追随者，我是他们的后人，不敢说自列门墙，斯文相继，只是希望略尽绵薄而已。

2

对我来说，所谓"幼承庭训"的记忆，几乎是没有的。有的只是对于一些生活片段的零星记忆。

年轻时候的父亲，从照片上看，属于英俊清秀的书生模样。随后不久，好像就提前老在那里了。"文化大革命"初起，学校停课闹革命，老师成为革命的对象，或隔离审查闭门思过，或被迫劳动以求改造。在一次劳动中，他从正在粉刷油漆的铁皮房子的天花板上不慎摔下来，跌坏了腰。从此，腰就有点弯弯的、不能挺直，旁人或者就背后叫他驼背，家人看习惯了，只觉得是他衣服没有穿周正，因为他也一向是不修边幅的。如今若说深刻一点，那形象，或许就有点"苟全性命""不求闻达""遁形远世""自甘落寞"的样子。有一则相关的故事是，后来下放苏北时，不知是学校组织看电影还是看演出，反正是全员出动，需要排着队伍进入礼堂，父亲慢吞吞地走在最后面，被入门检查的拦住，盘问起来，以为他是学校里扫地或烧饭的员工，也想混迹入内看电影……这在家里，是当作笑话传播的一个段子，我当然只是听说的。

自己经历的事情是，父亲被迫劳动、不教书的时候，还曾到农村去看田守场。看田是白天赶麻雀，不让虫鸟啄食生长着的庄稼幼苗——这是早年在苏州郊区；守场是夜晚住在收割庄稼的场地，以防人贼小偷盗取公家的粮食——这是后来在苏北的事情。学龄前的我，就曾经跟随母亲去苏州农村，看望赶麻雀的父亲。如今留下的依稀印象中，只是稻田里的葱绿，田埂上的闲人，还有手执竹竿如玩具挥舞，一幅田园风光，不知今世何世的感觉。

1969 年，是全家下放苏北农村，父母带着 6 岁的我和刚出生半年尚未断奶的妹妹离开苏州。祖母、外祖母可能是有点悲哀不舍的，幼年的我，哪里懂得？就知道农田环绕中，泥墙草顶的房子，点着油灯，吃着咸菜的日子，全然都是新鲜。父母虽然也下农田，难免插秧插不齐整，割稻割伤了手指，但一样的，被当地人尊为老师。后来，就被上调进公社中学，仍然教书。记得家里当时订阅了不少报纸杂志，大人看的是《自然辩证法》《朝霞》，给我和妹妹看的是《少年科技报》《少年文史报》《儿童时代》。就是从那个时候起，父亲教书之余，开始写数学与语文的稿子，向外投稿，有时就刊发在上述青少年读物上。当然投的多，发的少，他自嘲这些投稿为"大白功"，可分明是乐在其中的样子，记得还带动了隔壁一位北师大毕业的被错划右派的化学老师，也跟着写稿投稿。中学老师的宿舍前，是一块一块的农田，师生们一起种的试验田。麦浪滚滚、油菜花金黄，那都不是书本上的形容词，是开轩可见的真实。周末闲暇，或者到镇上的书店买书，或者到五七干校郊游，或者学校排练文娱节目，母亲弹奏风琴；还有中学食堂里，春天里的头刀韭菜、夏天里的香菜鲫鱼、冬天里的四喜大肉圆和红烧肉……生活同样美好。

3

20世纪70年代末，母亲和父亲先后回到苏州。刚回苏州时，是住在王洗马巷祖母的老屋。那是一处老苏州"七十二家房客"那样的老宅子，我们住在某一进的一个院落内，有天井、花圃、大厅、若干间落地长窗广漆地板的房间，还有黑黑的陪弄、可以做暗室的黑房间等。小时候，祖母与大伯家和我家就住在这里。从苏北回来，这些地方被分为四五个人家共住，对我们来说，虽有些嘈杂，住还是够住的。至今印象清晰的是，父亲在我们住的正房外墙朝向大厅的木板四联屏风上，抄写了古诗词做条幅，装饰了与别人家共用的大厅的一侧。我们每次吃饭，就对着这四首诗。那大字的墨迹、张贴的位置，至今留在我的记忆里。四联古诗词，从左到右，依次是，杜牧的"远上寒山石径斜，白云深处有人家。停车坐爱枫林晚，霜叶红于二月花"；白居易的"江南好，风景旧曾谙。日出江花红胜火，春来江水绿如蓝。能不忆江南"；李商隐的"君问归期未有期，巴山夜雨涨秋池。何当共剪西窗烛，却话巴山夜雨时"；李贺的"大漠沙如雪，燕山月似钩。何当金络脑，快走踏清秋"。虽然都是熟读成诵的最有名的诗句，而选取这几首，在父亲，应该也是寄托了一时的情怀吧。

再过不久，父亲所在的学校给职工分房，一幢五层楼的教师宿舍，一层四家，共二十家。我家分了顶楼最西面，顶晒加西晒的那一套，不过，从未见父母有过半句怨言与计较。记得那幢楼的整面西墙上，长满了爬山虎，一直高高蔓延到我家五楼的西墙外，又转弯向南攀缘到阳台上。有一年夏天，连续酷热，我们就想起端着脸盆，一盆盆地往阳台上的水泥南墙及地面上泼水，水泼上去，嗖地一下，就蒸发了，就又泼，又蒸发……当时的人家都还没有空调，用这样的笨办法，希望能带走热量。我和妹妹像玩水似的，观赏着水与烈日的瞬间交换，浑然忘却了炎热难当。

4

父母就是这样，似乎从来不知愁苦，或者更该说是自有其乐。任何事情到了家里，就都是快乐平和的样子。或许外面有风雨如晦，而家里就总是岁月静好。用这书稿中常出现的一个词汇，就是"不改其乐"。君子所乐者，不是箪食瓢饮、疏食饮水、曲肱而枕，而是虽箪食瓢饮、疏食饮水、曲肱而枕，而能"不改其乐"。那么，君子所乐是什么？书中说：

"学而时习之，不亦说乎？有朋自远方来，不亦乐乎？人不知而不愠，不亦君子乎？"以上三者，就都是孔夫子自言其心境之快乐吧。孟子也讲过人生乐事，他说的三乐是"父母俱存，兄弟无故""仰不愧于天，俯不怍于人""得天下英才而乐育之"。物质方面的乐，好像都不在论列之中。孔颜乐处，应到精神方面找。

在这个家庭里长大的我，无形中跟着懂得和学会这种"不改其乐"的生活本领。

那个提前老在那里的父亲，不知什么时候起，大概是 20 世纪 90 年代退休以后吧，在他全心读祖父的书，写那些收在这本书里的文章时，反而变得越来越年轻。那些随意在苏州的名胜、郊野拍下的照片，在我看来，是那样的容光焕发、光彩照人、诗书自华的样子。

5

抄录两封父亲早年写给祖父的家书。

父亲大人：

前几天得到了手谕，心中很爽快，家中的人都好，三弟也已经考取了崇范，希望大人不要挂念。我从大阿姨校中回家后，看些国文和《文选》，以及家中的一切小说，天闷热时亦到东花园去游戏散步。

这几天这儿大风，东花园中的围墙都坍倒了，将五六株新栽的樱花，压得一株也不剩，山水间的玻璃碎了一大半，假山上的老柏也被折断，却正压在玉兰花上。落叶松和黄杨树各被拔起一棵，枫树和梧桐的枝叶满地都是。房主住的屋子也坍掉了一角。据房东太太说，这次损失有十万元左右，城墙上的电杆和城中的房屋，也和园中的围墙同样的命运，并且有一所房屋压死了五个人，真可怜呀！这都是风的罪孽呀。愿你安好！

儿　行　叩上（1943 年）8 月 13 日

父亲大人膝下敬禀者：

得奉九月二日手谕，慰甚。近日王伯伯家的王应梧亦至大阿姨处补习，星期日教《古文观止》，课外暇时，儿阅《三国志》及《阅微草堂笔记》。校中正值考试，国文及代数俱已考毕。儿以病，国文未考，代数分数尚未布露，不知成绩如何。

三弟之病，亦已愈，家中之人皆无病痛，望大人勿念。日来校中增早操一课，或有同学有退避意，儿思亦足练体，故无退避意。

家中庭中之花木，大不兴盛，白心黄杨上出小虫，一株已被蚀死，余两株亦奄然无生气。麦冬、文竹为鸡所食殆尽，水仙花所抽新芽，瘦似葱秆，惟仙人掌则勃然有生气，东花园所掘之瑞仁花，虽含苞蕾，然孑然一秆，思亦不能盛开。

敬请

大人福体安康！

儿　行　叩上（1943 年）11 月 2 日

这是抗战时期，随祖母住在苏州耦园时，父亲写给时在西南大后方任教的祖父的信。这些信到达祖父手中后，因当时边地纸张紧缺，祖父就拿来在反面做了读史笔记。祖父去世后，家人整理文稿编纂全集时，才又发现了这些抗战家书，当然是以祖母的信为主体，真是珍贵。那一年，父亲 11 岁，75 年过去，这区区两封短信，或可见他当年读书、感怀、记事之一斑；书信之文笔，也可谓清通可喜吧。

父亲的爱读书，聪明博学，我从小就有体会的；在大家庭里，也是公认的。借用书中评论阎若璩读书的几句话来说，或也贴切："其笃嗜若当盛暑者之慕清凉也，其细缜若织纴者之于丝缕纤缟也，其区别若老农之辨黍稷菽粟也。"

岁月倏忽，沧海早已桑田；青丝白发，而向学之心未艾。父亲在自己《岁晚学步》的文集中写道："岁晚学步，深感人之不可以无寿也。""苟日记"还在继续，愿"思亲补读"的文集，还会有三编、四编……

钱婉约

2017 年 5 月 3 日

图书在版编目(CIP)数据

七里山塘风/钱行著.—上海：
上海社会科学院出版社,2018
ISBN 978 - 7 - 5520 - 2255 - 1

Ⅰ.①七…　Ⅱ.①钱…　Ⅲ.①散文集-中国-当代
Ⅳ.①I267

中国版本图书馆 CIP 数据核字(2018)第 063056 号

七里山塘风

著　　者:钱　行
责任编辑:徐忠良　王　勤
封面设计:裘幼华
出版发行:上海社会科学院出版社
　　　　　上海顺昌路 622 号　邮编 200025
　　　　　电话总机 021 - 63315900　销售热线 021 - 53063735
　　　　　http://www.sassp.org.cn　E-mail:sassp@sass.org.cn
照　　排:南京理工出版信息技术有限公司
印　　刷:上海新文印刷厂
开　　本:890×1240 毫米　1/32 开
印　　张:12
字　　数:348 千字
版　　次:2018 年 6 月第 1 版　2018 年 6 月第 1 次印刷

ISBN 978 - 7 - 5520 - 2255 - 1 / I·279　　　　定价:58.00 元